非琴俄罗斯文学经典译文集

Дворянское гнездо

贵族之家

[俄] 伊·屠格涅夫 著

非 琴 译

河北出版传媒集团

河北教育出版社

图书在版编目（CIP）数据

贵族之家 / (俄罗斯) 屠格涅夫著；非琴译. -- 石家庄：河北教育出版社，2018.8

（非琴俄罗斯文学经典译文集）

ISBN 978-7-5545-3671-1

Ⅰ. ①贵… Ⅱ. ①屠… ②非… Ⅲ. ①长篇小说－俄罗斯－近代 Ⅳ. ①I512.44

中国版本图书馆CIP数据核字(2017)第054406号

书　　名　**贵族之家**
作　　者　伊·屠格涅夫（俄罗斯）
译　　者　非　琴
策　　划　杨　才　蒋海燕
责任编辑　马海霞
封面设计　于　越
版式设计　郝　旭
出版发行　河北出版传媒集团
　　　　　河北教育出版社　http://www.hbep.com
　　　　　（石家庄市联盟路705号，050061）
印　　制　河北新华第一印刷有限责任公司
开　　本　850mm × 1168mm　1/32
印　　张　7
字　　数　170千字
版　　次　2018年8月第1版
印　　次　2018年8月第1次印刷
书　　号　ISBN 978-7-5545-3671-1
定　　价　35.00元

译 序

在俄罗斯文学史上，伊万·谢尔盖耶维奇·屠格涅夫（Иван Сергеевич Тургенев，1818—1883）占有一席光荣的位置。而在他的全部文学作品中，长篇小说又具有特殊重要意义。屠格涅夫是俄罗斯和世界文学现实主义长篇小说的奠基者之一，他的长篇小说给他带来了世界声誉。他的六部长篇小说有一个共同的中心主题：与作家同时代的俄罗斯进步知识分子的历史命运。屠格涅夫既是这些知识分子的编年史作者，又是他们的歌手和裁判者。可以毫不夸张地说，如果不认真研究屠格涅夫的长篇小说，就不能深刻理解19世纪俄罗斯社会和俄罗斯解放运动发展的历史。

19世纪50年代中期，俄罗斯贵族阶级趋向没落，农奴制的崩溃已不可挽回。1853—1856年的克里米亚战争暴露了沙皇制的腐败，进步知识分子在思考人民的命运、祖国的前途。屠格涅夫的长篇小说正是在这个时期酝酿构思和呈献给读者的。

1856年《现代人》杂志上发表了屠格涅夫的第一部长篇小说《罗亭》。《贵族之家》是屠格涅夫的第二部长篇小说，于1858年10月27日脱稿，最初发表在1859年1月号《现代人》杂志上，同年在莫斯科出版了单行本。1880年，在作者生前收入作品最全的最后一版文集里，屠格涅夫本人曾在前言中说："《贵族之家》获得了我曾经获得的最大的一次成功。"虽然评论界对这部小说的评价并不完全一致，但它确实是俄罗斯经典长篇小说的典范之一。

《贵族之家》的故事发生在1842年及八年以后，主人公拉夫烈茨基是已经丧失了农奴主"热情"的贵族的最后代表。在某种意义上，可以说拉夫烈茨基仍然是俄罗斯文学中已不止一次出现过的"多余的人"。但他已经不同于普希金的长诗《叶夫根尼·奥涅金》中的奥涅金和莱蒙托夫的《当代英雄》中的毕巧林。《贵族之家》发展了"多余的人"这一类型。奥涅金和毕巧林是利己主义者，他们只考虑个人享受，他们活着只是为了满足个人的欲望。屠格涅夫笔下的"多余的人"却充满热情，愿意为了大众的利益而献身。然而，他们只是模模糊糊意识到，应该做点儿什么，却不知道究竟该做什么。米哈列维奇责备拉夫烈茨基无所作为，说他是"懒汉"。拉夫烈茨基回答："……你最好说说，该做什么。"米哈列维奇却说："这我可不告诉你，老兄，这一点每个人应该自己知道。"其实，就连米哈列维奇那样的理想主义者，自己也不知道究竟该做什么。否则，他就不会漂泊半生，一事无成，最后为获得一个"学监"的位置而感到心满意足了。这并不奇怪，因为就连小说的作者，恐怕也无法回答拉夫烈茨基提出的问题。于是，拉夫烈茨基所追求的只能仍然是个人的幸福了。《贵族之家》的"重大、现实思想是幸福问题，是人追求幸福的规律，是个人幸福的思想与有益的劳动思想、进步思想的和谐融合"。然而，拉夫烈茨基没能获得个人幸福。个人幸福碰到了"义务"设置的障碍，他的"幸福""还没开始"就结束了。

对于莉莎来说，爱情不仅是幸福，而且是义务、信任，意识到自己道义上的责任。“上帝结合起来的，怎么能拆散呢？”莉莎问。因此，她和拉夫烈茨基的“幸福”从一开始就是虚幻的，建筑在一个极不可靠的基础上：瓦尔瓦拉·帕夫洛芙娜故意散布的关于她已经死了的谣言。屠格涅夫在小说中反映了19世纪30—40年代在“贵族之家”的温室里培育出来的贵族知识分子的精神悲剧。这一悲剧的实质已经“不在于必须与自己的软弱无能斗争，而是因为”“与一些概念和道德规范发生了冲突。与这些概念和规范相抗衡，确实连那些坚决果断、勇敢大胆的人都会感到可怕。”(杜勃罗留波夫)《贵族之家》异常深刻地提出了贵族教育的问题。贵族的教育制度扭曲了人的优秀品质，使之畸形化了。莉莎的笃信宗教、忍让、顺从，拉夫烈茨基的消极无为，就都是这种教育的结果。杜勃罗留波夫正确地指出：“屠格涅夫选择的、为俄国生活如此熟悉的冲突”应该“成为强有力的宣传鼓动，促使每一位读者思索：那些主宰我们生活的整整一大批概念究竟有什么意义”。

不过，莉莎的“义务”并不仅仅是来自对瓦尔瓦拉·帕夫洛芙娜的负罪感。她想要在修道院中寻求的并不是慰藉，她所期待的也不是忘却。她认为，她的“义务”是“赎罪”！她对玛尔法·季莫菲耶芙娜说：“我什么都知道，无论是自己的罪孽，还是别人的罪孽，还有爸爸是怎样聚敛自己的财富，我全都知道。这一切都需要祈祷，以期得到赦免……”于是，个人的悲剧就具有了社会意义：在农奴制社会里，不仅有良知的贵族知识分子不可能获得真正的个人幸福，而且几乎人人都与真正的幸福无缘。“你看看四周，在你周围有谁在享福，有谁感到心满意足？”个人幸福幻灭之后，拉夫烈茨基这样想：正去割草的农人显然并不幸福，他那个对生活并没有多少要求的母亲，更没有获得过真正的幸福……就连玛尔法·季莫菲耶芙娜也对他说："你很难过，这我知道，可要知道，大家也并不轻松"……总之，在农奴制的社会环境里，个人幸福是虚幻的，不完满的，根本不可能的。屠格涅夫曾在《文学回忆录》中写下了这样一段话："我与我仇恨的事物不共戴天……在我心目中，这个敌人有固定的形象，有人所共知的名称：这个敌人就是农奴制度。"《贵族之家》谴责了当时的社会制度，因为它庇护潘申和瓦尔瓦拉·帕夫洛芙娜之流，使他们孳生繁衍，而扼杀天才的性格（列姆、拉夫烈茨基），毒害人民，使他们浑浑噩噩，屈服顺从（玛兰尼娅、阿加菲娅、安东等）。

在《贵族之家》中，屠格涅夫用"春秋笔法"展示了贵族阶级日趋没落的过程：拉夫烈茨基的曾祖父"想做什么就能做什么"，"谁也管不了他"。到了他的祖父，已经是"不管干什么，全都白搭"了。他的父亲先是受了法国式的教育，脑子里装满了伏尔泰、狄德罗和卢梭，然而那些"深奥的道理""没有和他的血液融为一体，没有深入他的心灵，没有形成坚定不移的信念"。在国外待了几年以后，他又成了崇拜英国的人，"瞧不起自己的同胞"，要用英国的制度和方法来改造俄国。可是十二月党人遭到镇压后，他立刻烧毁了从国外带回的一切计划和来往信件，躲到自己的庄园里，闭门不出，"在省长大人面前吓得战战兢兢"……最后"变成了一个十足的废物"。

贵族之家的没落已无可挽回，农奴制的崩溃也不可避免。然而，由谁来给俄罗斯社会注入新的活力，俄罗斯又该往何处去呢？无论是拉夫烈茨基，还是作者本人，都无法做出明确回答。拉夫烈茨基只是模模糊糊感觉到，应该做点儿什么有益的事情，未来应该是光明的。而作为农奴制贵族阶级的最后代表，回首往事，拉夫烈茨基却感到虚度了一生。"熄灭了吧，无益的一生！”在抒情诗一般的“尾声”中，拉夫烈茨基无可奈何地这样悲叹。故事的结尾无疑带有浓郁的伤感色彩，不过屠格涅夫把希望寄托于青年一代，拉夫烈茨基是在青年一代的欢声笑语中悄然离去的。历史舞台上已经换了新的角色，将要上演的也该是不同的剧目了吧?!

评论家皮沙烈夫（1840—1868，俄罗斯著名评论家，哲学家，革命民主主义者）对《贵族之家》做了如下的评价，认为它是屠格涅夫“结构最严谨、最完美的作品之一”。它没有进行说教，然而是一部有教育意义的小说。在这部小说中，屠格涅夫“描写了现代生活，突出它各个好的和坏的方面，阐明了他所描写的现象的根源，促使读者进行严肃认真的深思”。

屠格涅夫的作品，特别是他的长篇小说，堪称几乎近半个世纪俄罗斯生活的艺术编年史。但就篇幅而言，他的长篇却短小精致，除《处女地》外，可以说是反映当时社会的中篇小说。

生活场面和自然风景的描写在他的小说中随处可见，但这些描写从不喧宾夺主，遮掩情节。他的小说是单一结构的，在这一点上不同于托尔斯泰的长篇小说。

《贵族之家》的结构尤其严谨，对人物都有简明的交代。作者自己曾说：他对这部小说的情节考虑了很久，希望避免像《罗亭》中那样令人感到意外的结局。的确，《贵族之家》情节十分紧凑，故事迅速展开，简练凝缩，不蔓不枝。中间几处插叙主人公的往事，都是读者进一步了解他们所必需的。在这方面，可以说屠格涅夫是普希金、莱蒙托夫的直接继承者。

屠格涅夫对人物的心理描写很有特色。他不是对主人公的感情做详尽的心理分析，而是把读者的注意力集中到人物内心活动的结果上。我们知道莉莎对拉夫烈茨基的感情是怎样产生、怎样发展的，可是我们不知道莉莎心里究竟在想些什么。屠格涅夫甚至宣称，她的内心活动不可能用语言表达出来。“然而语言不能表达一个姑娘纯洁的心灵中正在发生的事情：对于她本人来说，那也是秘密。就让它对于大家也始终是一个秘密吧。”他还借玛尔法·季莫菲耶芙娜之口说：“别人的心……就像不透光的树林，女孩子的心就更不用说了。”正是因此，他也拒绝写出拉夫烈茨基和莉莎在修道院里最后一次见面时的感受。

屠格涅夫并不深入描写主人公的内心活动，却十分巧妙地让读者能充分理解他们的内心生活。他经常利用潜台词，对主人公的微妙感情只是点到为止。莉莎和拉夫烈茨基的爱情几乎是默默无言的。他们在卡利京家的客厅里、花园里和拉夫烈茨基家池塘边单独待在一起的时候，往往很少谈话，而是默默地感受对方心中正在发生的一切。

在屠格涅夫的小说中，自然景色对于人物的精神世界往往起一种烘云托月的作用。随着人物命运的改变，自然景物的色彩也在发生变化。在《贵族之家》中，自始至终都让人感到有一种衰败没落的情调：“夕阳无限好，只是近黄昏。”小说中描写的大部分都是傍晚、黄昏和夜晚的景色，或明月当空，或星光闪烁。拉夫烈茨基回乡村去一路上看到的景色，与他忧郁的回忆和对幸福的憧憬是协调一致的。具有象征性的小说结尾是大地回春、万物复苏、一派欣欣向荣的景象：拉夫烈茨基以及他那一代人虽然一生蹉跎，黯然退出历史舞台，但青年一代已经接过了他们手中的接力棒，正在精力充沛地走向未来。

除了自然景色，小说中的音乐也与人物的心情相互交融。借用柴可夫斯基评论普希金的话，可以说：在《贵族之家》中，屠格涅夫的天才常常冲破“散文”的狭窄天地，进入音乐的无限的领域。拉夫烈茨基在花园中与莉莎相会，知道她爱他以后，听到了列姆的奇妙的音乐，而当他的妻子突然回来，使他关于幸福的梦破灭以后，同一个列姆，也完全变了样，在他身上再也看不到二十四小时前那位充满灵感的音乐家的影子了。

屠格涅夫从不用个人的注释来代替情节的发展，从不歪曲他不喜欢的现象。他叙述故事的时候是完全客观的，决不对情节发展进行任何干预。作者的态度、作者的感情，是通过他独特的抒情风格表现出来的，这也正是他的艺术风格的特点之一。特别是在《贵族之家》中，抒情色彩更像空气和阳光一样伴随着拉夫烈茨基和莉莎，为他们谱写出一首首同情、叹息、哀婉的抒情歌曲。一方面在叙述中力求做到客观，另一方面又要以作者的感情感染读者，在屠格涅夫的小说中，可以说这二者已经完美地结合在一起了。

屠格涅夫的语言特点是：反对矫揉造作和华而不实。他的词汇丰富多彩，形象生动，栩栩如生的比喻比比皆是，而且善于巧妙地运用隐喻。他的句子通常都简短精悍，结构清晰，节奏和谐（可参看他介绍列姆的那段文字）。许多人都曾指出屠格涅夫语言的特殊魅力，对他运用语言的才能给予极高的评价。陀思妥耶夫斯基称屠格涅夫为“俄罗斯语言的巨匠”。高尔基说：“未来的文学史专家谈到俄罗斯语言的发展时，一定会说，这种语言是普希金、屠格涅夫和契诃夫创造的。”

翻译这样一位语言大师的作品，其难度可想而知。如果译文能多少传达原作的神韵，对译者来说，也就是最大的幸福了。

目 录

一

春光明媚的一天已近黄昏，小朵小朵玫瑰色的彩云高悬在晴朗的天空，仿佛并不是徐徐飘动，而是缓缓没入碧空深处。

O省省城最边缘的街道中的一条街道上，一幢美轮美奂的宅第敞着的窗前（事情发生在1842年），坐着两个妇女：一个有五十来岁，另一个已经是七十来岁的老太婆了。

其中头一个叫玛丽娅·德米特里耶芙娜·卡利京娜。她的丈夫，从前省里的检察官，一个当时著名精通诉讼的人——他机智而又果断，尖酸刻薄，而且固执——十年前已经去世。他受过很不错的教育，上过大学，但是因为出身于贫寒阶层，很早就懂得了，必须为自己闯出一条路来，而且要大把大把地捞钱。玛丽娅·德米特里耶芙娜是因为爱上他才嫁给他的：他长得不错，人也聪明，如果他愿意的话，还显得非常可爱。玛丽娅·德米特里耶芙娜（出嫁以前姓佩斯托娃）还在童年就失去双亲，在莫斯科一所贵族女子中学里度过了几年时光。从那里回来以后，在离O省省城五十俄里[1]、自己祖传的波克罗夫斯克村，与姑妈和哥哥住在一起。这个哥哥很快去彼得堡任职，而且一直虐待妹妹和姑妈，直到死神突然降临，结束

---

① 1俄里等于1.06公里。

了他的一生。玛丽娅·德米特里耶芙娜继承了波克罗夫斯克村，但是在那里没住多久，她和几天内就使她为之倾心的卡利京结婚以后，第二年就用波克罗夫斯克村换得了另一处地产，这块领地收益要多得多，但是既不美，也没有宅边花园。同时，卡利京在O市买下了一幢房子，和妻子在那里长期定居下来。住宅旁有一座大花园，花园的一面一直通往田野，通往郊外。“所以”，很不喜欢乡村幽静生活的卡利京决定，“也就用不着没事儿常到乡下去了”。玛丽娅·德米特里耶芙娜心里不止一次为她那美丽的波克罗夫斯克村感到惋惜，那里有一条欢快的小溪，辽阔的草地和苍翠的小树林。不过，无论什么事情她都不会和丈夫顶撞，而且对他的才智和精通人情世故敬佩得五体投地。结婚十五年以后，他死了，留下了一个儿子和两个女儿。这时候，玛丽娅·德米特里耶芙娜对自己的住宅和城市生活已经如此习惯，连她自己也不想离开O市了。

玛丽娅·德米特里耶芙娜年轻时曾享有可爱的金发女郎的声誉。年近半百，她的容貌仍然没有失去令人产生好感的风韵，虽说稍有点儿发胖，也显得有些儿臃肿了。与其说她心地善良，倒不如说她是多愁善感，到了成年，仍然保留着贵族女子中学里的习气。她任性而又娇气，每当生活习惯遭到破坏的时候，她很容易动怒，甚至哭泣。然而，当她的愿望得到满足，谁也不顶撞她的时候，她对人却十分亲切而又可爱。她的房子是城里最舒适的住宅之一。她的家产很大，主要不是继承来的，而是丈夫挣来的。两个女儿都跟她住在一起，儿子在彼得堡一所最好的官办学校里接受教育。

跟玛丽娅·德米特里耶芙娜一道坐在窗前的老太婆，就是那位曾和她在波克罗夫斯克村一同度过一段孤寂岁月的姑妈。她叫玛尔法·季莫菲耶芙娜·佩斯托娃。她是个出名的怪人，性格独立不羁，不管对谁都是当面实话实说，尽管财产少得可怜，举止态度却好像拥有万贯家产似的。她不能容忍已故的卡利京，她侄女一嫁给他，她就躲回自己的小村子里，在一个庄稼人的没有烟囱的农舍里度过了整整十年。玛丽娅·德米特里耶芙娜有点儿怕她。玛尔法·季莫菲耶芙娜个子矮小，尖尖的鼻子，即使到了老年，仍然满头黑发，眼睛灵活，走起路来挺直身子，很有精神，说话很快，而且清楚，声音尖细而又响亮。她经常戴一顶白色包发帽，穿一件白色短上衣。

“你这是怎么了？”她突然问玛丽娅·德米特里耶芙娜，“长吁短叹的，在想什么，我的妈呀？”

“没什么，”玛丽娅·德米特里耶芙娜犹豫地说，“多美的云彩呀！”

“那么你是可怜它们了，是吗？”

玛丽娅·德米特里耶芙娜什么也没回答。

“格杰昂诺夫斯基怎么还不来？”玛尔法·季莫菲耶芙娜说，灵巧地舞动着织针（她正在编织一条老大的毛围巾），“有他跟你一道叹气就好了——要不，就随便胡扯点儿什么。”

“提起他来，您怎么总是那么严厉！谢尔盖·彼特罗维奇是个受人尊敬的人。”

“受人尊敬的！”老太婆含着责备的语气重复说。

“而且对我过世的丈夫多么忠诚啊！”玛丽娅·德米特里耶芙娜说，“到现在他想起他来还不能不动感情。”

“那还用说！是他尽力拉巴他，把他从泥坑里拉出来的嘛。”玛尔法·季莫菲耶芙娜牢骚满腹地说，织针在她的手里动得更快了。

“看上去是个那么谦逊的人，”她又说话了，“头发全都白了，可是一开口，不是说谎，就是搬弄是非，还是个五等文官呢！唉，可也是嘛——

是个牧师的儿子!”

“谁没有过失呀，姑妈。当然啦，他是有这个缺点。当然啦，谢尔盖·彼特罗维奇没受过教育，不会说法语。可是，随您怎么说吧，他是个讨人喜欢的人。”

“是啊，他一直在拍你的马屁嘛。他不会说法语，这有什么大不了的！我自己说法国‘话’也不怎么行。最好他哪一国的话都不会说，那就不会说谎了。瞧，巧啦，刚说到他，他就到了。”玛尔法·季莫菲耶芙娜朝街上望了一眼，补上一句，“那不是，他来了，你那位讨人喜欢的人。好高的个子，简直像只鹳!”

玛丽娅·德米特里耶芙娜整理了一下自己的鬈发。玛尔法·季莫菲耶芙娜带着嘲笑的神情看了看她。

“我的妈哟，你这是什么呀，好像是根白头发吧。你可得训训你的那个帕拉什卡，她怎么没看见呢?”

“唉，您呀，姑妈，总是……”玛丽娅·德米特里耶芙娜遗憾地含含糊糊地说，用手指敲了敲安乐椅的扶手。

“谢尔盖·彼特罗维奇·格杰昂诺夫斯基!”一个面颊红润的小厮从门外跑来，尖声喊道。

二

进来一个高个子的人，穿着整洁的常礼服，裤子稍有点儿短，戴一副灰色麂皮手套，系着两条领带——上边一条是黑的，下边一条是白的。他身上的一切，从文雅端庄的面容、梳得光光滑滑的两鬓，到那双不会发出尖锐刺耳响声的平跟皮靴，都显得彬彬有礼，十分得体。他首先向这家的女主人躬身施礼，然后向玛尔法·季莫菲耶芙娜鞠躬致意，于是慢慢脱掉手套，走到玛丽娅·德米特里耶芙娜的一只手边。他毕恭毕敬地在那只手上一连吻了两次，然后不慌不忙地坐到扶手椅上，面带微笑，轻轻揉搓着指尖，说：

“叶莉扎薇塔·米哈依洛芙娜好吗？”

“好，”玛丽娅·德米特里耶芙娜回答，“她在花园里。”

“叶莲娜·米哈依洛芙娜呢？”

“莲诺奇卡也在花园里。有什么新闻吗？”

“怎么会没有呢，怎么会没有呢。”客人慢慢地眨着眼，噘着嘴唇回答，“嗯哼！……喏，请您听我说，有新闻，而且是非常惊人的新闻——拉夫烈茨基·费奥多尔·伊万内奇回来了。”

“费佳！”玛尔法·季莫菲耶芙娜激动地高声说，“得了吧，你不是撒谎吧，我的爷？”

“绝不是撒谎，我亲眼看到他了。”

“哼，这还不能算是证据呢。”

“长得可壮实了，”格杰昂诺夫斯基装作好像没听到玛尔法·季莫菲耶芙娜的指责的样子，接下去说，“肩膀更宽了，满面红光。”

“壮实起来了，”玛丽娅·德米特里耶芙娜一字一顿地说，“照我看，他怎么会壮实得起来呢？”

“就是嘛，”格杰昂诺夫斯基怀疑地回答，“换了别人，处在他的境况下，怕连在人前露面都会觉得不好意思呢！”

“这是为什么?”玛尔法·季莫菲耶芙娜打断了他，“这是什么话？一个人回到了家乡——请问，叫他躲到哪儿去？何况他有什么过错呢!”

“夫人，请允许我对您冒昧说一句，妻子行为不端，丈夫总是有过失的。”

“我的爷，你这么说，是因为你自己还没结婚。”

格杰昂诺夫斯基不自然地笑了笑。

“请允许我好奇地问一声，”稍沉默了一会儿以后，他问，“这么好看的围巾是给谁结的啊?”

玛尔法·季莫菲耶芙娜很快看了他一眼。

“给那个从来不造谣，不要滑头，也不撒谎的人结的，”她话中带刺地说，“要是世上真有这样的人的话。费佳这个人我太了解了，他唯一的过错就是惯坏了老婆。他是恋爱结婚的，可这些恋爱的婚姻从来就不会有什么好结果，”老太婆斜着眼睛朝玛丽娅·德米特里耶芙娜瞟了一眼，站起来，又补上一句，“这会儿，我的爷，你爱说谁的坏话就说谁的坏话吧，哪怕说我也行。我这就走，不碍你的事了。”玛尔法·季莫菲耶芙娜走了。

“瞧，她总是这样，”玛丽娅·德米特里耶芙娜目送着姑妈走了以后，说，“总是这样!”

“到了她这样的年纪了，有什么办法呢!”格杰昂诺夫斯基说，“瞧，她老爱说，不要滑头的人。可如今有谁不要滑头呢？就是这样的世道嘛。我有个朋友，一个十分受人尊敬的人，我要告诉您，官职还不小呢，他就常说：如今就连母鸡走近谷粒，也要耍花招儿——一直在想办法，设法从一旁走过去。可是我一看您，我的女主人，您的性格真像天使一样。请把您雪白的小手伸给我，让我吻一吻。”

玛丽娅·德米特里耶芙娜微微一笑，把一只张开五指的胖手伸给格杰昂诺夫斯基。他把嘴唇凑上去，吻了吻那只手。她把自己的安乐椅往他那边挪了挪，稍稍弯下腰，低声问：

“这么说，您看到他了？他真的没什么，身体健康，心情愉快?”

“愉快，没事儿。”格杰昂诺夫斯基轻声回答。

“您没听说，这会儿他妻子在哪里?”

“最近一个时期她在巴黎待过。这会儿，听说到意大利去了。”

“这真可怕，真的——费佳的处境真是太可怕了。我不知道，他怎么经受得了。的确，人人都会遭遇不幸。可是，不是吗，他的不幸可以说闹得整个欧洲都知道了。”

格杰昂诺夫斯基叹了口气。

“是啊，是啊。据说，她结识了一些演员和钢琴家，照他们那儿的说法，就是跟狮子和野兽交上了朋友。完全不知羞耻了……”

“非常，非常遗憾。”玛丽娅·德米特里耶芙娜说，“谢尔盖·彼特罗维奇，您要知道，要论亲戚关系，说起来他还是我的远房表亲[①]呢。”

“那还用说，那还用说。凡是与您家有关的事，我还能不知道吗？当然知道了。”

“他会来我们家吗，您认为呢?”

“想必会来，不过听说他打算回自己村里去。”

玛丽娅·德米特里耶芙娜抬起眼来望望天空。

“唉，谢尔盖·彼特罗维奇，谢尔盖·彼特罗维奇，一提起这些事来，我就想到，我们女人，行为举止应该小心谨慎才是!”

---

① 原文是“表侄”。但后面玛丽娅与拉夫烈茨基见面时，她称他“表弟”,他叫她“表姐”。

"女人和女人不一样，玛丽娅·德米特里耶芙娜，不幸的是，有这样一些女人，性情反复无常……嗯，而且与年龄也有关系。再说，也没有让她们从小懂得做人的规矩（谢尔盖·彼特罗维奇从衣袋里掏出一块方格蓝手帕，动手把它展开）。当然啦，有时是有这样的女人（谢尔盖·彼特罗维奇用手帕的一角轮流擦了擦自己的双眼）。不过，一般说，如果评判是非，也就是说……城里的灰尘可真大。"他结束了自己的话。

"Maman，maman。"[①] 一个长得挺好看、约莫有十一岁的小女孩跑进来，边跑边喊，"弗拉季米尔·尼古拉伊奇骑着马到我们这儿来了！"

玛丽娅·德米特里耶芙娜站了起来，谢尔盖·彼特罗维奇也站起来，鞠了个躬。"叶莲娜·米哈依洛芙娜，向您问好。"他说。说罢，出于礼貌，走到墙角落里，捂住自己端正的长鼻子，擤起鼻涕来。

"他那匹马多好哇！"小姑娘接着说，"刚刚他在篱笆门边对我和莉莎说，他要骑着马到台阶跟前来。"

听到了嘚嘚的马蹄声，街上出现了一个身材匀称、骑着一匹枣红马的骑手，在敞着的窗前停了下来。

三

"您好，玛丽娅·德米特里耶芙娜！"骑手用响亮、悦耳的声音高声说，"您喜欢我新买的马吗？"

---

① 法语，意思是"妈妈，妈妈"。

玛丽娅·德米特里耶芙娜走到窗前。

“您好，Woldemar[①]！啊，多好的马呀！您跟谁买的?”

“跟一个马匹采购员……他要的价钱很高，这个强盗。”

“它叫什么?”

“奥尔兰德[②]……不错，这个名字不高明。我想改个名字……Eh bien，eh bien，mon garcon[③]……多么不安静的家伙!”

马打着响鼻，倒换着腿，晃动着口吐白沫的脸。

“莲诺奇卡，您摸摸它，别怕……”

小姑娘从窗户里伸出一只手去，可是奥尔兰德突然用后腿直立起来，冲到了一边。骑手并没有惊慌失措，两条小腿紧紧夹住了马，朝它脖子上抽了一鞭，尽管它还在抗拒，但它又站到了窗前。

“Prenez garde，prenez garde。”[④] 玛丽娅·德米特里耶芙娜反复说。

“莲诺奇卡，轻轻地摸摸它吧，”骑手不以为然地说，“我不让它撒野了。”

小姑娘又伸出手去，胆怯地碰了碰奥尔兰德颤动着的鼻孔，那马在不停地抖动着，咬着嚼环。

“好!”玛丽娅·德米特里耶芙娜赞叹地高声说，“现在请下马，到我们这儿来吧。”

骑手矫健地把马掉过头去，用踢马刺踢了踢它，纵马在街道上疾驰，跑进了院子。稍过了一会儿，他挥动着马鞭，从前门跑进了客厅。就在这

---

① 英语，这是骑手的英文名字。

② 译音，这个名字与俄语中的“海鹰”一词发音相近。

③ 法语，意思是“喂，喂，我的小家伙”。

④ 法语，意思是“当心，当心”。

时，另一道门的门槛上出现了一个身材匀称而美丽，个子高高的，十九岁左右的黑发姑娘——玛丽娅·德米特里耶芙娜的长女莉莎。

四

我刚才给读者们介绍的这个年轻人，名叫弗拉季米尔·尼古拉伊奇·潘申。他在彼得堡任职，是内务部负责执行特殊任务的一个官员。他来O市是为了执行一项临时任务，听从省长宗年别尔格将军指挥，而这位省长又是他的一个远亲。潘申的父亲，退役的骑兵上尉，是个出名的赌徒。这个人有一双迷人的眼睛，面容疲惫，嘴唇老是神经质地抽搐着。他一生都在显贵之中厮混，经常光顾两个京城里的英国俱乐部[①]。大家公认他是个相当精明、不大可靠、然而亲切可爱的人。尽管他十分精明，却经常处于赤贫的边缘，给自己的独生子留下了一份已经败落的、不大的家产。然而他照自己的方式关心儿子的教育：弗拉季米尔·尼古拉伊奇法语说得十分漂亮，英语也说得不错，德语却说得很差劲。而这是理所当然的。上流社会的人都耻于把德语说得十分流利，不过在某些场合，大半是在开玩笑、打趣的时候，说几个德语词儿，却是可以的。照彼得堡的法国人的说法，就是：c'est m ê me tr è s chic[②]。弗拉季米尔·尼古拉伊奇从十五岁起就已经会

---

① 彼得堡和莫斯科的英国俱乐部里有最好的厨师，美食家们都喜欢去那里享用烹调得最好的菜肴。

② 法语，意思是“这最时髦”。

毫不腼腆地进入随便什么人家的客厅，令人愉快地在那里与人周旋，而且会在适当的时候起身告辞。潘申的父亲给儿子拉上了许多关系，在两圈牌之间洗牌的时候，或者是手气好，大获全胜之后，他都不会放过机会，插上几句，对任何一位爱玩牌的显贵谈谈自己的“沃洛季卡”。至于弗拉季米尔·尼古拉伊奇本人，当他还在大学里读书，还不曾以一个大学毕业生的身份离开大学以前，就已经结识了一些贵族出身的青年人，开始进入一些豪门贵族的家庭了。到处都乐意接待他。他长得一表人才，毫不拘束，而且有趣，一向身体强壮，无论做什么，都能应付裕如。需要有礼貌的场合，他就彬彬有礼，可以无礼的地方，他就粗鲁放肆，是一个出色的伙伴，un charmant garcon[①]。一个朝夕思慕的领域已经呈现在他的面前。潘申很快就懂得了上流社会那套处世为人学问的秘诀。对这套学问的准则他能真心诚意满怀敬意，也会以半带嘲讽的傲慢态度胡诌胡扯，而且装作把一切重要事情都看作无稽之谈。他舞艺超群，衣着完全是一副英国派头。在短短的时间里，他已经被公认为彼得堡最可爱、最精明的年轻人之一了。潘申确实十分精明，并不亚于他的父亲，不过他也很有才干。他样样在行：他唱歌很动听，画画一挥而就，会写诗，在舞台上演戏也演得挺不错。他才不过二十八岁，可已经是一个宫廷低级侍从官，有一个很不错的官职。潘申对自己，对自己的聪明才智，对自己的远见卓识，都坚信不疑。他大胆、愉快地全力以赴，一往直前，他的生活一帆风顺。无论是年老的，还是年纪小的，大家都喜欢他，对此他已习以为常，而且自以为了解别人，特别是了解女人：他很了解她们通常的弱点。作为一个对艺术并

---

① 法语，意思是“迷人的小伙子”。

非全不在行的人，他觉得自己既有激情，也有点儿容易陶醉，容易兴奋，因此他容许自己有各种越轨行为——纵饮作乐，结识一些不属于上流社会的人，而且一般说来，行为不知检点，随随便便。不过内心里他却冷酷无情，狡猾阴险，即使在最放纵狂饮的时候，他那机灵的深棕色眼睛也一直在窥探和观察。这个大胆放肆、无拘无束的青年人永远也不会完全忘乎所以，心醉神驰。应该说，值得赞扬的是，他从不吹嘘自己的胜利。他来到O市以后，立刻就成了玛丽娅·德米特里耶芙娜家的座上客，而且很快就完全适应了这个环境。玛丽娅·德米特里耶芙娜非常喜欢他。

潘申亲切地向屋里所有的人点头致意，与玛丽娅·德米特里耶芙娜和莉扎薇塔·米哈依洛芙娜握了握手，轻轻拍了拍格杰昂诺夫斯基的肩膀，然后抬起脚尖转过身来，捧住莲诺奇卡的头，吻了吻她的前额。

"骑一匹这么凶的马，您不害怕吗？"玛丽娅·德米特里耶芙娜问他。

"哪能呢，它驯良得很。可是我要告诉您，我怕的是什么：我怕跟谢尔盖·彼特罗维奇玩朴烈费兰斯[1]。昨天在别列尼岑家他大获全胜，让我输了个精光。"

格杰昂诺夫斯基谄媚地尖声笑了起来——他在巴结这个从彼得堡来的年轻的杰出官员和省长的宠儿。他与玛丽娅·德米特里耶芙娜谈话的时候，经常提到潘申先生出色的才能。不是吗，他认为，怎么能不夸奖他呢？在上层社会的生活里，这个年轻人颇有成就，工作十分出色，而且一点儿也不骄傲。其实，就是在彼得堡，大家也都认为潘申是个干练的官员。他做起工作来异常勤快，谈论工作却随随便便，正像一个上流社会的

---

① 纸牌的一种玩法。

人所应该做的那样，并不认为自己的工作有什么特殊意义，然而他却是个“实干家”。上级长官都喜欢这样的下属，他自己毫不怀疑，如果他乐意的话，将来准会爬上部长的职位。

“您说我赢了您，”格杰昂诺夫斯基说，“可上星期是谁赢了我十二卢布？还有……”

“坏蛋，坏蛋。”潘申用一种亲昵、却又稍带点儿轻蔑的、随随便便的语气打断了他的话，于是不再去理会他，走到了莉莎面前。

“在这儿我没能找到《奥伯隆》[①] 的序曲。”他开始说，“别列尼岑娜只不过是吹牛，说所有古典乐曲，她那儿都有——实际上，除了波尔卡[②]和圆舞曲，她那儿什么也没有。不过我已经写信到莫斯科去，一星期以后您就会有这部序曲了。顺便说一声，”他接着说，“昨天我写了一首新的抒情歌曲，歌词也是我作的。您愿意让我唱给您听听吗？我不知道效果怎样。别列尼岑娜认为它很好听，可是她的话毫无意义——我希望知道您的意见。不过，我想，还是以后再唱吧。”

“为什么要以后呢?”玛丽娅·德米特里耶芙娜插嘴说，“干吗不现在就唱?”

“遵命。”潘申低声说，脸上突然露出某种愉快、谄媚的微笑，但这笑容又同样突然间消失了。说罢，他用膝盖把椅子朝前推了推，坐到钢琴前，弹了几个和音，吐字清晰地唱起了下面这首抒情歌曲：

明月高悬在大地上空，

---

① 《奥伯隆》是德国作曲家韦伯（1786— 1826）根据德国作家维兰德（1733— 1813）的长诗《奥伯隆》创作的歌剧。

② 捷克的一种民间舞曲。

在暗淡的云层间飘浮，移动。
但迷人的月光却从高空，
使大海起伏，波涛汹涌。
我心灵的大海呀，
认为你就是我的明月，
无论它在欢乐时，
还是当它感到悲痛，
只有你驱使它，
使它起伏波动。
我的心充满爱的烦恼，
充满忧愁，
这忧愁来自默默的追求，
我心中痛苦不堪……
你却像那明月，
不会感到心慌意乱。

第二段潘申唱得特别富有感情，特别有力，在疾风骤雨似的伴奏中仿佛听到了汹涌澎湃的波涛声。唱出“我心中痛苦不堪……”之后，他轻轻叹了口气，垂下眼睛，压低了声音——morendo[①]。等他唱完了，莉莎称赞歌曲的曲调，玛丽娅·德米特里耶芙娜说“美极了”，格杰昂诺夫斯基甚至高声喊道：“太动人了！无论是诗，还是和音，都同样动人……”莲诺奇

① 意大利语，意思是“渐渐消失”。

卡怀着孩子的崇敬心情看了看唱歌的人。总之，所有在座的人都很喜欢这个青年业余作曲家的作品。但客厅门外，前厅里站着一个刚刚进来、年纪已经不小的老人，从他低着头的面部表情和耸肩的动作，可以看出，潘申的抒情歌曲虽然很讨人喜欢，却并不让他感到高兴。这个人稍等了一会儿，用一块厚厚的手帕掸去靴子上的尘土，突然紧锁双眉，阴郁地闭紧嘴唇，弯下本来就有点儿佝偻着的背，慢慢走进客厅。

“啊！赫里斯托福尔·费多雷奇，您好！”潘申最先高声说，并且很快从椅子上站了起来，“我没料想到您在这儿——当着您的面，我无论如何也不敢唱我自己作的抒情歌曲。我知道，您不喜欢轻音乐。”

“我没听见。”进来的那个人用发音很差的俄语说。说罢，他向大家点头问好，尴尬地站在了房屋中间。

“麦歇[①]列姆，”玛丽娅·德米特里耶芙娜说，“您是来给莉莎上音乐课的吧？”

“不，不是给莉莎费特（莉扎薇塔）·米哈依洛芙娜，是给叶列（叶莲娜）·米哈依洛芙娜上课。”

“啊！嗯，那好吧——太好了。莲诺奇卡，你跟列姆先生上楼去吧。”老人本来已经跟着小姑娘走了，但是潘申叫住了他。

“上完课以后请您别走，赫里斯托福尔·费多雷奇，”他说，“我要和莉扎薇塔·米哈依洛芙娜四手联弹，演奏贝多芬的奏鸣曲。”

老人牢骚满腹地不知小声说了些什么，潘申却继续用发音不正的德语说：

---

① 法语“先生”的译音。

“莉扎薇塔·米哈依洛芙娜把您献给她的宗教颂歌拿给我看过了——是一部很美的乐曲！请您别认为我不会欣赏严肃音乐——恰恰相反，严肃音乐有时是枯燥些，但是非常有益。”

老人面红耳赤，斜着眼睛朝莉莎瞟了一眼，就匆匆走出客厅。

玛丽娅·德米特里耶芙娜请求潘申再唱一遍那首抒情歌曲，但是他宣称，他不想有辱那位有学问的德国人的倾听，并提议和莉莎来演奏贝多芬的奏鸣曲。于是，玛丽娅·德米特里耶芙娜叹了口气，提议让格杰昂诺夫斯基和她一道到花园里去走一走。“我还想，”她说，“跟您谈谈我们可怜的费佳，听听您的意见。”格杰昂诺夫斯基咧开嘴笑了，鞠了一个躬，用两个手指拿起自己的帽子和整整齐齐放在一边帽檐上的那副手套，跟玛丽娅·德米特里耶芙娜走了出去。屋里只剩下了潘申和莉莎。她拿出奏鸣曲的乐谱翻开来，两人默默地坐到钢琴前。从楼上传来莲诺奇卡还没有把握的小手指弹奏音阶练习的微弱的声音。

五

赫里斯托福尔·泰奥多尔·戈特利布·列姆于1786年出生在萨克森王国开姆尼兹城一个贫穷的乐师家里。他父亲吹圆号，母亲弹竖琴，他自己从五岁起就已经练习三种不同的乐器。八岁的时候，他成了孤儿，从十岁起，开始靠自己的艺术挣钱糊口。他长期过着流浪生活，到处演奏——在小饭馆里，集市上，农民的婚宴以及舞会上。最后进入一个乐队，步步高升，获得了指挥的位置。作为一个演奏者，他相当差劲，可是对音乐的理解却颇有见地。他于二十岁的时候移居俄国。是一个大地主请他来的，那个地主讨厌音乐，可是为了摆派头，却搞了一个乐队。列姆作为乐队指挥在他那儿待了七年，离开他那里时却是两手空空。那个地主破产了，曾想给他一张期票，后来却连期票也不肯给了。总之，连一个戈比也没有付给他。人们劝他回去，但是他不愿像个乞丐一样从俄罗斯，从伟大的俄罗斯，从这个艺人们的黄金宝地回到自己的故乡去。他决定留下来，碰碰自己的运气。二十年来，这个可怜的德国人一直在碰自己的运气。在各式各样的贵族老爷家里待过，在莫斯科和一些省城里住过，饱经种种忧患，尝够了极端贫困的滋味，在困境中徒然挣扎，力图改善自己的生活。不过在他经受种种灾难的时候，他也从未放弃回国的想法，只有这个想法一直在支持着他。然而命运不愿赐给他这最后的、也是最初的幸福，让他高兴一下。年已半百，病弱体衰，就在这时，他流落到了O市，于是永远留在这里，已经最后失去了离开让他感到憎恨的俄罗斯的一切希望，靠教课来勉强维持自己贫困的生活。列姆的仪表不能让人对他产生好感。他个子不高，背有点儿驼，肩胛骨朝前弯，腹部凹进去，一双扁平的大脚，红通通的双手，青筋暴露，僵硬的手指上长着白中透蓝的指甲，脸上布满皱纹，双颊凹陷，紧闭着的双唇却又不断地翕动着，咀嚼着。这样一来，在他通常沉默寡言的情况下，就会让人产生一种几乎是预兆不祥的印象。他那一绺绺花白的头发耷拉到不高的前额上。他那双神情呆板的小眼睛，好似刚刚熄灭的炭火，毫无生气地发出微弱的闪光。他走路很吃力，每走一步，都大幅度地摆动他那很不灵活的身躯。他的某些动作很像一只笼子里的猫头鹰在笨拙地梳理自己的羽毛，每当它感到有人在看它，它瞪着自己那双胆怯而又昏昏欲睡地眨巴着的黄色大眼睛，却什么也看不清的时候，就会做这样的动作。

多年来无情的苦难在这个不幸的音乐家身上留下了不可磨灭的痕迹，摧残了他，使本来就其貌不扬的他变得更加丑陋了。但是对于并不停留在最初印象上的人来说，在这个几乎被摧毁的人身上，却可以看出某种善良、正直、不同寻常的品质。这个巴赫①和亨德尔②的崇拜者，自己这门专业的行家，天生富有活跃的想象力和日耳曼民族所独有的勇于创新的思想，这样的一个人，如果生活为他做出另外的安排，随着时间的推移——谁知道呢？——列姆也许会进入自己祖国伟大作曲家的行列。然而，他不是一个生来有福的人！他一生中写过不少乐曲——却从未能看到自己的一部作品得以出版。他不会在适当的时候对人低三下四，及时奔走钻营，恰如其分地为自己张罗。很久很久以前，有一次，他的一个崇拜者和朋友，也是个德国人和不幸的人，自己出钱出版了他的两部奏鸣曲——可是它们全部堆放在几家音乐书店的地下室里。它们无声无息、无影无踪地消失了，仿佛有人在夜间把它们扔进了河里。列姆终于对一切心灰意懒。再说，年岁也起了作用——他的心冷了，像手指变僵硬了一样，人也变得麻木了。他孤身一人，和一个从养老院请来的老厨娘一起（他从未结婚），住在O市离卡利京家不远的一座小房子里。他经常散步，读《圣经》、基督教的圣诗集和什列格尔③翻译的莎士比亚的作品。他早就什么作品也不写了。但是，显然，莉莎，他最好的学生，善于使他振作起来——他为她

---

① 巴赫（1685—1750），德国著名作曲家。

② 亨德尔（1685—1759），德国著名作曲家。

③ 奥古斯丁·威廉·什列格尔（1767—1845），德国作家。

写了潘申提到的那首颂歌。这首颂歌的歌词是他从圣诗集中借用的，还有一些诗句则是他自己写的。颂歌由两部合唱—— 一部是幸福者的合唱，一部是不幸者的合唱。快结束时，两部汇合，齐声高唱道："仁慈的上帝呀，饶恕我们这些罪人，摒除我们的一切邪思和凡念吧。"在工工整整书写的、甚至是描画出来的卷头页上，写着："**谨遵教义。宗教颂歌。献给我亲爱的学生叶莉扎薇塔·卡利京娜，她的教师赫·泰·戈·列姆作**"。"谨遵教义"和"叶莉扎薇塔·卡利京娜"这些字周围画上了一束束光芒。下面附有这样一行字："仅为您一人，f ü r Sie allein[①]"。正是因此，列姆才脸红了，而且斜着眼睛看了看莉莎。潘申当着他的面提起他的颂歌时，他感到非常伤心。

六

潘申响亮而坚决地弹出了奏鸣曲的最初几个和音（他弹第二声部），可是莉莎没有开始弹该由她演奏的声部。他停下来，看了看她。凝神注视着他的、莉莎的眼睛流露出不满的神情。她的嘴唇上没有笑容，整个面部表情严峻，几乎显得悲哀。

"您怎么了？"他问。

"您为什么没有遵守自己的诺言？"她说，"我让您看赫里斯托福尔·费多雷奇的颂歌有一个条件，让您不要对他谈到它。"

---

① 德语，意思是"仅为您一人"。

“对不起，莉扎薇塔·米哈依洛芙娜，这是话到嘴边，顺口说出来的。”

“您让他伤心了——也让我伤心。现在他连我也不会信任了。”

“您叫我怎么办呢，莉扎薇塔·米哈依洛芙娜！从小时候起我一见到德国人就没法儿冷静下来，总是不由得想要戏弄他。”

“您这是说的什么话，弗拉季米尔·尼古拉伊奇！这个德国人可怜、孤独，是个完全绝望的人——连他您也不怜悯吗？您竟想戏弄他？”

潘申发窘了。

“您说得对，莉扎薇塔·米哈依洛芙娜，”他低声说，“这都怪我太轻率。不，请别反驳我，我很了解我自己。我这轻率给我惹了许多祸。就因为轻率，我被大家看作利己主义者。”

潘申沉默了一会儿。不管谈话是从什么开始，通常到最后，他总是会谈到自己。他这样说话，不知为什么结果总是会讨人喜欢，显得随和、诚恳，仿佛是无意中偶然说出来的。

“就拿在您府上来说吧，”他接着说，“令堂待我当然是特别好了——她心地是那么善良。您呢……不过，我不知道您对我的看法，可是您那位姑姥姥对我简直就无法容忍。我大概也是说过什么轻率和愚蠢的话，得罪她了。要知道，她不喜欢我，不是吗？”

“是的，”莉莎犹豫了一下说，“她不喜欢您。”

潘申用手指在琴键上很快滑过，一个勉强才能察觉的微笑掠过他的嘴唇。

“嗯，那您呢？”他低声说，“您也觉得我是个利己主义者？”

“我对您了解得还很少，”莉莎否定地回答，“不过，我不认为您是利己主义者。我，恰恰相反，应该感谢您……”

“我知道，知道您想说什么，”潘申打断了她，又用手指很快滑过琴键，“为了我给您拿来的那些乐谱，那些书，为了我画了那些并不高明的图画，用来点缀您的画册，等等，等等。我能够做这一切——可我仍然是一个利己主义者。我敢这样想，您跟我在一起不会觉得无聊，您不认为我是个坏人。不过您还是认为，我——这到底该怎么说呢？为了说俏皮话，连自己的父亲和朋友也不珍惜。”

“您心不在焉，而且健忘，跟所有上流社会的人一样，”莉莎迟疑地说，“就这些。”

潘申稍微皱了皱眉。

“请您听我说，”他说，“咱们别再谈我了，还是开始弹我们的奏鸣曲吧。我对您只有一个请求，”他补上一句，说着用一只手把放在乐谱架上的本子摊平：“对我，您爱怎么想就怎么想好了，甚至可以把我叫作利己主义者——就这样吧！不过请您别把我叫作上流社会的人，这个雅号我可受不了……Anch’io sono pittore[①]。我也是个艺术家，虽说是个蹩脚艺术家，而这一点，也就是说，我是个蹩脚艺术家——我马上就能用事实向您证明。我们开始吧。”

“好，开始吧。”莉莎说。

一开始的adagio[②]弹得相当顺利，虽说潘申曾不止一次弹错。自己写的和练熟的乐曲，他弹得很动听，看谱弹却不行。因此奏鸣曲的第二部分——相当快的allegro[③]——就完全弹不下去了。弹到第二十小节上，已

---

① 意大利语，意思是“我也是个画家呀”。

② 意大利语，意思是“慢板”。

③ 意大利语，意思是“快板”。

经落后了两个小节的潘申无法继续坚持，于是笑着推开了自己的椅子。

“不！”他高声说，“今天我弹不了，幸好列姆没听到我们弹。要是听到，他准会晕倒的。”

莉莎站起来，盖上钢琴，转身面对潘申。

“那我们做什么呢？”她问。

“从这句问话中我看出您是个什么样的人来了！您无论如何也不能闲坐着，什么事也不做。那好吧，如果您乐意的话，趁天还没全黑，我们来画画吧。说不定另一位缪斯[1]——绘画的缪斯，她叫什么来着？我忘了……会对我宽厚一些。您的画册呢？记得那里我有一幅风景画还没画完。”

莉莎到另一间屋里拿画册去了，只剩下了潘申一个人。他从衣袋里掏出一块细麻纱手帕，擦了擦指甲，不知为什么斜着眼睛看了看自己的双手。两只手很美，而且很白，左手拇指上戴着一个螺旋状的金戒指。莉莎回来了，潘申坐到窗前，打开了画册。

“啊哈！”他高声说，“我看到，您开始临摹我的风景画了——好极了。太好了！只不过这里——请给我铅笔——阴影画得不够浓。您看。”

于是，潘申笔触奔放地给画上了几道长长的阴影线条。他经常画那同一幅风景画——前景是几棵错落有致的树木，远处是林间草地，天边是层峦叠嶂的远山。莉莎从他肩后看着他画。

“绘画，而且一般说，在人生中，”潘申一会儿把头歪到右边，一会儿歪到左边，说，“轻松和大胆是头一件重要的事情。”

就在这时，列姆走进屋里，冷淡地点了点头，就想走开。但是潘申把

---

① 希腊神话中司文艺、科学的九位女神的通称。

画册和铅笔丢到一边，拦住了他的路。

“您去哪儿，亲爱的赫里斯托福尔·费多雷奇？难道您不留下来喝茶吗?”

“我要回家去，”列姆用阴郁的声音说，“头痛。”

“唉，这有什么呢——请您留下来吧。我要和您展开一场关于莎士比亚的争论。”

“头痛。”老人又说了一遍。

“您不在这儿的时候，我们弹了弹贝多芬的奏鸣曲，”潘申亲切地搂住他的腰，愉快地微笑着，接下去说，“可是弹得很不顺利。您信不信，两个音符连在一起我都弹不准。”

“您才（最）好还是再唱一遍您已（自）已的那首抒情歌西（曲）吧。”列姆推开潘申的手，不以为然地说，说罢就走了出去。

莉莎跟在他后面跑出去。她在台阶上追上了他。

“赫里斯托福尔·费多雷奇，请您听我说，”她用德语对他说，顺着院子里草还没长高的绿油油的草地，送他到大门口，“我对不起您——请原谅我。”

列姆什么也没回答。

“我把您的颂歌拿给弗拉季米尔·尼古拉伊奇看了，我深信他一定会对它做出正确的评价——他确实很喜欢它。”

列姆站住了。

“这没什么，”他用俄语说，随后又用自己祖国的语言补充说，“不过他什么也不会懂，这一点您怎么看不出来呢？他是个只有一知半解的人——就是如此!”

“您对他不公正，”莉莎反驳说，“他什么都懂，而且自己什么都会做。”

“不错，全是次品，肤浅和草率的货色。人们喜欢这个，也喜欢他，他自己也对此感到满意——嗯，这蛮好嘛。不过我并不生气，这首颂歌和我——都是老傻瓜。我有点儿惭愧，不过这没什么。”

“请原谅我，赫里斯托福尔·费多雷奇。”莉莎又低声说。

“没什么，没什么，”他又用俄语反复说，“您是个好心肠的姑娘……瞧，有人来找你们了。再见。您是个心肠非常好的姑娘。”

于是，列姆迈着匆忙的脚步朝大门走去，有一位身穿灰大衣、头戴宽边草帽、他不认识的先生走进大门。列姆彬彬有礼地向来人点头致意（对O市所有陌生人，他都点头致意。在街上遇到熟人，却一概都不理睬——他为自己订下了这么一条规矩），从一旁走了过去，在围墙后消失了。陌生人诧异地对着他的背影望了一眼，仔细看了看莉莎，然后径直朝她走来。

七

“您认不出我了吧，”他摘下帽子，犹豫地说，“我却认出了您，尽管从我最后一次见到您，已经过去八年了。那时候您还是个孩子。我是拉夫烈茨基。您妈妈可在家？能见到她吗？”

“妈妈准会非常高兴，”莉莎说，“她已经听说您回来了。”

“您好像是叫叶莉扎薇塔，对吗？”拉夫烈茨基不太有把握地说，说着走上了台阶。

"是的。"

"我清清楚楚记得您。那时候您的面容就叫人一见难忘了，那时候我常给您带糖果来。"

莉莎脸红了，心想：他这人多怪啊！拉夫烈茨基在前厅里站下来，稍停了一会儿。莉莎走进客厅，从那里传来潘申说话和哈哈大笑的声音。他正把城里流传的什么流言蜚语讲给已经从花园回到客厅的玛丽娅·德米特里耶芙娜和格杰昂诺夫斯基听，而且为他自己所说的那些事情高声大笑。一听到拉夫烈茨基的名字，玛丽娅·德米特里耶芙娜不由得一惊，慌乱起来，脸色发白，走上前去迎接他。

"您好，您好，我亲爱的cousin[①]，"她用拖长的、几乎是感伤的声音激动地说，"看到您我多高兴啊！"

"您好，我的好表姐。"拉夫烈茨基回答说，亲热地握了握她伸过来的手，"上帝保佑，过得可好？"

"请坐，请坐，我亲爱的费奥多尔·伊万内奇。哎呀，我多高兴啊！请允许我首先介绍您认识我的女儿，莉莎……"

"我已经向莉扎薇塔·米哈依洛芙娜作过自我介绍了。"拉夫烈茨基打断了她。

"麦歇潘申……谢尔盖·彼特罗维奇·格杰昂诺夫斯基……您请坐啊！我瞅着您，真的，甚至不相信自己的眼睛。您身体怎么样啊？"

"正像您看到的，发胖了。而您，表姐——如果我的赞美不会给您带来什么不吉利的话——这八年来您也没变瘦哇。"

---

① 法语，意思是"表弟"。

“想想看吧，我们有多久没见面了。”玛丽娅·德米特里耶芙娜沉入梦幻般地低声说，“您这会儿是从哪儿来？您把……[1]留在哪里了……也就是说，我想要说，”她赶紧改口说，“我是想说，您要在我们这儿长期住下来吗？”

“我才从柏林来，”拉夫烈茨基回答，“明天就去乡下——大概，要长住下来。”

“您当然是要住在拉夫里基了？”

“不，不住在拉夫里基。不过离这儿二十五俄里，我有一个小村子，我就是要到那里去。”

“就是格拉菲拉·彼特罗芙娜留给您的那个小村子吧？”

“就是那个。”

“得了吧，费奥多尔·伊万内奇！在拉夫里基您有一幢那么漂亮的房子！”

拉夫烈茨基稍稍皱了皱眉。

“是的……不过那个小村子里有一套厢房，而我暂时什么也不需要。这个地方——现在对我来说最合适了。”

玛丽娅·德米特里耶芙娜又窘得不知所措了，甚至挺直身子，摊开了双手。潘申赶快来给她帮忙，和拉夫烈茨基交谈起来。玛丽娅·德米特里耶芙娜心情平静下来，身子靠到安乐椅背上，只是偶尔插一两句话。不过同时却那样怜悯地看着自己的客人，那样意味深长地唉声叹气，那样忧郁地频频摇头，以致客人终于忍不住了，相当生硬地问她是不是不舒服。

---

① 她本想说：“您把妻子留在哪里了……”但立刻觉得不妥，赶紧改口去说别的。

“谢天谢地，”玛丽娅·德米特里耶芙娜回答，“怎么啦？”

“没什么，我好像觉得，您不大舒服。”

玛丽娅·德米特里耶芙娜装出一副神情庄重又有点儿受了委屈的样子。“既然如此，”她想，“对我来说，反正一样。看来，我的爷，你倒满不在乎呢。换了别人，准会痛苦不堪，你倒长胖了。”玛丽娅·德米特里耶芙娜暗自思忖时，可用不着讲什么礼貌。说出声来，却比较文雅了。

拉夫烈茨基当真不像一个遭受命运捉弄的牺牲者。他那典型的俄罗斯人的脸，面颊红通通的，白皙的前额宽阔饱满，鼻子稍有点儿粗大，嘴唇阔而端正，让人感到像草原上的人那样健康、强壮，有永远不会衰竭的力气。他身材长得很好，一头浅色的头发像青年人那样卷曲着，只是在他那双稍有点儿呆板而且向外突出的淡蓝色眼睛里，可以看出不知是沉思、还是疲倦的神情，而且他说话的声音也让人觉得过于平静了。

当时潘申继续没话找话，不让谈话中断。他把话题转到了制糖业可以带来的好处上，不久前他刚看过两本关于这个问题的法文小册子，于是不慌不忙、谦逊地叙述小册子里的内容，可是连一个字也没提起那两本小册子。

“啊，这不是费佳吗！”突然隔壁房间里半开着的门后面传来了玛尔法·季莫菲耶芙娜的声音，“是费佳，一点儿也不错！”说着，老太婆急忙走进客厅。拉夫烈茨基还没来得及从椅子上站起来，她已经一把抱住了他。“让我看看，让我看看哪！”她说着站得离他的脸稍远一些，“嗳！你多可爱呀，老了，可模样儿一点儿也没变丑，真的。唉，你干吗亲我的手哇——你就亲亲我吧，要是我这皱巴巴的脸不让你觉得讨厌的话。你恐怕没问起我吧，没有问过姑妈还活着吗？不是吗，你生下来还是我给接生的呢，真是个淘气鬼呀！唉，这反正一样，你哪会想起我来呀！可是你回来了，真是个好孩子。怎么，我亲爱的，”接着她对玛丽娅·德米特里耶芙娜说，“你招待他吃点儿什么了吗？”

“我什么也不要吃。”拉夫烈茨基连忙说。

“嗯，至少也得喝杯茶吧，我的爷。我的天哪！一个人不知是从哪里回来了，可连杯茶都不给他喝。莉莎，你去张罗一下，可要快点儿。我记得，小时候他嘴馋得很呢，就是现在，想必也还爱吃东西吧。”

“您好，玛尔法·季莫菲耶芙娜。”潘申从侧面走近心情兴奋的老太婆，深深鞠了个躬。

“请你原谅我，我的先生。”玛尔法·季莫菲耶芙娜回答，“因为高兴，没看见你。你长得像你亲爱的母亲了。”她又转身对拉夫烈茨基接着说，“只不过你的鼻子像父亲，还是像父亲的。哦——你来我们这儿，要待很久吗？”

“我明天就走，表姑。”

“去哪儿？”

“回家去，去瓦西利耶夫村。”

“明天？”

“明天。”

“好吧，既然说明天，那就明天吧。上帝保佑——你自己最清楚。只不过别忘了，可要来告别啊。”老太婆抚爱地拍拍他的面颊，“我没想到还能见到你，倒不是说我打算死了——不，我大概还能活十年。我们佩斯托夫家的人，全都长寿。你已经过世的祖父[①]有时就说，我们都壮实得很。

---

① 指玛尔法·季莫菲耶芙娜的父亲。

唉，可是天晓得你还会在国外流浪多久。啊，可你真是好样的，好样的。看样子，你大概仍然能一只手就提起十普特[①]来吧？你已经过世的父亲，对不起，虽说是个那么荒唐的人，可是给你请了个瑞士人做教师，却是做对了。你跟他斗拳的事，还记得吗？这是叫体操吧，是吗？可是，我干吗这么絮絮叨叨说个不停啊。只不过碍盘（潘）申先生（她从来也没好好地叫过他潘申）的事，让他不能大发议论。不过，我们最好还是喝茶吧。走，咱们到阳台上去喝，我们这儿的鲜奶油好极了——可不像你们伦敦和巴黎的那种玩意儿。咱们走吧，走吧，而你呢，费久沙，把手伸给我。噢！你的胳膊多粗啊！有你扶着，就不用怕跌倒了。”

大家都站起来，往阳台上去了，只除了格杰昂诺夫斯基，他悄悄地离开了。当拉夫烈茨基和家里的女主人、潘申，以及玛尔法·季莫菲耶芙娜谈话的时候，他一直坐在角落里，注意地眨巴着眼，怀着孩子式的好奇心噘着嘴唇听着——现在他急于到全城去散布关于新来的客人的流言蜚语。

就在那天晚上十一点钟，卡利京家里发生了这么一件事。在楼下客厅门口，弗拉季米尔·尼古拉伊奇与莉莎告别的时候，趁机握着她的手，对她说：“您知道，是谁吸引我来这儿的。您明白，我为什么老是来你们家。既然一切都如此明显，还用得着再说什么吗?!”莉莎什么也没有回答他，也没有微笑，而是稍稍扬起眉毛，脸红了，望着地上，不过没有把自己的手缩回来。而楼上，在玛尔法·季莫菲耶芙娜屋里，在已经褪色的古

---

① 1普特等于16.38千克。

老神像前挂着的油灯灯光底下，拉夫烈茨基坐在一把扶手椅里，胳膊肘撑在膝盖上，用双手托着自己的脸。老太婆站在他面前，有时默默地抚摩着他的头发。与女主人告辞以后，他在老太婆这里待了一个多钟头。他几乎什么话也没对自己这位好心肠的老表姑说，她也没有详细地问长问短……而且有什么好说的，有什么好问的呢？就是不说，她也什么全都明白，就是不问，对他心里的一切痛苦，她也是满怀同情的。

八

费奥多尔·伊万诺维奇·拉夫烈茨基（我得请求读者允许我暂时中断我们故事的线索）出身于一个古老的贵族世家。拉夫烈茨基家族的始祖是从普鲁士迁到瞎眼瓦西利[①]统治的公国来的，在别热茨河上游得到了赐予他的二百切特韦尔季[②]封地。他的后裔中有许多人曾在各种不同部门挂名任职，在一些边远的军政长官管辖区王公显贵手下当过差，但是他们当中连一个也没爬到高于御前侍膳大臣的职位，而且也没能获得数量可观的财产。拉夫烈茨基家族中最富有和最显赫的是费奥多尔·伊万内奇的嫡亲曾祖父安德烈，一个残忍、粗鲁、聪明而狡猾的人。至今还流传着关于他的传说，说是他独断专行、性情暴躁、挥霍无度，而又永无餍

① 瞎眼瓦西利，即瓦西利·瓦西利耶维奇二世（1415—1462），自1425年为莫斯科公国大公。1446年在封建割据战争中受伤，失明，所以人称瞎眼瓦西利。

② 切特韦尔季，俄罗斯土地面积单位。1切特韦尔季等于1.5俄亩，1俄亩等于1.09公顷。

足。他又高又胖，脸色黝黑，没留胡子，说话发音不清楚[①]，看上去好像总是精神萎靡不振的样子。但是他说话声音越轻，他周围的人就越发吓得发抖。他给自己挑选的妻子也和他刚好相配。她是个茨冈人，金鱼眼，鹰钩鼻子，一张圆圆的黄脸，脾气暴躁，又爱记仇，无论什么事，都从不向丈夫让步，弄得他几乎都要央求她，她没有他活得久，不过跟他吵闹了一辈子。安德烈的儿子彼得，费奥多尔的祖父，不像自己的父亲——这是个普普通通的草原上的地主老爷，相当任性，爱空谈，慢性子，粗鲁，但是并不凶恶，好客，也是个养狗的猎人。从父亲那儿继承了两千名最好的农奴的时候，他才三十多岁，可是不久他就放纵了他们，卖掉了自己的部分庄园，把仆人们也都惯坏了。一些认识的和不认识的小人物，如同蟑螂一般，从四面八方汇集到他这宽敞、暖和却不注意整洁的宅邸里。所有这些人来到这里，碰上什么就吃什么，不过总能饱餐一顿，有酒就喝得醺醺大醉，而且能带走的全都带走，同时对亲切待客的主人赞不绝口，称颂备至。主人情绪不佳的时候，也会嘲讽地"吹捧"自己的客人，管他们叫寄生虫和骗子，可是没有他们，他又会感到寂寞。彼得·安德烈伊奇的妻子是个性情温和柔顺的女人，这是父亲给他挑选、命令他从邻家娶回来的，她的名字叫安娜·帕夫洛芙娜。她对一切都从不过问，殷勤地接待客人，自己也乐意出去做客。尽管用她自己的话来说，要她搽粉，那简直是要她的命。老年的时候，她常说，给你头上包一块呢子头巾，全部头发都朝上梳，抹上油，撒上粉，再给插上几根钢针——以后洗也洗不干净。可出去做客，不扑粉又不行——人家

① 原文是"Р"或"л"这两个字母发音不准确。

会见怪的——真是活受罪！她喜欢乘马车兜风，乐意从早到晚玩牌。每当丈夫走近牌桌的时候，她总是用一只手遮住记在她名下的、赢得的那一点儿钱。而她的嫁妆，她所有的钱，却都交给他，由他全权支配。她和他生了两个孩子：儿子伊万，也就是费奥多尔的父亲，还有女儿格拉菲拉。伊万不是在自己家里，而是在一个富有的老姨妈——未出阁的库宾斯卡娅公爵小姐家受的教育，因为她指定他作为自己的继承人（没有这个条件，父亲是不会让他去的）。她让他穿得像个洋娃娃，给他请来了各式各样的教师，让一个家庭教师负责照料他，这是一个法国人，以前做过天主教的神父，让-雅克·卢梭[①]的信徒，叫m-r Courtin deVaucelles[②]，是个狡猾、乖巧、善于钻营的家伙——正如她所说的，是侨民中的fine fleur[③]——结果她在差不多就要满七十岁的时候嫁给了这个“精华”，把自己的全部财产都转移到了他的名下。此后不久，她浓施脂粉，洒了许多à la Richelieu[④]龙涎香香水，身边黑奴成群，几条细腿的小狗和几只尖声叫喊的鹦鹉不离左右，手里拿着伯第多[⑤]精制的珐琅鼻烟壶，就这样在一张路易十五[⑥]时代的、蒙着缎面的弯背小沙发上寿终正寝了。她死的时候，丈夫已经遗弃了她——善于曲意逢迎的库尔丁先生带着她的钱财

---

① 卢梭（1712— 1778），法国思想家，启蒙教育家。

② 法语，意思是“库尔丁·德·福赛先生”。

③ 法语，意思是“精华”。

④ 法语，意思是“黎赛留的”。黎赛留（1585— 1642），法国国务活动家，君主专制政体的主要代表。

⑤ 伯第多（1607— 1691），瑞士瓷彩画家。

⑥ 路易十五（1715— 1774），法国皇帝。

溜回了巴黎。当这个出乎意外的打击——我说的是公爵小姐结婚，而不是她的去世——突然降临到伊万头上的时候，他不过刚过十九岁，他不愿留在姨妈家里。在那里，他已经从一个富有的继承人突然变成了一个寄人篱下的人；在彼得堡，他在其中长大成人的那个上流社会对他关上了大门。从低级官阶开始去任公职，不但困难，而且官场中黑暗得很，对此他感到厌恶（这一切都发生在沙皇亚历山大[①]在位的初期），不得已他只好回到乡下，回到父亲那里。他故乡的家园看上去显得又脏又穷，糟糕透了。草原生活偏僻荒凉，屋里到处是烟炱，这一切随时随地都让他感到委屈。寂寞在折磨着他。因此，除了母亲，家里的人对他也都并不友好。父亲不喜欢他在京城里养成的那些习惯，不喜欢他的燕尾服和衬衫上的高硬领子，不喜欢他的书和长笛，也不喜欢他的整洁，对这种整洁不无道理地感到厌恶。父亲不时抱怨和责怪儿子——“这儿无论什么他都不中意，”他常说，“坐在饭桌边百般挑剔，不想吃。人们身上的气味、屋里气闷，他都受不了。醉汉的样子让他觉得难受，不许人当着他的面打架。叫他去做事，他不愿意。看，身体虚弱无力。呸，你呀，娇生惯养的东西！这全都是因为满脑子里都是法（伏）尔泰[②]。”老头子特别瞧不起伏尔泰，还有那个“暴徒”狄德罗[③]。尽管他们的著作他连一行也没看过——看书不是他的事。彼得·安德烈伊奇没有说错——的确，他儿子头脑里装满了狄德罗和伏尔泰，而且不仅仅是他们两个，还有卢

---

① 沙皇亚历山大（1777—1825）于1801年即位。

② 伏尔泰（1694—1778），法国著名作家，启蒙运动者。

③ 狄德罗（1713—1784），法国著名唯物主义哲学家，作家，法国18世纪资产阶级革命的思想家。

梭，还有雷纳尔[1]，还有格勒维齐[2]，还有许多像他们那样的著作家，也都塞满了他的脑子——不过也仅仅是装在脑子里而已。

伊万·彼特罗维奇从前的老师，那个当过天主教神父、学识渊博的人，只满足于把十八世纪的那些深奥道理一股脑儿灌输给自己的学生。学生呢，也正是这样全盘接受了下来。那些深奥的道理装进了他的脑子，但是没有和他的血液融为一体，没有深入他的心灵，没有形成坚定不移的信念……再说，难道能要求五十年前的青年小伙子有坚强的信念吗？既然现在连我们都还没有成熟到有坚强信念的程度。伊万·彼特罗维奇也让父亲家里的客人们感到不自在。他厌恶他们，他们怕他，而那个比他大十二岁的姐姐格拉菲拉，他跟她也完全合不来。这个格拉菲拉是个怪人——长得难看，驼背，干瘦，一双神情严峻的眼睁得老大，薄薄的嘴唇闭得很紧。她的相貌、声音、生硬而匆忙的动作，都像她的祖母，安德烈的妻子，那个茨冈女人。她固执，爱发号施令，至于出嫁，却连听都不要听。伊万·彼特罗维奇的归来不合她的心意。库宾斯卡娅公爵小姐让他住在自己家里的时候，格拉菲拉曾经指望至少能得到父亲的一半财产。在吝啬贪财这一点上，她也很像祖母。除此而外，格拉菲拉还忌妒弟弟——他那么有学问，法语说得那么流利，一口巴黎口音，她却只能勉强说一声“崩儒尔[3]”和“科曼·武·波尔泰·武[4]？”不错，她的父母都根本不会说法语，但她并不因

① 雷纳尔（1713—1796），法国历史学家，哲学家。

② 格勒维齐（1715—1771），法国著名唯物主义哲学家，法国18世纪资产阶级革命的思想家。

③ 法语“日安”的译音。

④ 法语“您好”的译音。

此而觉得好过些。

伊万·彼特罗维奇不知到哪儿去才能排解愁闷。他在乡村里住了差不多一年光景，却觉得这一年好像比十年还要长久。只有和母亲在一起，他才能抒发自己心中的感情，常常一连几个钟头坐在她那低矮的房间里，一边听这个善良的女人内容简单的闲谈，一边吃果酱。碰巧安娜·帕夫洛芙娜的使女中有个长得俊俏的姑娘，有一双明亮、温柔的眼睛，清秀的脸庞，名叫玛兰尼娅，聪明而又端庄。伊万·彼特罗维奇一眼就看中了她，而且爱上了她——他爱她走路时胆怯的姿态，羞答答的回答，轻轻的说话声，温柔的微笑，他觉得她好像一天比一天更可爱了。她也像只有俄罗斯姑娘才能做到的那样，以自己整个心灵的全部力量依恋着伊万·彼特罗维奇——并且委身于他了。在乡村中的地主家里，任何秘密都不可能长久保持下去。很快，大家就都知道了年轻的主人和玛兰尼娅的关系。最后，关于这种关系的消息终于传到了彼得·安德烈伊奇本人的耳朵里。在别的时候，对这种无足轻重的小事，他大概不会在意。但是他早就在生儿子的气，所以很高兴有机会来羞辱一下这个彼得堡的自作聪明的人和花花公子。于是大吵一场，高声叫喊，闹翻了天——把玛兰尼娅关进了储藏室，叫伊万·彼特罗维奇去见父亲。安娜·帕夫洛芙娜听到吵闹声也跑来了。她试图制止丈夫，但是彼得·安德烈伊奇已经什么话也听不进去了。他像只老鹰那样扑向儿子，责备他不道德，不信神，虚伪。顺带着把自己对库宾斯卡娅公爵小姐的满腹怨恨也都发泄到了儿子身上，用侮辱性的言辞把他大骂了一顿。起初，伊万·彼特罗维奇默不作声，尽量克制着，但是当父亲想以一种侮辱性的惩罚来威胁他的时候，他忍不住了。“暴徒狄德罗又登场了，”他想，“那么我就索性把他的话付诸实现好了，你们等着瞧吧，我要让你们大家都大吃一惊。”伊万·彼特罗维奇尽管全身都在颤抖，却立刻用毫不激动的平静声音向父亲宣布，他用不着责备他不道德，说他虽然不想为自己的过错辩解，却愿意改正错误，而且更乐意摆脱一切偏见，确切地说——就是情愿跟玛兰尼娅结婚。伊万·彼特罗维奇说完这些话，无疑达到了自己的目的——他使彼得·安德烈伊奇惊讶得瞪大了眼睛，有一瞬间说不出话来。但是他立刻镇静下来，穿着平时穿的松鼠皮的皮袄，赤脚穿着拖鞋，就这样攥起拳头，朝伊万·彼特罗维奇猛扑过去。儿子好像故意气人似的，那天刚好梳了个 à la Titus[①]，穿了一件崭新的英国式蓝色燕尾服、一双带缨子的长筒靴和一条时髦的驼鹿皮紧身裤子。安娜·帕夫洛芙娜拼命尖叫起来，用双手捂住了脸。她的儿子却穿过整座房子跑了出去，跑进院子，冲进菜园、花园，穿过花园飞也似的跑到大路上，头也不回地一直狂奔不止，直到终于再也不听到身后父亲追赶的沉重的脚步声和他提高嗓门儿断断续续的呼喊……“站住，骗子！”他狂喊，“站住！我诅咒你！”伊万·彼特罗维奇躲到邻村一个独院的小地主家里。彼得·安德烈伊奇累得筋疲力尽、浑身大汗。回到家里，刚喘过一口气来，他立刻宣称，收回对儿子的祝福，剥夺儿子的财产继承权，吩咐把儿子所有荒谬的邪书通通付之一炬，把婢女玛兰尼娅撵到一个很远的村子里去。有些好心人找到了伊万·彼特罗维奇，把这一切都告诉了他。他受尽羞辱，气得发狂，发誓要对父亲进行报复。就在那天夜里，他暗中守候着

① 法语，意思是“第杜发式”，这是当时法国的一种流行发式。第杜（41—81），古罗马皇帝。

送走玛兰尼娅的那辆农民的大车，强行夺走了大车，带着她驱车驶往最近的一座城市，在那儿的教堂里和她结了婚。结婚用的钱是一个邻居，经常喝得烂醉、心肠却极好的退伍海军军人供给他的，这个人非常乐于赞助一切他所谓的高尚事情。第二天，伊万·彼特罗维奇给彼得·安德烈伊奇写了一封刻薄、冷淡、然而彬彬有礼的信，自己却动身到他表哥德米特里·佩斯托夫及其妹妹——读者已经熟悉的玛尔法·季莫菲耶芙娜居住的那个村子里去了。他把一切都对他们说了，声称，他想到彼得堡去找个差事，恳求他们至少暂时收留他的妻子。说到“妻子”的时候，他痛哭了一场。尽管他在京城受过教育，接受了那里的哲学思想，却卑躬屈节，像一个可怜的、典型的俄罗斯人那样，向自己的亲戚磕了个头，前额甚至碰到了地板上。佩斯托夫兄妹都是富有怜悯心、心地善良的人，很乐意地答应了他的请求。他在他们家住了三个星期的样子，心里暗暗等着父亲的回信，可是回信始终没来——而且也不可能来。彼得·安德烈伊奇知道儿子结婚以后，就病倒在床上了，而且禁止别人在自己面前提起伊万·彼特罗维奇的名字。只有母亲，背着丈夫向教区的监督司祭借了五百卢布，给儿子捎了去，还给他妻子捎去了一个小圣像。她不敢写信，不过吩咐派去的那个一昼夜能走六十俄里的、干瘦的庄稼汉对伊万·彼特罗维奇说，叫他不要过于伤心，说是上帝保佑，一切都会圆满解决，父亲也会消气。还说，本来她也愿意有一个更称心的儿媳，可是看来上帝要做这样的安排。她呢，现在给玛兰尼娅·谢尔盖耶芙娜带去自己做母亲的祝福。那个干瘦的庄稼汉得到了一卢布赏钱，请求允许他见见新的女主人，而他还是她的干亲家呢。他吻了吻她的手，于是跑回家去。

伊万·彼特罗维奇却心情轻松地动身到彼得堡去了。吉凶未卜的前途在等待着他，也许贫穷正在威胁着他。然而，他摆脱了让他厌恶的乡村生活，而主要的是——他没给自己的导师们丢脸，当真“身体力行”，以事实证明，卢梭、狄德罗的言论和la Dédaration desdroits de l’homme[①]是正确的。他心里充满一种履行了天职的、得意扬扬的感情，一种自豪的感情，而要与妻子分离并不让他感到十分可怕。倒不如说，必须经常和妻子厮守在一起，反而会让他感到不安。那件事已经做完，需要着手做别的事情了。在彼得堡，出乎他的意料，他竟交了好运：库宾斯卡娅公爵小姐——当时麦歇库尔丁已经遗弃了她，可是她还没死——为了设法在外甥面前改正自己的错误，把他介绍给了她所有的朋友，而且送给他五千卢布——这几乎是她最后的一笔钱了，还送给了他一块列皮科夫型的表。表壳上，在由一群爱神像组成的花纹当中刻着他姓氏头一个字母的花字。过了不到三个月，他就获得了俄罗斯驻伦敦外交使团里的一个职位，并搭乘第一艘起航的英国帆船（那时候还根本没有轮船）出海去了。几个月以后，他接到了佩斯托夫寄来的一封信。好心肠的地主祝贺伊万·彼特罗维奇生了个儿子，孩子是1807年8月20日在波克罗夫斯克村出生的。为了纪念受苦受难的圣徒费奥多尔·斯特拉季拉特，给他取名为费奥多尔。玛兰尼娅·谢尔盖耶芙娜由于身体十分虚弱，只附笔写了几行字。但就是这寥寥几行字也使伊万·彼特罗维奇吃了一惊——他不知道，玛尔法·季莫菲耶芙娜已经教会了他的妻子读书写字。不过，伊万·彼特罗维奇在做父亲的甜蜜的激动心情中并没陶醉多久——他正在向当

---

① 法语，意思是“人权宣言”。

时著名的福琳或拉伊斯[①]们（古典名字在当时还很流行）当中的一位大献殷勤。蒂尔西特和约[②]刚刚签订，大家都急于享乐，一切都仿佛卷进某种疯狂的旋涡中，飞速旋转。一位活泼的美人儿的黑眼睛也迷住了他，使他飘飘然了。他的钱已经很少了，可是他玩牌运气却不错，他结交了一批朋友，参加一切可以参加的娱乐活动。总而言之，他的生活一帆风顺。

九

老拉夫烈茨基很久都不能宽恕他儿子结婚的事。如果过了半年以后，伊万·彼特罗维奇回来向他低头认罪，跪倒在他的脚下，他大概会先狠狠地骂他一顿，拿手杖打他几下，吓唬吓唬他，然后饶恕了他。可是伊万·彼特罗维奇住在国外，而且看来满不在乎。“住嘴！不许说！”每次妻子刚一开口，试图劝说他宽恕儿子，彼得·安德烈伊奇都对她重申，“他，这个小崽子，我没诅咒他，他还得一辈子为我向上帝祈祷呢。要是先父在世，准会亲手宰了他，宰了这个下流东西，而且算是做对了。”听到这种可怕的话，安娜·帕夫洛芙娜只是偷偷地画十字。至于说到伊万·彼特罗维奇的妻子，起初，关于她的情况，彼得·安德烈伊奇连听都不想听。佩斯托夫写信来提到他的儿媳，他甚至吩咐给佩斯托夫回信说，他似乎不知道自己

---

① 福琳和拉伊斯都是古雅典有名的歌妓。

② 1807年6月25日（新历7月5日）法国与俄国、法国与普鲁士在蒂尔西特缔结了和平条约。

有什么儿媳，说是法律禁止收留逃跑的女奴。关于这一点，他认为自己有责任提醒他。可是后来得知生了孙子，他心软了，吩咐暗地里去打听产妇的健康状况，还给她捎了不多的一点儿钱去，不过也装作似乎不是他给她的。费佳还不满一周岁，安娜·帕夫洛芙娜就得了不治之症。她临终前几天，已经不能起床了，暗淡无光的眼睛里含着胆怯的泪水，当着忏悔神父的面，对丈夫声称，她想见见儿媳，与她告别，想要为孙子祝福。心情悲痛的老人安慰了她，立刻派他自己乘坐的那辆轻便马车去接儿媳，而且第一次称呼她玛兰尼娅·谢尔盖耶芙娜。她带着儿子跟玛尔法·季莫菲耶芙娜一道坐车来了——玛尔法·季莫菲耶芙娜无论如何也不愿让她一个人来，不愿让她受人欺侮。吓得半死的玛兰尼娅·谢尔盖耶芙娜走进了彼得·安德烈伊奇的书房，保姆抱着费佳跟在她的后面。彼得·安德烈伊奇一声不响地朝她望了一眼。她走到他的一只手前，她那发抖的嘴唇勉强撮起来，不出声地吻了吻他的手。

“好啦，新冒出来的少奶奶，”他终于犹豫地说，“你好。咱们到太太那儿去吧。”

他站起来，俯身去看费佳。孩子微微一笑，向他伸出两只苍白的小手。老人的心彻底软了。

“唉！”他低声说，“没人疼的孩子！你为你爸爸求情了。我可不会丢下你不管呐，孩子。”

玛兰尼娅·谢尔盖耶芙娜一进安娜·帕夫洛芙娜的卧房，立刻就在门边跪下了。安娜·帕夫洛芙娜招手叫她到床边来，拥抱了她，给她的儿子祝福。随后，转过被重病折磨得十分憔悴的脸，对着自己的丈夫，想要说话……

“我知道，知道你想求我什么。”彼得·安德烈伊奇低声说，“你别难过了，她会留在我们这儿，为了她，我也会饶恕万尼卡[1]的。”

安娜·帕夫洛芙娜吃力地抓住丈夫的一只手，把嘴唇贴到这只手上。就在那天晚上，她去世了。

彼得·安德烈伊奇履行了自己的诺言。他通知儿子，为了他母亲的临终遗愿，为了费奥多尔这个小家伙，他恢复自己对他的祝福，把玛兰尼娅·谢尔盖耶芙娜留在自己家里了。他拨给她底层和二楼之间的两间阁楼，把她介绍给自己最尊贵的客人们——独眼旅长斯库利欣夫妇，派了两个使女和一个小厮供她使唤。玛尔法·季莫菲耶芙娜跟她告辞了：玛尔法·季莫菲耶芙娜憎恨格拉菲拉，一天当中就跟她吵了三次。

起初，可怜的儿媳感到痛苦，而且尴尬。不过，后来她对什么都忍受惯了，和公公也相处得熟了。他也已经习惯有这么一个儿媳，甚至喜欢她了。虽说他几乎从不和她说话，即使在他对她表示最慈祥的父爱时，也会流露出不由自主的蔑视。最让玛兰尼娅·谢尔盖耶芙娜受委屈的是她的大姑子。格拉菲拉还在母亲活着的时候，就渐渐把全家的大权都揽在自己手里了——从她父亲算起，大家都得听她的。没有她的许可，连一块糖也没法拿到。她宁愿死，也不愿与另一个主妇分享当家的权利——而且是个什么样的主妇啊！弟弟的婚事激怒了她，她比彼得·安德烈伊奇还要生气。所以她要教训教训这个平步青云、一下子变成了贵族的女人。于是从一开始，玛兰尼娅·谢尔盖耶芙娜就成了她的奴隶。而她，这个对人唯命是从、经常感到惶恐不安、担惊受怕、身体虚弱的女人，怎么斗得过专横任

---

① 即伊万。

性、目空一切的格拉菲拉呢？没有一天格拉菲拉不提醒她记住她以前的地位，没有一天不称赞她并没有忘其所以。不管这些提醒和称赞是多么让人难堪，玛兰尼娅·谢尔盖耶芙娜都会心甘情愿地忍受着……可是从她这儿夺走了费佳，这可让她悲恸欲绝了。借口说她不会教育儿子，几乎不准她接近他。格拉菲拉担负起了教育他的责任，孩子完全落入了她的掌握之中。由于悲伤，玛兰尼娅·谢尔盖耶芙娜开始在她写的一封封信里恳求伊万·彼特罗维奇，叫他快点儿回来，彼得·安德烈伊奇也想见到自己的儿子。可是，伊万·彼特罗维奇却仅限于回信敷衍敷衍，为了妻子，为了寄给他的钱，感谢父亲，答应很快就回来——可就是老不回来。1812年[①]终于把他从国外召唤回来了。六年分别之后，父子初次见面，互相拥抱，甚至一句话也没提起以前的争执。当时顾不得那些——全俄罗斯都在奋起抗敌，父子俩都感到，俄罗斯的血液在他们的血管里奔腾。彼得·安德烈伊奇自己出钱为整整一团民兵购置了军服。可是，战争结束了，危险过去了，伊万·彼特罗维奇又感到无聊了，又给吸引到远方，到他住惯了的、感到如鱼得水的那个世界去了。玛兰尼娅·谢尔盖耶芙娜没能留住他。对他来说，她太无足轻重了，就连她的希望也没能实现。她丈夫也认为，委托格拉菲拉来教育费佳，要合适得多。伊万·彼特罗维奇可怜的妻子经受不住这个打击，经受不住第二次别离，她毫无怨言地在几天之内就与世长辞了。在自己的一生中，她对什么都不会反抗，对疾病也没有进行斗争。她已经不能说话，死亡的阴影已经笼罩了她的面容，但是她的脸上仍然流露出默默忍受、困惑不解和一贯温和恭顺的神情。她也带着同样默默无言

① 这一年拿破仑率军入侵俄罗斯。

的顺从神情望着格拉菲拉，而且像安娜·帕夫洛芙娜在弥留时吻了吻彼得·安德烈伊奇的手一样，把自己的嘴唇贴在格拉菲拉的手上，把自己的独生子托付给她——格拉菲拉了。一个温顺善良的人就这样结束了自己在尘世上的一生，天知道她是为什么被从故土上夺走，却立刻像一棵给连根拔起、任凭烈日曝晒的小树，又被抛弃了。这个生命枯萎了，无影无踪地消失了，谁也不为她感到悲哀。对玛兰尼娅·谢尔盖耶芙娜的死感到惋惜的是她的两个使女，还有彼得·安德烈伊奇。老人感到需要有这样一个默默无言的人。“永别了，我温顺的儿媳妇!”在教堂里，他最后一次向她行礼的时候，喃喃地说。他泪流满面，往她的坟上丢了一把土。

他自己也没比她多活多久，只多活了不到五年。他带着格拉菲拉和小孙子搬到了莫斯科居住，1819年冬在莫斯科安详地离开人世。临终留下遗言，叫把他葬在安娜·帕夫洛芙娜和“玛拉莎[①]”身边。当时伊万·彼特罗维奇正在巴黎享乐，1815年以后不久他就退职了。得知父亲的死讯之后，他决定回俄罗斯去。需要考虑处理财产，还有费佳的事。据格拉菲拉来信说，他已经十二岁了，到了该认真关心他的教育的时候了。

十

伊万·彼特罗维奇回到俄国的时候，已经成了一个崇拜英国的人。他头发剪得很短，衬衫的高领浆得硬邦邦的，穿着多领片的灰黄色常礼服，

① 玛兰尼娅的爱称。

衣襟很长，一脸不满意的神情，待人的态度有点儿生硬，同时又有点儿冷淡。他说话好像是从牙齿缝里挤出来的，会突然哈哈大笑，脸上却毫无表情。他从不微笑，谈话仅限于政治和政治经济方面的话题，特别爱吃带血的炸牛里脊肉，特别爱喝波尔图的葡萄酒——他身上的一切都让人感到有一种大不列颠的气派，他全身都好像充满了大不列颠的精神。然而，这真是怪事！伊万·彼特罗维奇变成了英国的崇拜者以后，同时却又成了一个爱国主义者，至少他自己说他是个爱国主义者。虽说他对俄国了解得很少，没有养成一样俄国习惯，说俄语说得很怪——平常谈话的时候，他说话总是慢吞吞的，无精打采，老是夹杂着许多法语词汇。但是谈话稍一涉及重要事情，伊万·彼特罗维奇的嘴里就会出现这样一些词句："要让自我努力做新的尝试"，"这不符合实际情况"，等等。

伊万·彼特罗维奇带回了一些有关国家体制和改革措施的手抄计划草案，他对所看到的一切都十分不满，缺少秩序特别惹他生气。与姐姐会面时，劈头几句话就向她宣称，他要实行根本改革，今后一切都将按照新的秩序运行。格拉菲拉·彼特罗芙娜对伊万·彼特罗维奇什么也没回答，只是咬紧了牙，心想："那我到哪里去呢？"不过和弟弟、侄子回到乡下以后，她很快就放心了。家里的确发生了某些变化。食客和寄生虫们立刻被赶了出去，被驱逐的人中有两个太婆，一个是瞎子，另一个是瘫子，还有一个年老体衰、奥恰科夫战争[①]时期的少校，由于他当真食量惊人，所以只给他吃黑面包和兵豆。同时还下了一道命令，不再接待以前的客人，取代他

---

① 奥恰科夫——地名。为争夺奥恰科夫，1787—1791年，俄罗斯黑海舰队曾与土耳其舰队在此激战。

们这些人的是一个颇有见识的邻居，一个淡黄头发、害淋巴结核的男爵，他受过很好的教育，然而也是个十分愚蠢的人。家里出现了从莫斯科运来的家具，购置了痰盂、小钟、洗脸用的小台子。早餐换了花样，外国酒排挤了伏特加和果子露酒。给仆人们缝制了镶金银边的新仆役制服，家族的徽章上加上了这样的题词："in recto virtus[①]……"实际上格拉菲拉的权力丝毫也没有减少——一切支付、采购仍然由她做主，从国外带回来的那个阿尔萨斯的侍仆曾试图和她较量一下，结果丢掉了自己的位置，尽管有老爷保护他。至于家中的事务，农庄的管理（格拉菲拉·彼特罗芙娜对这些事情都很熟悉），尽管伊万·彼特罗维奇不止一次表示过这样的意图——要给这里的混乱状态注入新的活力，可一切仍然是老样子。只不过某些地方租金增加了，劳役也加重了，而且不准农民直接去找伊万·彼特罗维奇——这个爱国主义者原来很瞧不起自己的同胞。伊万·彼特罗维奇的那套方法只是对费佳才在全力推行，对他的教育当真进行了"根本改革"：唯有父亲独自一人负责教育他。

十一

伊万·彼特罗维奇从国外回来以前，正如已经说过的，费佳处于格拉菲拉·彼特罗芙娜的管教之下。他母亲去世的时候，他还不满八岁。他不是每天都能见到母亲，却极其热烈地爱着她。对母亲的记忆，她那温柔、

① 拉丁文，意思是"守法即美德"。

苍白的脸，她那忧郁的目光和胆怯的爱抚，都永远铭刻在他的心里。但是他模模糊糊理解她在家中的地位，他感觉到，在他和她之间有一道她不敢、也不可能摧毁的障碍。他对父亲认生，伊万·彼特罗维奇也从未爱抚过他。祖父偶尔抚摩一下他的小脑袋，也让他吻自己的手，可是管他叫怪物，认为他是个小傻瓜。玛兰尼娅·谢尔盖耶芙娜死后，姑妈就把他彻底掌握在自己手里了。费佳怕她，怕她那双亮闪闪的、锐利的眼睛，怕她那刺耳的声音，在她面前他不敢犟嘴。有时，他在坐着的椅子上刚动了动，她就已经狠狠地压低嗓音说："上哪儿去？乖乖地坐着。"每逢星期天，做过日祷以后，允许他玩耍，也就是给他一本厚书，一本神秘的书，一个叫马克西莫维奇·阿姆博季克[①]的人的作品，书名叫《象征与标志》。这本书里有一千幅左右莫名其妙的图画，附有用五种文字写的同样莫名其妙的说明。丰满、裸体的丘比特[②]是这些图画中的重要角色。其中有一幅画，标题是《番红花与彩虹》，相关的说明是："这作用更大"。另一幅画着"嘴里衔着一朵紫罗兰花、正在飞翔的一只鹭鸶"，正对着它的标题是《它们你全都知道》。"丘比特与一头正在舔小熊的大熊"，标题是《渐渐地》。费佳仔细观看这些图画，画中极其细微的细节他都十分熟悉了。有几幅画——总是那几幅，使他陷入沉思，激发了他的想象力，他不知道有旁的娱乐。当到了该教他学语言和音乐的时候，格拉菲拉·彼特罗芙娜用很便宜的价钱请来一个老处女，一个生着一双兔子眼睛的瑞典女人。她马马虎虎能说几句法语和德语，勉强会弹钢琴。此外，腌黄瓜倒是腌得挺不错。

---

① 涅·马·阿姆博季克（1744—1812），俄罗斯学者。

② 罗马神话中的爱神。

费佳和这个女教师、姑妈以及一个叫瓦西利耶芙娜的老使女一起度过了整整四年。有时他拿着他那本《象征与标志》坐在角落里——坐着……坐着。低矮的屋里有一股天竺葵花香，点着一小支脂油蜡烛，烛光暗淡。一只蟋蟀单调地吱吱叫着，仿佛是感到寂寞，小挂钟在墙上匆匆忙忙滴答滴答地响着，一只老鼠不知在墙纸后面偷偷地抓着、咬着什么。三个老处女就像罗马神话中的命运三女神一样，默默地移动着织针，在昏暗的光线中，她们的手影一会儿在奔跑，一会儿在古怪地颤动，一些稀奇古怪和模模糊糊的想法也在孩子的头脑里翻腾着。谁也不会把费佳叫作有趣的孩子——他面色相当苍白，可是长得很胖，体形不匀称，动作笨拙。用格拉菲拉·彼特罗芙娜的话来说，是个真正的庄稼人，如果让他经常到户外去走走，他那苍白的面色也许很快就会消失了。尽管他时常偷懒，学习倒还不错。他从来不哭，然而有时却固执得可怕。他一固执起来，可就谁也制服不了他了。对他周围的人，费佳一个也不喜欢……从小就没有爱过的那颗心可真是不幸啊！

伊万·彼特罗维奇见到的就是这样一个孩子。于是他毫不浪费时间，立刻着手对他运用自己的那套方法。“我想要首先把他造就成一个人，Un homme[①]，”他对格拉菲拉·彼特罗芙娜说，“不仅仅是一个人，而且是一个斯巴达人[②]。”为实现自己的意图，伊万·彼特罗维奇首先让儿子穿上了苏格兰式的服装，十二岁的孩子开始光着小腿，在那顶戴着挺合适的便帽上面插了一根公鸡羽毛，一个精通体操的瑞士人取代了那个瑞典女人。作为

① 法语，意思是“一个人”。

② 古希腊斯巴达城邦实行严格军事纪律，斯巴达人都特别勇敢善战，遵守纪律。

一种不值得男人学习的玩意儿，音乐课被永远取消了。遵照让-雅克·卢梭的建议，自然科学、国际法、数学、细木工手艺，还有为了保持骑士感情所必需的纹章学——这些才是一个未来的“人”必须学习的东西——清晨四点钟就把他叫醒，立刻给他用冷水冲洗，随后让他抓着拴在一根高高的木杆上的绳子，围绕着木杆奔跑。他一天一餐吃一道菜，骑一次马，射一次箭。以父亲为榜样，经常锻炼坚强的意志，每天晚上都要在一本特备的本子上写一天的总结和自己的感想。伊万·彼特罗维奇则经常用法语给他写一些教训他的话，在这些训诫里管他叫 mon fils①，而且用 vous②来称呼他。说俄语的时候费佳称父亲为“你③”，可是有父亲在场，他却不敢坐下。这套“方法”把孩子搞得莫名其妙，弄得他脑子里糊里糊涂，仿佛给他头上箍了一道铁箍。不过新的生活方式对他的健康却颇为有益——起初他害了一场热病，以后很快就恢复健康，成了一个强壮的小伙子。父亲感到自豪，并且用自己奇怪的语言称他为——自然之子，我的创作。费佳刚刚十六岁，伊万·彼特罗维奇就认为，及时给他灌输蔑视女性的思想，是自己的责任。于是，这个年轻的斯巴达人，心里还感到羞怯，嘴上刚刚长出茸毛，正在身体强壮、精力旺盛的时候，却已经竭力要显示出对女性漠不关心、态度冷淡和粗暴了。

然而，时光流逝，毫不停留。伊万·彼特罗维奇一年大部分时间都住在拉夫里基（他的主要世袭领地就叫这个名称），每年冬天却要独自一个

---

① 法语，意思是“我的儿子”。

② 法语。意思是“您”。

③ 俄语中称“你”表示随便、亲切，称“您”有疏远、客气、尊重的意味。

人到莫斯科去，住在有饭厅的旅店里，经常去俱乐部，在人家的客厅里夸夸其谈，对自己的那些计划大加发挥，举止态度比任何时候都更像一个英国的崇拜者，一个牢骚满腹和有雄才大略的人。但是1825年[①]来临，同时带来了许多不幸。伊万·彼特罗维奇的一些亲近的熟人和朋友都遭到严峻考验。伊万·彼特罗维奇急忙跑回乡下，躲在家里，闭门不出。又过了一年，伊万·彼特罗维奇突然变得虚弱起来，浑身无力，精神颓丧，他的健康状况已经大不如前。这个自由思想家竟开始去教堂，开始做祷告了。这个已经西欧化了的人竟开始洗起蒸汽浴来，下午两点吃午饭，晚上九点睡觉，听着老管家絮絮叨叨的闲扯，进入梦乡。这个自诩有治国之才的人竟把自己的一切计划、所有往来信件，通通付之一炬，在省长大人面前吓得战战兢兢，对县警察局长极尽巴结逢迎之能事。生了个脓疮，或者端给他一盘冷汤的时候，这个意志坚强的人竟会抱怨诉苦，擦眼抹泪。格拉菲拉·彼特罗芙娜又掌握了家中的一切权利，管家、村长、普通农人又开始从后门门廊进进出出，去晋见这个“老泼妇”了——仆人们给她取了这么一个绰号。伊万·彼特罗维奇身上发生的变化使他儿子感到惊讶，他已经十九岁，开始懂得思考，开始摆脱父亲强加给他的束缚。以前他就已经发觉父亲言行不一，发觉父亲那些空泛的自由主义理论与冷酷、卑劣的专横行为无法协调，可是他没料到会有如此剧烈的转变。一个根深蒂固的利己主义者突然原形毕露了。年轻的拉夫烈茨基拿定主意要到莫斯科去，准备上大学。这时，一个出乎意外的新的灾难突然落到了伊万·彼特罗维奇

---

① 1825年，“十二月党人”遭到沙皇残酷镇压，几乎所有进步知识分子和稍有改革思想的人都受到株连。

头上——他失明了，而且是在一天之间无可救药地瞎了双眼。

他不相信俄国医生的医术，开始奔走张罗，设法谋求获准出国。他遭到了拒绝。于是他带着儿子，在俄罗斯奔波了整整三年，找了一个又一个医生，不断地从一个城市去另一个城市。由于他意志薄弱，性情急躁，弄得医生、儿子和仆人都陷于无计可施的绝望之中。他变成了一个十足的废物，一个爱哭而又任性的孩子，回到了拉夫里基。痛苦的日子开始了，所有人都受尽了他的折磨。只有在吃饭的时候，伊万·彼特罗维奇才会安静下来。他从未像现在这样贪吃，从来也没有吃得这么多。所有其余时间，他既不让自己、也不让任何人安宁。他祈祷，抱怨命运，骂他自己，骂政治和他自己的那套方法，骂他曾经夸耀和吹嘘的一切，骂他从前曾经让儿子奉为圭臬的一切。他反复说，他什么也不相信，却又去祈祷起来。他忍受不住一刹那的孤独，要求家里的人不分昼夜经常坐在他的安乐椅旁，给他讲故事，不让他感到寂寞，却又不断高呼："你们总是在说谎——真是胡说八道!"打断别人讲的故事。

特别受罪的是格拉菲拉·彼特罗芙娜。他没有她根本不行——她总是完全满足病人一切刁钻古怪的愿望，不过有时她不敢立刻回答他，以免自己的声音会暴露出她极端气愤的心情。他就这样又勉强活了两年，五月初，把他抬到阳台上去晒太阳的时候，他死在了阳台上。"格拉莎，格拉莎！要肉汤，肉汤，你这个老傻……"他用已经僵硬的舌头含糊不清地说，没能说完最后一个词，就永远沉默了。格拉菲拉·彼特罗芙娜刚从管家手里夺过一碗肉汤，立刻就站住了，看了看弟弟的脸，慢慢地从肩到腰画了个十字，然后默默地走开了。正在那里的儿子也什么话都没说，倚在阳台的栏杆上，好久好久望着花园。花园里花香袭人，一片翠绿，在春天金色的阳光下闪闪烁烁。他已经二十三岁，这二十三年不知不觉就过去了，过得多么快，而且多么可怕！……生活已经展现在他的面前。

十二

安葬了父亲，把经管家务、监督管家和奴仆的重任托付给那个始终不变的格拉菲拉·彼特罗芙娜之后，年轻的拉夫烈茨基就动身到莫斯科去了，有一种模模糊糊、然而十分强烈的憧憬吸引他到那里去。他意识到自己受的教育不够，打算尽可能弥补过去丧失的东西。最近五年他看了许多书，而且看到过一些事情，许多想法在他头脑里酝酿成熟了。任何一位教授都会羡慕他的某些知识，然而同时有许多每一个中学生早就熟悉的东西，他却还一无所知。拉夫烈茨基意识到，他并不是无事可做，他心中暗暗感觉到自己是一个怪人。崇拜英国的父亲和自己的儿子开了个并不好笑的玩笑，他那套毫无道理的教育带来了自己的后果。许多年来他在自己父亲面前唯命是从，一味容忍。当他终于看透了父亲的时候，木已成舟，一些习惯已经变得根深蒂固了。他不善于与人交往。一个已经二十三岁的人，羞怯的心里怀着不可抑制的、对爱情的渴望，却还不敢正视任何一个女人。像他那样一个头脑清楚、健全但也有点儿迟钝的人，像他那样一个易于固执己见、爱好观察、性情疏懒的人，本该从小就投入生活的旋涡，可是在相当长的一段时期里，却让他处于一种人为的孤独状态……现在这个仿佛有魔法的圈子已经打破了，性情孤僻的他却仍然蜷缩在自己的小天地里，继续停留在原地。在他这个年纪穿上大学生的制服是可笑的，但是他不怕嘲笑，他所受的斯巴达人的教育至少在这一点上是有用的——在他身上培育出了一种蔑视他人议论的精神，于是他毫不在乎地穿上了大学生的制服。他进了数理系。他身体强壮，面颊红润，脸上已经长满胡子，沉默寡言，给同学们留下一个奇怪的印象——他们没有料到，这个坐一辆宽大的农村双套雪橇准时前来上课、神情严肃、年富力强的男子，内心深处还几乎是一个孩子。他们觉得他好像是个古怪的书呆子，他们不需要他，也不讨好他，他总是躲着他们。他在大学度过的头两年里，只与一个大学生接近，他向那个大学生学习拉丁文。这个大学生姓米哈列维奇，是个很热情的诗人，真心诚意地喜欢拉夫烈茨基，而且完全是偶然地使他的命运发生了重要转折。

有一次，他在剧院（当时莫恰洛夫[①]正处于自己声誉的高峰，拉夫烈茨基从不错过他的每一次演出）看到二楼包厢里有一个姑娘——虽然没有哪一个女人从他这个阴郁的人身边走过时，不曾使他的心战栗，但是他的心还从来没有跳得这么厉害。那姑娘胳膊肘撑在包厢座位的扶手上，一动不动地坐着。她那肤色黝黑、招人喜爱的圆形脸庞上每一根线条都洋溢着敏感的青春活力。她的眼睛正从清秀的眉毛底下专注而温柔地观看着，在这双非常好看的眼睛里，在她那富有表情的双唇上飞速掠过的微笑中，在她的头、手和颈部的姿态中，都显示出她那种女性所特有的文雅和聪颖，她的装束也很优美。她身旁坐着一个约莫四十五岁、已经有了皱纹的黄脸女人，袒胸露背，戴一顶黑色直筒高女帽，很不自然、神情忧虑而又感到空虚的脸上露出笑容，让人看到她的牙齿已经掉了。而在包厢深处，可以

---

① 帕·斯·莫恰洛夫（1800 — 1848），俄罗斯著名悲剧演员。

看到一个上了年纪的男人，穿一件宽大的常礼服，脖子上系着领带，一双小眼睛里流露出一种愚蠢的傲慢自大和某种谄媚多疑的神情，嘴上的小胡子和络腮胡子都染过了，宽大的前额普普通通，没有什么特色，双颊布满皱纹，根据一切迹象来看，是一个退伍的将军。拉夫烈茨基目不转睛地望着那个使他感到震惊的姑娘，突然包厢的门敞开了，米哈列维奇走了进去。这个几乎是他在全莫斯科唯一的熟人的出现，而且是出现在唯一一个吸引了他注意力的姑娘那伙人中间，使拉夫烈茨基觉得，这似乎有特殊重要意义，而且奇怪。他继续望着那个包厢，发觉包厢里所有的人对待米哈列维奇，就好像对待老朋友一样。舞台上的演出再也引不起拉夫烈茨基的兴趣，尽管那天晚上莫恰洛夫“精神饱满”，却没能使他产生通常的印象。舞台上正演到一个令人非常感动的地方，拉夫烈茨基却情不自禁地望了望自己的那位美人儿——她全身俯向前边，双颊绯红，在他执拗的目光影响下，她那双正在注视着舞台的眼睛慢慢地转向他，停留在他的身上……整整一夜他仿佛一直都看到这双眼睛。人工筑起的堤坝终于崩溃了，他激动得浑身发抖，脸上发烧，第二天就到米哈列维奇那里去了。他从米哈列维奇那里得知，那位美人儿叫瓦尔瓦拉·帕夫洛芙娜·科罗宾娜，与她一起坐在包厢里的老头子和老太婆是她的父亲和母亲，米哈列维奇本人是一年前在H伯爵的莫斯科近郊庄园做“临时家庭教师”的时候和他们认识的。对瓦尔瓦拉·帕夫洛芙娜，这位热心人极力称赞。“这，你呀，我的老兄。”他用他那特有的热情洋溢、像唱歌似的声音赞叹地说，“这姑娘是个惊人的天才，名副其实的艺术家，而且极其善良。”他从拉夫烈茨基的详细询问中，发觉瓦尔瓦拉·帕夫洛芙娜给他留下了多么深刻的印象。于是他自告奋勇，提议介绍他和她认识，还补充说，他在他们家就像自己人一样。还说，那位将军完全不是一个骄傲的人，母亲却要多蠢就有多蠢。拉夫烈茨基脸红了，含糊不清地不知喃喃说了些什么，就急急忙忙地走了。他跟自己的胆怯斗争了整整五天，第六天，这个年轻的斯巴达人穿上了一件崭新的制服，把自己完全交给米哈列维奇摆布。米哈列维奇作为他们家的自己人，却只是梳了梳头发，于是——两人一起动身到科罗宾家去了。

十三

瓦尔瓦拉·帕夫洛芙娜的父亲，退役的少将帕韦尔·彼特罗维奇·科罗宾，一生都在彼得堡服役。年轻时舞艺超群，是个出名的跳舞能手，又是个精通业务的军人，由于家境贫寒，只能在两三个不起眼的将军手下担任副官，和其中一个人的女儿结了婚，拿到了大约两万五千卢布的嫁妆。对操练和检阅的所有深奥道理，他都研究得十分精辟透彻，兢兢业业，干苦差事干了二十年以后，终于获得将军军衔，担任了团长。这时他本该休息一下，从容不迫地巩固自己的地位，以谋求物质上的福利。他本来也打算这么做，可是做得不够谨慎。他发明了一种用公家的钱进行资金周转的新方法，这方法倒是十分高明，然而他在不该吝啬的时候舍不得花钱，有人告发了他，结果闹出了一件极不愉快的事情，闹出了一件丑闻来。将军好不容易才算摆脱了这件事情，然而他的前程已经断送了——人们劝他退休。他在彼得堡又闲待了两年光景，希望能碰上好运，弄到个待遇优厚的文官职位。可是这样的职位并没有找到他头上来，女儿从贵族女子中学毕业了，开支一天比一天增加……他不得已决定搬到莫斯科来，以节省开支。他在老马厩街租了一幢矮小的房子，房顶上有一个老大的家族纹章，于是在莫斯科过起了退役将军的生活，一年花费两千七百五十卢布。

莫斯科是个慷慨好客的城市，很乐意接待任何来客，对于将军们，那就更不用说了。帕韦尔·彼特罗维奇那胖大笨重、但仍未失去军人仪表的身影，很快就开始出现在莫斯科一些最好的客厅里。他那光秃秃的后脑勺，几绺染过的头发，还有黑得发亮的领带上那条油污的安娜勋章绶带，也开始为跳舞时感到无聊、面色苍白、阴郁地在牌桌周围转悠的那些青年人所熟悉了。在交际场合，帕韦尔·彼特罗维奇很会让别人重视自己，他很少说话，但按照老习惯，说话时总带着鼻音——当然，不是和官阶较高的人说话。他玩牌小心谨慎，在家里吃饭很有节制，做客时吃起来却抵得上六个人。关于他的妻子，几乎没有什么可以说的——她叫卡莉奥帕·卡尔洛芙娜，她的左眼经常流泪，因此卡莉奥帕·卡尔洛芙娜（而且她还是德国人出身）自认为是一个多愁善感的女人。她总是经常害怕什么，好像总是没有吃够，总是身穿瘦小的天鹅绒连衫裙，头戴直筒高女帽，胳膊上戴一副已经失去光泽的空心手镯。帕韦尔·彼特罗维奇和卡莉奥帕·卡尔洛芙娜的独生女儿在某贵族女子中学毕业的时候，刚满十七岁，在那所中学里她即使不是公认的第一位美人儿，大概也可以算是第一位聪明姑娘和最好的音乐家了，毕业时她还得过一枚花字奖章[①]呢。拉夫烈茨基第一次看见她的时候，她还不到十九岁。

---

① 这是当时俄国皇后奖给贵族女子中学成绩最优秀的毕业生的一种奖章。

十 四

米哈列维奇领着拉夫烈茨基走进科罗宾家布置得相当差劲的客厅，把他介绍给主人们的时候，这个斯巴达人两腿发软。但是控制了他的胆怯心情很快就消失了——将军本人本来就和所有俄罗斯人一样，天生对人和善，再加上所有名声不大好的人所特有的那种特殊的殷勤，就使他显得更加和善可亲了。将军夫人不知为什么很快就悄悄地出去了。至于瓦尔瓦拉·帕夫洛芙娜，她却是那么安详，由于自信而显得那么温柔。有她在场，会让每一个人都感到像在家里一样，而且从她那迷人的身躯，从她那双含笑的眼睛，从她那天真无邪微微倾斜着的双肩和淡淡的粉红色手臂，从她那轻盈、同时又好像有点儿娇懒的步态，从她那慢悠悠而甜蜜的声音——都仿佛送来一股淡淡的清香，让人感觉到一种几乎难以察觉的、温情脉脉的魅力，一种含而不露、暂时还有点儿羞怯的柔情，一种难以用语言表达的东西，然而会使人怦然心动，会激起某种感情——而且，当然啦，它所激起的并不是胆怯。拉夫烈茨基把话题转到了戏剧，谈起昨天的演出，她立刻自己谈起了莫恰洛夫，而且不是仅限于赞美和叹息，而是对他的表演提出了某些中肯和只有女性才能敏锐察觉的意见。米哈列维奇谈到了音乐，她并不忸怩作态，立刻坐到钢琴前，清晰地弹奏了几首当时刚刚流行起来的肖邦的玛祖卡舞曲。午餐的时间到了，拉夫烈茨基想要告辞，可是他们留住了他。吃饭的时候，将军请他喝了法国拉斐特产的上等红葡萄酒，这酒是将军的仆人乘出租马车到杰普拉买来的。晚上很晚，拉夫烈茨基回到家里，没脱外衣，用一只手捂住眼睛，像中了魔法那样呆呆地坐了很久。他好像觉得，只是到现在他才明白，人为什么值得活着。他的所有意图、打算，所有这些荒诞无稽的想法一下子都烟消云散了。他的整个心灵汇合成一种感情，一种愿望，希望获得幸福，希望占有，希望获得爱情，获得女人甜蜜的爱情。从那天起，他开始经常到科罗宾家里去。半年后，他向瓦尔瓦拉·帕夫洛芙娜表白了自己的爱情，并向她求婚。他的求婚被接受了。将军早在很久很久以前，几乎是在拉夫烈茨基初次来访的前一天，就向米哈列维奇打听过拉夫烈茨基有多少农奴。而且就连瓦尔瓦拉·帕夫洛芙娜，尽管在这个年轻人向她献殷勤的这段时间里，甚至在他向她表白爱情的那一瞬间，她都保持着平常那种心情宁静、泰然自若的样子。可是就连瓦尔瓦拉·帕夫洛芙娜也已经知道，她的求婚者是个很有钱的人。卡莉奥帕·卡尔洛芙娜却心想："Meine Tochter macht eine schöne Partie"[1]，于是给自己买了一顶新的直筒高女帽。

十 五

就这样，他的求婚被接受了，不过附有某些条件。第一，拉夫烈茨基得立刻离开大学。谁会嫁给一个大学生呢？而且，一个地主，一个很有钱的人，已经二十六岁了，还像个中学生一样去上课，这是多么奇怪的念

① 德语，意思是"我女儿就要结一门很好的亲事"。

头！第二，瓦尔瓦拉·帕夫洛芙娜要亲自订做和置办嫁妆，甚至挑选未婚夫送给她的礼物。她有许多具体的目的，许多爱好，而且酷爱舒适，也有本事为自己谋求这种舒适。结婚以后，拉夫烈茨基立刻和妻子一道乘坐她购买的舒适的四轮轿式马车到拉夫里基去。这时，她这种善于设法让自己过上舒适生活的本事使他感到惊讶。旅途中他周围的一切，瓦尔瓦拉·帕夫洛芙娜都考虑得多么周到，什么都预见到了，什么都事先准备好了！在各个舒适的角落里出现了一些那么好看的旅途用化妆用品箱，那么让人喜爱的梳妆盒和咖啡壶，每天早晨，瓦尔瓦拉·帕夫洛芙娜又是那么可爱地亲自煮咖啡啊！不过，拉夫烈茨基当时顾不得观察——他在享福，陶醉在幸福之中。他像个孩子一样沉湎在幸福之中了……他，这个年轻的阿尔基德[1]，也像孩子那样天真。无怪乎他年轻的妻子全身都让他感到有那么一种魅力，无怪乎她让他感到，她会使他得到从未体验过的、神秘惬意的享受，她实际给予他的超过了她所应许的。他们来到拉夫里基，正值盛夏，她发现房屋又脏又暗，仆人不但可笑，而且还都是一些不合时宜的老式人物。然而她认为，甚至不需要就这些事情向丈夫做一些暗示。如果她打算在拉夫里基住下来，她就会把这里的一切全都改造一番。当然啦，首先要改造这幢房子，然而她头脑里连一刹那也没产生过要长期住在这个偏僻草原上的念头。她住在这里，就像住在野营帐篷里那样，温顺地忍受着一切不方便，对这些不方便觉得好玩，拿它们开开玩笑。玛尔法·季莫菲耶芙娜来看她教养过的孩子了。瓦尔瓦拉·帕夫洛芙娜很喜欢她，可是她不喜欢瓦尔瓦拉·帕夫洛芙娜。新主妇与格拉菲拉·彼特罗芙娜也不能和睦相

---

① 阿尔基德是希腊神话中的大力士。

处。她本来可以不管她，可是科罗宾老头子想要插手女婿的事务，经管这么近的至亲的产业。他说，即使对于一位将军来说，也不是什么丢脸的事。应该说，即使让帕韦尔·彼特罗维奇去管理一个与他毫不沾亲带故的外人的产业，他也是绝不会嫌弃的。瓦尔瓦拉·帕夫洛芙娜发动进攻了，她做得十分巧妙。她事先不露声色，看样子完全沉醉在蜜月的幸福、乡村的宁静生活、音乐和阅读之中，却渐渐地弄得格拉菲拉再也无法忍受。一天早晨，她像个疯子一样跑进拉夫烈茨基的书房，把一串钥匙扔到桌子上，宣称，她再也不能管家里的事情，也不想留在村里了。妻子已经以适当的方式让拉夫烈茨基有了思想准备，因此他立刻同意姑妈离开这里。这一点格拉菲拉·彼特罗芙娜却没料到。“好吧，”她说，她的眼睛变得暗淡无光了，“我看得出来，我在这儿是个多余的人！我知道是谁从这儿，从我自己家里赶我走的。只不过你要记住我的话，我的侄子，无论在哪里你也安不了家，一辈子只能漂泊游荡。这就是我留给你的最后赠言。”就在那天，她回到自己的小村庄去了。过了一个星期，科罗宾将军来了，他的目光和一举一动都流露出一种讨人喜欢的忧郁神情，着手把全部产业都接管了过来。

九月里，瓦尔瓦拉·帕夫洛芙娜带着自己的丈夫到彼得堡去了。她在彼得堡的一座非常漂亮、光线充足、家具布置得很雅致的住宅里过了两个冬天（夏天他们搬到皇村去）。他们在社交界中层、甚至上层人士中结识了许多人，频繁外出做客，也频繁地接待客人，举办过许多次最为迷人的音乐晚会和跳舞晚会。瓦尔瓦拉·帕夫洛芙娜像灯火吸引飞蛾那样，吸引着客人们。费奥多尔·伊万内奇并不完全喜欢这种悠哉游哉的生活。妻子劝他去任职，根据父亲以前的经历，也根据自己的见解，他不想去做事。但是为了迎合瓦尔瓦拉·帕夫洛芙娜，却仍然留在彼得堡。不过很快他就领悟到，谁也不会妨碍他离群索居，他有一个全彼得堡最幽静、最舒适的书房，并非毫无意义。而且，对他关怀备至的妻子甚至也愿意帮助他离群索居——从那以后，一切都过得非常美满。他又着手进行自认为尚未完成的、自己的教育，又开始阅读，甚至开始学习英语。看到他那健壮、魁梧的身躯终日伏案，他那丰满、红润、胡须浓密的脸有一半被词典和笔记本遮着，是让人觉得很奇怪的。每天早晨他读书学习，午饭吃得津津有味（瓦尔瓦拉·帕夫洛芙娜是个很好的主妇），每天晚上都进入一个芳香袭人、幸福愉快、挤满了年轻快活的人们的迷人世界——而这个世界的中心就是那个热心的女主人——他的妻子。她生了个儿子，让他高兴了一阵，但是可怜的孩子活了没有多久，就在春天里死了。夏天，听从医生的劝告，拉夫烈茨基带着妻子出国，到有矿泉水的地方去疗养。经受了这样的不幸之后，她必须出去散散心，再说她的健康也需要温暖的气候。夏天和秋天，他们是在德国和瑞士度过的，而过冬，正如应该料想到的，他们去了巴黎。在巴黎，瓦尔瓦拉·帕夫洛芙娜像玫瑰盛开那样，心花怒放，神采飞扬，而且跟在彼得堡一样，很快就为自己构筑了一个舒适的家。她在巴黎一条既幽静又时髦的大街上找到了一所非常可爱的住宅，给丈夫缝了一件他还从未穿过的睡衣，雇用了一个十分俊俏的女仆，一个极好的厨娘，一个机灵的听差，买了一辆令人赞叹的轿式马车，一架音色美妙动听的立式钢琴。不到一个星期，她就已经披着披肩，撑着小阳伞，戴着手套，招摇过市，与真正的巴黎女人相比也毫不逊色了。而且她也很快就结识了一些朋友。起初到她这儿来的只有一些俄罗斯人，后来开始出现了法国人，都是些非常可爱、彬彬有礼、风度翩翩、姓氏悦耳的单身汉。他们说话都很快，话很多，随随便便地向人点头问候，愉快地眯缝着眼睛。一个个红红的嘴唇，雪白的牙齿闪闪发亮，而且他们多么善于微笑啊！他们当中每一个人又都领来了自己的朋友，于是从Chauss é e d' Antin到Rue de Lille[①]，la belLemadame de Lavretzki[②]很快就出了名。那时候（事情发生在1836年），像现在这样、如同从挖开的土墩里爬出的蚂蚁般到处乱钻的小品文作家和新闻栏编辑一类的人，还没有大量涌现。不过还在那时候，就已经有一个m-r Jules[③]经常在瓦尔瓦拉·帕夫洛芙娜豪华的客厅里出现了，这个相貌丑陋、名声很坏的先生，像动辄就要与人决斗、所谓垮掉的人一样，厚颜无耻，卑鄙下流。瓦尔瓦拉·帕夫洛芙娜非常讨厌这个m-r Jules，可她还是接待他，因为他会偶尔在各种报纸上写写文章，在这些文章里不断地提到她，有时称她为m-me de L……tzki[④]，有时称她为m-me de***，cette grande dame russe si distinguée,qui demeure de P……[⑤]，向全世界，也就是向几百个与m-me L……tzki毫无关系的报纸订户宣传，说这位夫人完全像一个真正的法国女人（une vraie franc aise par l' esprit[⑥]）——在法国人那里，没有比这更高的赞誉了——讨人喜欢，非常可爱，是一个多么不同凡响的音乐家，她跳华尔兹舞跳得多么迷人（瓦尔瓦拉·帕夫洛芙娜跳华尔兹的确跳得那么好，把所有人的心都吸引到她那又轻又薄、轻轻飘动的衣裙旁边了）……总而言之，把关于她的种种议论传遍了全世界——不

---

① 法语，意思是“从安泰路到利勒街”。

② 法语，意思是“迷人的拉夫烈茨基夫人”。

③ 法语，意思是“儒勒先生”。

④ 法语，意思是“拉……斯基夫人”。

⑤ 法语，意思是“某夫人，这位住在P街、如此文雅的俄国贵夫人”。

⑥ 法语，意思是“一个真正的法兰西女人”。

是吗？不管怎么说吧，这总是让人感到愉快的。那时候玛尔斯[①]小姐已经退出舞台，拉舍尔[②]小姐还没有登台，然而瓦尔瓦拉·帕夫洛芙娜仍然极其热心地经常光顾剧院。她为意大利的音乐欣喜若狂，却嘲笑奥德里[③]的遗风，在法兰西喜剧院里有礼貌地打哈欠，看多尔瓦[④]夫人在任何一出最罗曼蒂克的传奇剧中演出时，却为之落泪。而主要的是，李斯特[⑤]曾在她那儿演奏过两次，而且他是那么可爱，那么平易近人——真是妙极了！在这样令人愉快的心情中，一个冬天过去了，就在那年冬末，瓦尔瓦拉·帕夫洛芙娜甚至给引荐去过宫廷。费奥多尔·伊万内奇呢，就他这方面来说，他也并不感到寂寞，虽说有时会感到生活变得令人难以忍受——难以忍受，是因为精神空虚。他经常看报，在Sorbonne和Coll è ge de France[⑥]听课，留意议会里的辩论，动手翻译一部关于水利灌溉的著名学术著作。"我并没有虚度光阴，"他想，"这一切都是有益的，不过到明年冬天一定得回俄国去，着手做点儿事情。"很难说，他是不是明确意识到，这到底指的是什么事情，而且天晓得冬天前他能不能真的回到俄国。目前他正要和妻子一道去巴登巴登[⑦]……一件出乎意外的事破坏了他的一切计划。

---

① 玛尔斯（1779—1847），法国著名喜剧演员。

② 拉舍尔（1820—1858），法国著名悲剧演员。

③ 奥德里·雅克—萨尔（1781—1858），法国喜剧演员。

④ 多尔瓦（1798—1849），法国著名演员。

⑤ 李斯特（1811—1886），匈牙利著名钢琴家和作曲家。

⑥ 法语，意思是"巴黎大学本部和法兰西大学"。

⑦ 德国的著名风景游览胜地。

十六

有一次，瓦尔瓦拉·帕夫洛芙娜不在家的时候，拉夫烈茨基走进了她的书房，看到地板上有一张细心折叠起来的、很小的字条。他无意识地把它捡起来，无意识地把用法语写的如下内容看了一遍：

亲爱的天使贝特西！（我无论如何也下不了决心称你为Barbe①或瓦尔瓦拉——Varvara②。）我在林荫道拐角处白等了你许久，明天一点半钟你到我们的小房子里来吧。这个时候你那位善良的胖子（ton gros bonhomme de mari③）通常都埋头在自己的书堆里，我们再来唱一遍你教我唱的、你们的诗人普斯（希）金（devotre poète P ouskine④）的那首歌曲《老丈夫，可怕的丈夫！》⑤—— 一千个亲吻，吻你的小手和小脚。我等着你。

爱尔奈斯特

---

① 法语，译音为“巴尔贝”——瓦尔瓦拉的法语昵称。

② 法语，即“瓦尔瓦拉”。

③ 法语，意思是“你那位善良的胖丈夫”。

④ 法语，意思是“你们的诗人普希金”。

⑤ 阿利亚比耶夫（1787—1851）根据普希金的长诗《茨冈》中的一段谱写的一首抒情歌曲。

拉夫烈茨基没有立刻明白字条上写的是什么意思。他又看了一遍——于是他的头眩晕起来了，地板也像正在颠簸的船上的甲板，晃动了起来。一瞬间，他又是叫喊，又感到喘不过气来，又是放声大哭。

他失去了理智。他是那么盲目地相信自己的妻子，他从未想象过，她有可能欺骗他，会对他不忠实。这个爱尔奈斯特，他妻子的这个情夫，是一个淡黄头发、长得还不错的年轻人，约莫二十二三岁，翘鼻子，留着很好看的小胡子，在她认识的所有人当中，几乎是最微不足道的一个。几分钟过去了，半个钟头过去了，拉夫烈茨基一直站着，手里紧紧攥着那张决定他命运的字条，茫然地望着地板。似乎迎面刮来一阵黑暗的旋风，透过旋风，他仿佛看到一些模模糊糊的人脸，心痛苦地紧缩起来。他觉得，他好像正在坠落下去，坠落下去，坠落下去……落进无底的深渊。他熟悉的绸衣窸窸窣窣的轻微响声使他从麻木状态中清醒过来，瓦尔瓦拉·帕夫洛芙娜戴着帽子，披着披肩，在外面闲逛以后匆匆地回来了。拉夫烈茨基浑身发抖，往外冲去。他觉得，在这一瞬间他会打得她遍体鳞伤，把她打个半死，像农人那样，亲手掐死她。大吃一惊的瓦尔瓦拉·帕夫洛芙娜想要拦住他，他只能低声说了一声："贝特西"——就从屋里跑了出去。

拉夫烈茨基叫了一辆轿式马车，吩咐送他到郊外去。这天其余的全部时间，整整一夜，直到早晨，他一直在徘徊漫步，不断地停下来，轻轻地拍一拍手——他一会儿气得发狂，一会儿又好像觉得好笑，甚至好像很快活。早晨他冻坏了，于是走进郊外一家有饭厅的蹩脚旅店，要了一个房间，坐在窗前的一把椅子上。他突然急剧地打了个哈欠。他已经几乎站不住了，身体也已筋疲力尽，可是他却不觉得累，然而疲倦还是起作用了。他坐着，在看，可是什么也弄不明白。他不明白他发生了什么事，他为什么独自一人来到这间陌生的、空荡荡的房间里，他四肢麻木，嘴里发苦，胸中仿佛坠着一块石头。他不明白，是什么促使她——瓦丽娅[1]，委身于这个法国人。不明白她明知自己不忠实，怎么还能像从前那样镇静，对他照旧那样温柔，那样坦然！“我什么也弄不明白！”他那干枯的嘴唇喃喃地说，“现在谁能向我担保，在彼得堡……”他没有把这句问话说完，浑身颤抖、瑟缩着，又打起哈欠来，愉快的和忧郁的回忆都让他感到痛苦。突然想起，就在几天前，她曾当着他和这个爱尔奈斯特的面坐到钢琴前，唱过这首《老丈夫，可怕的丈夫!》。他想起了她脸上的表情，眼睛里奇怪的闪光和面颊上的红晕。于是，他从椅子上站了起来，他想要去对他们说：“你们跟我开玩笑，那是枉费心机。我曾祖父经常捆起农民，把他们吊起来，我外祖父本人就是个农民”，说完就把他们两个通通杀死。一会儿他突然又好像觉得，所发生的这一切是一场梦，甚至不是梦，而只不过是什么荒诞无稽的幻想。只要抖擞一下，回首四顾，就……他环顾四周，忧愁却越来越深地扎进他的心里，就像鹞鹰抓紧被它捉住的小鸟一样。除此以外，再过几个月，拉夫烈茨基就有希望做父亲了……过去，未来，他的一切都被毒化了。最后，他回到巴黎，住在一家旅馆里，派人把爱尔奈斯特先生的那张字条和下面的一封信送给瓦尔瓦拉·帕夫洛芙娜：

附上的字条会向您说明一切。顺便告诉您，我真没想到您竟会这么粗心大意：您，一个总是那么细心的人，竟会失落如此重要的信件（可怜的拉夫烈茨基把这句话琢磨、欣赏了好几个钟头）。我不能再看见您，我认

---

① 瓦尔瓦拉的小名。

为，您也不该希望与我会面。我决定一年给您一万五千法郎，我不能再多给了。请把您的地址寄给乡下的账房。您想做什么就做什么吧，爱住在哪里就住在哪里。祝您幸福。不需要回信。

拉夫烈茨基写给妻子的信上说，不需要回信……可是他在等着，他在等回信，等待对这件不可理解、不可思议的事做出解释。瓦尔瓦拉·帕夫洛芙娜当天派人给他送来了一封用法文写的长信。这封信打消了他的一切怀疑，他最后的怀疑已经消失了——他为自己还曾有一些怀疑感到可耻。瓦尔瓦拉·帕夫洛芙娜没有为自己辩解，她只希望见见他，恳求他不要毫无挽回余地，认定她有罪。信写得冷淡，矫揉造作，不过有些地方看得到泪痕。拉夫烈茨基苦笑了一下，吩咐来人回去说，一切都很好。三天以后他已经不在巴黎了，不过他不是去俄国，而是去了意大利。他自己也不知道，他为什么恰好选中了意大利。其实，对他来说，去哪儿都一样，只要不是回家去。关于给妻子赡养费的事，他给自己的庄园管理人发去了指示，同时吩咐他，不等结清账目，立刻从科罗宾将军手中接管庄园财产的一切事务，并做好安排，请这位大人离开拉夫里基。他栩栩如生地想象出被赶走的将军那副窘态，那种徒然的傲慢神情。尽管自己心里很痛苦，却感觉到某种发泄仇恨的快乐。当时他还写信给格拉菲拉·彼特罗芙娜，请求她回到拉夫里基去，并且寄去了给她的委托书。格拉菲拉·彼特罗芙娜没有回拉夫里基，而且自己登报声明，委托书已被销毁，她这样做可就太过分了。拉夫烈茨基躲在一座意大利小城里，很长时间还不能迫使自己不去注意妻子的行踪。他从报纸上得知，正如她原来计划的那样，她从巴黎到巴登巴登去了，她的名字很快出现在那位儒勒先生署名的一篇文章里。在这篇文章里，透过通常那些轻薄的词句，流露出某种友好的同情。看这篇文章时，费奥多尔·伊万内奇心里感到非常厌恶。后来他得知，他添了个女儿。过了大约两个月，他收到庄园管理人的通知，说是瓦尔瓦拉·帕夫洛芙娜要求给她先寄三分之一的赡养费去。后来，一些令人不快的流言蜚语越来越多，不胫而走。最后，所有杂志上都耸人听闻、绘声绘色地竞相刊登出一个悲喜剧故事。在那个故事里，他的妻子扮演了一个并不令人羡慕的角色。一切都完了——瓦尔瓦拉·帕夫洛芙娜成了“著名人物”。

拉夫烈茨基不再去注意她的行踪，但是不能很快就控制住自己的感情。有时他不由自主地那么想念妻子，觉得只要能再听到她那亲切的声音，感觉到她的手又握在自己手里，那么他宁愿付出一切代价，甚至，大概……愿意饶恕她。然而时间并非白白流逝。他并不是一个生来受苦受难的人，他那健全的天性充分显示出了自己的力量。很多事情他都明白了，曾经使他感到震惊的那个打击，他也觉得并非出乎意外。他了解了自己的妻子——对于一个亲近的人，只有和他分离以后，才能完全了解他。他又能学习，又能用功了，不过已经远不像以前那样热心，生活经历和教育培育出来的怀疑主义终于深入到他的心灵里。他变得对一切都漠不关心。过了四年，他感觉到自己已经能够回故乡去，会见自己的亲友了。无论在彼得堡，还是在莫斯科，他都没有停留，径直来到了O市。我们就是在那儿和他暂时分手的，现在请盛情厚意的读者和我一起回到那里去吧。

十七

在我们已经叙述过的那天次日早晨八点钟，拉夫烈茨基走上卡利京家的台阶。戴着帽子和手套的莉莎走出来，迎面碰到了他。

“您去哪儿?”他问她。

“去做日祷，今天是星期天。”

“难道您常去做日祷?”

莉莎一言不发，惊讶地看了他一眼。

“请原谅，”拉夫烈茨基说，“我……我想说的不是那个，我是来向你们辞行的，过一个钟头，我就要到乡下去了。”

“离这儿不远，不是吗?”莉莎问。

“二十五俄里。”

这时候，莲诺奇卡由一个使女陪伴着来到了门口。

“记住，可别忘了我们。”莉莎低声说，于是走下台阶。

“请您也别忘了我。啊，您听我说，”他又补上一句，“您到教堂去，请顺便也为我祈祷祈祷。”

莉莎站住了，朝他转过身来。

“好吧，”她直瞅着他的脸，说，“我会为您祈祷的。我们走吧，莲诺奇卡。”

在客厅里，拉夫烈茨基只遇到玛丽娅·德米特里耶芙娜一个人。从她身上散发出一股花露水和薄荷的香味。用她的话来说，她头痛，一夜都不得安宁。她以自己通常那种懒洋洋的客气态度接待他，渐渐地话多起来了。

“不是吗，”她问他，“弗拉季米尔·尼古拉伊奇是个多么讨人喜欢的年轻人啊！”

“哪个弗拉季米尔·尼古拉伊奇？”

“就是潘申啦，就是昨天在这儿的那一位。他很喜欢您，喜欢得不得了。我可以秘密地告诉您，mon cher cousin[①]，他为我的莉莎简直神魂颠倒了。那又有什么呢，他出身名门，工作很出色，人也聪明，嗯，是个侍从官，如果上帝的意志是那样的话……那么我这方面，作为母亲，也将非常高兴，责任当然重大。当然啦，孩子们的幸福取决于父母，不是吗？可话又说回来：直到现在，好也罢，坏也罢，无论什么事，全都是我一个人担着，完全是我自个儿——又是教育孩子，又是教导他们，全靠我……这不是，刚刚我还写信给鲍柳斯太太，要从她那儿请一位家庭教师来……”

玛丽娅·德米特里耶芙娜立刻开始详尽地谈起了她要关心的种种事情，她的种种苦处，她那做母亲的心情。拉夫烈茨基默默地听着她说，一边随便摆弄着手里的帽子。他那冷淡、忧郁的目光使说个没完没了的女主人感到发窘了。

“您觉得莉莎怎么样？”她问。

“莉扎薇塔·米哈依洛芙娜是一位非常好的姑娘。”拉夫烈茨基回答，站起来，鞠躬告辞，到玛尔法·季莫菲耶芙娜屋里去了。玛丽娅·德米特里

---

① 法语，意思是“我亲爱的表弟”。

耶芙娜不满意地望了望他的背影，心想："真是个笨伯！唔，现在我明白他妻子为什么不能对他忠实了。"

玛尔法·季莫菲耶芙娜正坐在自己屋里，她那些随从们都围绕着她。随从是由五个几乎同样贴心的成员组成的：一只受过训练的、大嗉子红腹灰雀，她所以喜欢它，是因为它已经不再啼叫，也不再任意弄水了；一条胆子很小、十分驯良、名叫罗斯卡的小狗；一只性情暴躁、名字叫"水手"的猫；一个名叫舒罗奇卡的九岁的小姑娘，她皮肤黝黑，活泼好动，生着一双大眼睛，一个尖尖的小鼻子；还有一个五十五岁的老妇人，戴一顶白色包发帽，黑色连衫裙上罩一件瘦小的咖啡色敞胸短上衣，名叫娜斯塔西娅·卡尔波芙娜·奥加尔科娃。舒罗奇卡是个出身于小市民阶层的孤儿，玛尔法·季莫菲耶芙娜收养她是出于怜悯，也就像收养罗斯卡一样。小狗和小姑娘都是她从街上捡来的，小狗和小姑娘都又瘦又饿，都让秋雨淋得浑身湿透。罗斯卡的情况是没有任何人管它，舒罗奇卡的叔叔是个喝得烂醉的鞋匠，自己都经常吃不饱，不肯养活侄女，却常拿鞋楦敲打她的脑袋，他甚至很乐意把侄女让给玛尔法·季莫菲耶芙娜。娜斯塔西娅·卡尔波芙娜呢，是玛尔法·季莫菲耶芙娜去朝圣的时候，在修道院里认识的。在教堂里，她自己走到她跟前去（玛尔法·季莫菲耶芙娜所以喜欢她，用她自己的话来说，是因为娜斯塔西娅·卡尔波芙娜做祷告的时候'真够味儿'），自己先跟她说起话来，还请她到自己住的地方去喝茶。从那天起，她已经和她形影不离了。娜斯塔西娅·卡尔波芙娜是个性情最快活、最温和的女人，寡妇，没有儿女，出身于贫寒的贵族家庭。她的头是圆的，头发已经花白，有一双柔软、白皙的手，大脸盘儿，线条柔和，显得十分善良，翘鼻子，看上去有点儿好笑。她尊敬玛尔法·季莫菲耶芙娜，后者也很喜欢她，不过有时会对她那颗温情的心稍微取笑几句。她对所有年轻人都特别喜欢，而且像个小姑娘一样，听到最平常的、并无恶意的玩笑话，也会不由自主地脸红。她的全部财产只是一千二百卢布纸币，她依靠玛尔法·季莫菲耶芙娜生活，可是和她完全是平等关系。玛尔法·季莫菲耶芙娜可受不了人家对她奴颜婢膝。

“啊！费佳！”她一看到拉夫烈茨基，就说，“昨儿晚上你没看见我这一家子，现在欣赏一下吧。我们全都聚会在一起，要喝茶了，这是我们这儿的第二次节日茶会。你可以跟大家都亲热亲热。只不过舒罗奇卡不让你跟她亲热，猫会抓伤你。你今天就走吗？”

“今天。”拉夫烈茨基坐到一把很矮的小椅子上，“我已经和玛丽娅·德米特里耶芙娜告辞过了，莉扎薇塔·米哈依洛芙娜我也见过了。”

“就叫她莉莎好了，我的爷，对你来说，她算什么米哈依洛芙娜[1]呀？你乖乖地坐着吧，要不，可要把舒罗奇卡的椅子给坐坏了。”

“她去做日祷，”拉夫烈茨基接着说，“难道她是个虔诚的教徒吗？”

“是啊，费佳，虔诚得很。比我和你都虔诚呢，费佳。”

“难道您不虔诚？”娜斯塔西娅·卡尔波芙娜低声说，“今天晨祷您没去，可是晚祷您准会去的。”

“可是，不——你一个人去吧，我变懒了，我的大姐，”玛尔法·季莫菲耶芙娜反驳说，“我太爱喝茶，光顾着喝茶了。”她对娜斯塔西娅·卡尔波芙娜称呼“你”，虽说跟她是平等关系——她不愧是佩斯托夫家的

---

① 用父名称呼，表示尊敬。一般只有对长辈、上级、比较生疏或需要表示尊敬和客气的人，才称呼父名。

人——伊凡·瓦西利耶维奇·格罗兹内追荐亡魂的名册[①]上就有三个佩斯托夫家族的人，这件事玛尔法·季莫菲耶芙娜是知道的。

“请您告诉我，”拉夫烈茨基又开始说，“玛丽娅·德米特里耶芙娜刚才跟我谈起这个……他叫什么来着……对了，潘申。这位先生是个什么样的人？”

“真是个长舌妇，上帝饶恕我！”玛尔法·季莫菲耶芙娜埋怨说，“想必是秘密地告诉你，说是，瞧，她碰到了一个多好的向她女儿求婚的人。跟她那位牧师的儿子嘀咕去也就是了，可是，不，看来，光跟他嘀咕还嫌不够。要知道，还连个影儿都没有呢，这可真是谢天谢地！可她已经在瞎扯了。”

“为什么谢天谢地？”拉夫烈茨基问。

“因为我不喜欢这个漂亮小伙子，而且这又有什么好高兴的呢？”

“您不喜欢他？”

“是啊，并不是人人都会让他给迷住。这不是，娜斯塔西娅·卡尔波芙娜爱上了他，对他来说，这也就够了。”

可怜的寡妇整个儿都慌乱起来了。

“您这是什么话，玛尔法·季莫菲耶芙娜，您不怕上帝吗！”她提高声音说，转瞬间满脸绯红，连脖子都红了。

“不是吗？这个骗子。他知道，”玛尔法·季莫菲耶芙娜打断了她，“他

---

① 伊凡·瓦西利耶维奇·格罗兹内即俄罗斯历史上有名的伊凡雷帝（1530—1584），原为俄罗斯公国大公，自1574年成为俄国沙皇。他曾杀过许多贵族，之后又把他们的名字列入追荐亡魂的名册，追荐他们。

知道用什么来迷住她，送给了她一个鼻烟壶。费佳，你请她拿鼻烟给你闻闻，你会看到，鼻烟壶多么可爱，盖子上还画着个骑马的骠骑兵呢。你呀，我的大姐，你最好还是别分辩了。”

娜斯塔西娅·卡尔波芙娜只是挥挥手，不理她了。

“嗯，那莉莎呢，”拉夫烈茨基问，“对他有好感吗？”

“好像她喜欢他，不过，天知道她！别人的心，你要知道，就像不透光的树林，女孩子的心就更不用说了。喏，就拿舒罗奇卡的心来说——你倒试试看去摸透它吧！从你来了以后，她干吗就躲起来，可是又不出去呢？”

舒罗奇卡强忍住笑，可还是扑哧一声笑出来了，于是跑了出去。拉夫烈茨基也从座位上站了起来。

“是啊，”他一字一顿地低声说，“少女的心是猜不透的。”

他开始告辞。

“怎么？我们很快就会再见到你吗？”玛尔法·季莫菲耶芙娜问。

“看情况吧，表姑。离这儿不远，不是吗？”

“是啊，你是去瓦西利耶夫村，是吗？你不愿住在拉夫里基——嗯，这是你的事。只不过你要到拉夫里基去一趟，向你母亲的坟墓行个礼，顺带着也向你奶奶的坟墓行个礼。你在那里，在外国，学到了各种各样的学问，变聪明了，可是谁知道呢。也许她们在坟墓里也会感觉到，你回来看她们了。也别忘了，费佳，也要做做法事，追荐格拉菲拉·彼特罗芙娜，喏，给你一个卢布。拿着，拿着，这是我要做法事追荐她的。她活着的时候，我不喜欢她，可她是个性格刚强的姑娘，这没什么好说的。是个聪明人，也没委屈过你。现在上帝保佑，你走吧，要不我就让你觉得讨厌了。”

于是，玛尔法·季莫菲耶芙娜拥抱了自己的表侄。

“莉莎不会嫁给潘申的，你别担心，这样的丈夫配不上她。”

“可我一点儿也不担心。”拉夫烈茨基回答，说罢就走了。

十八

四个小时以后他动身回家去了。他的四轮马车飞快地行驶在柔软的乡村土路上。差不多有两个星期，天一直干旱，乳白色的薄雾在空气中弥漫开来，笼罩了远方的树林，从雾中飘来一股树林被烧过的焦味。许多轮廓模糊的深灰色乌云在淡蓝色的天空中向四面扩散，相当猛烈的风形成一股接连不断的干燥气流，迎面劲吹，却不能驱散炎热。拉夫烈茨基把头靠到靠枕上，双臂交叉抱在胸前，望着呈扇面形展开、奔驰而过的一片片田野，望着缓慢地隐约出现的爆竹柳丛，望着那些傻里傻气的乌鸦和白嘴鸦——它们正带着愚蠢多疑的神情，歪着脑袋瞅着从一旁驶过的马车，望着一条条长满蒿草、苦艾和野菊的田塍，他望着……而这空气清新、土壤肥沃的草原荒地和偏僻荒凉的地方，这绿色的原野，这些长长的丘陵，长满矮小柞树丛的沟壑，这些单调乏味的小村庄，稀稀落落的白桦——所有这一切，他已经有很久没看到的俄罗斯景色，在他心中引起一种既甜蜜、同时又几乎是悲哀的感觉，仿佛有某种让人觉得愉快的压力压在他的胸膛上，使他感到忧郁。他思潮起伏，思想仿佛在慢慢徘徊。思绪漫无边际，就像高空中似乎也在慢慢徘徊的乌云的轮廓一样，也是那样模糊，那样不明确。他想起自己的童年，自己的母亲，想起她是怎样死去的，人们是怎样把他抱到了她的身边，她是怎样把他的头抱在自己胸前，开始有气无力地对他边哭边说，可是朝格拉菲拉·彼特罗芙娜望了一眼，又立刻住了声。他想起了父亲，起初父亲精力充沛，对一切都不满意，说话声如洪钟，后来双目失明，变得十分伤感，下巴底下留着不干净的花白胡子。他想起，有一次，父亲在吃饭的时候多喝了一杯酒，把调味汁洒到了自己的餐巾上，突然笑了起来，眨着什么也看不见的眼睛，满脸通红，讲起自己获得胜利的往事。他想起了瓦尔瓦拉·帕夫洛芙娜——就像人霎时间感到心痛，会眯缝起眼来那样，不由自主地微微眯缝起眼，随即又摇了摇头。后来，他的思想停留在莉莎身上。

“瞧，”他想，“一个新人刚刚进入生活。一个可爱的姑娘，不知将来她会怎样？她长得很美，她的肌肤洁白，面色红润，眼睛和嘴唇那样严肃，目光也诚实、天真。可惜，她好像有点儿过于热情。身材很美，步态那么轻盈，声音也挺柔和。我很喜欢她突然站住，注意倾听别人说话，脸上没有一点儿笑容，随后沉思起来，并且把自己的头发撩到后边去。的确，我也觉得潘申配不上她。可是他坏在什么地方呢？不过，我干吗要沉入幻想之中？她也将沿着大家所走的那条路走下去。我最好还是睡一会儿吧。”于是，拉夫烈茨基闭上了眼。

他没能入睡，不过却陷入旅途中昏昏欲睡的麻木状态。种种往事仍然栩栩如生地在脑海中慢慢浮起，呈现在眼前，与其他一些概念混淆、纠缠在一起。天晓得为什么，拉夫烈茨基开始想起了罗伯特·庇尔[①]……想起了法国历史……想到，如果他是一位将军，定会打一场胜仗。他好像听到了

① 罗伯特·庇尔（1788—1850），英国政治活动家。1841—1846年任英国首相。

枪炮声和呐喊声……他的头滑到一边去了，他睁开了眼……还是那同样的田野，还是同样的草原景色。透过波浪般的滚滚尘土，两匹拉边套的马已经磨损的蹄铁此起彼落，闪闪发光，车夫那件腋下镶红条子的黄衬衫被风吹得鼓胀起来……“我回故乡来，真太好了。”这个想法在拉夫烈茨基的脑子里忽然一闪，于是他大喊一声：“赶快点儿！”说罢把大衣裹紧，更紧地靠在靠枕上。四轮马车好像叫什么给碰了一下，拉夫烈茨基挺直了腰，睁大了双眼。他前面一座小丘上展现出一个不大的小村庄——稍靠右侧，可以看到一座破旧的地主的小宅院，百叶窗紧闭，台阶已经倾斜。宽大的院子里，从大门口起，长着像大麻一样绿油油、十分稠密的荨麻。就在这儿，有一座橡木建造的、还挺结实的小粮仓。这就是瓦西利耶夫村。

车夫赶着马车拐弯来到大门前，让马停了下来。拉夫烈茨基的仆人在车夫座上欠起身来，好像想要跳下去的样子，喊了一声：“喂！”听到了嘶哑、沉闷的狗吠声，可是就连狗也不见出来。仆人又准备往下跳，又喊了一声：“喂！”又听到了衰弱无力的狗吠声。稍过了一会儿，一个穿着土布束腰长袍、头发雪白的人不知从哪里跑到院子里来。他用手遮着阳光，朝四轮马车望了望，突然双手拍了拍大腿，先是有点儿不知所措，在原地忙乱，随后赶紧跑过去打开大门。四轮马车驶进院子，车轮碾过荨麻发出簌簌的响声，停在台阶前面。那个满头白发的人看来动作还很敏捷，已经弯着腿，宽宽地把两腿叉开，站在最下边的一级台阶上，解开前面的车篷，把皮车篷往上猛一拉，扶着老爷从车上下来，并且吻了吻他的手。

“你好，你好，老兄。”拉夫烈茨基说，“你，好像是叫安东吧？你还健在呀？”

老人默默地躬身行了个礼，然后跑去拿钥匙。他跑去拿钥匙的这个工夫，车夫歪着身子一动不动地坐着，不时望望锁着的房门。拉夫烈茨基的仆人一跳下马车，就把一只手搭在车夫座上，神气活现地站在那里。老人拿来了钥匙，毫无必要地像蛇一样弯着身子，高高抬起胳膊肘，开开房门，退到一旁，又躬身深深行了个礼。

“瞧，我到家了，瞧，我回来了。”拉夫烈茨基想，一边走进很小的穿堂。与此同时，百叶窗砰砰嘭嘭、吱嘎吱嘎地响着，一扇接一扇地打开了，白天的亮光照进了无人居住的内室。

十九

拉夫烈茨基来到的这座不大的住宅，也就是两年前格拉菲拉·彼特罗芙娜去世的地方。这座住宅是上个世纪用很结实的松木建造的，从表面上看，它好像已经破旧，可实际还能继续保持五十年，或者更久。拉夫烈茨基到所有房间走了走，看了看，吩咐把各处的窗户全都打开，这一来可大大惊动了那些一动不动停在门楣下、背上积有白色灰尘、已经衰老、动作很不灵活的苍蝇。自从格拉菲拉·彼特罗芙娜死后，谁也没开过这些窗户。屋里的一切都原样未动——客厅里摆着几张已经磨破和压坏了的细腿白色小沙发，上面蒙着发光的灰色花缎，让人清清楚楚想起叶卡捷琳娜时代[①]。客厅里还摆着一把女主人喜爱的安乐椅，椅背高而且

---

① 叶卡捷琳娜一世是1725—1727年的俄国女皇；叶卡捷琳娜二世是1762—1796年的俄国女皇。叶卡捷琳娜时代指她们在位的那段时间。

直，就是在她老年的时候，她也没在这把安乐椅上坐过。正面墙壁上挂着一幅费奥多尔的曾祖父安德烈·拉夫烈茨基的古老画像，从已经发黑、有些地方已经皴裂的底色上，勉强才能看出他那张阴郁而且极容易动怒的脸，一双凶恶的小眼睛从朝下耷拉着、好似浮肿的眼皮底下闷闷不乐地朝前张望着，看上去显得沉重、布满皱纹的前额上面，像刷子一样耸立着一头没有扑过粉的黑发。画像的一角，挂着一个落满灰尘的、用蜡菊编成的花圈。“是格拉菲拉·彼特罗芙娜亲自编的”，安东禀告说。卧室里放着一张很窄的床，床上挂着用从前那些年代非常结实的花条布做的帐子。床上一些已经褪色的枕头堆得老高，还放着一床绗过的薄被，床头挂着一幅引导圣母进入神殿的圣像。那个老处女孤零零独自一人，被大家遗忘，临终前就是把自己已经变冷的嘴唇最后一次紧紧贴在这幅圣像上。窗前摆着镶有铜片的嵌木梳妆台，上面的小镜子已经歪了，镜框上的镀金也已经发黑。卧室隔壁是一间供圣像的小房间，四壁空无一物，一边墙角落里有一个笨重的神龛，地板上铺着一块已经磨损、滴上一滴滴蜡烛油的小地毯。格拉菲拉·彼特罗芙娜就是在这块小地毯上跪拜祈祷的。

安东领着拉夫烈茨基的仆人一道去开马厩和车棚了，一个几乎和他同样年纪的老太婆出来代替他侍候主人。老太婆把头巾包得齐着眉毛，头不停地摇晃着，眼睛也呆板无神，却显示出忠诚、唯命是从、伺候主人的老习惯，而同时又流露出某种尊敬的同情。她走到拉夫烈茨基跟前，吻了吻他的手，站在门边，听候吩咐。他根本想不起她叫什么名字，甚至记不得，是不是曾经在什么时候看到过她。原来她叫阿普拉克谢娅，大约四十年以前，格拉菲拉·彼特罗芙娜把她从主人家里赶了出来，派她去饲养家禽。不过她很少说话，好像已经老糊涂了，可是看上去是一副奴婢相。除了这两个老人，外加三个穿着长衬衫、肚子老大的孩子——安东的曾孙。主人家里还住着一个免除赋役的独臂农民，他说话含糊不清，就像黑琴鸡叫唤似的，什么事情也不能做。比他稍有用一些的是一条汪汪吠叫着欢迎拉夫烈茨基归来的老狗，遵照格拉菲拉·彼特罗芙娜吩咐，买来一条又粗又重的铁链，把它锁了起来，它已经给锁了十来年，勉勉强强才能挪动一下，勉勉强强才能拖动那条沉重的锁链。拉夫烈茨基仔细看过了屋里的情况，然后走进花园，对花园他感到满意。花园里长满高高的野草、牛蒡、醋栗和悬钩子，不过园内有很多树荫，很多老椴树。椴树树干粗大，枝丫奇形怪状，让人感到惊讶。这些树种得太密，而且很久没有修剪过了，最后一次修剪不知是什么时候的事——大概是100年以前吧。花园尽头有一个清澈的小池塘，四周长满稍有点儿发红的、高高的芦苇。人类生活的迹象消失得太快了——格拉菲拉·彼特罗芙娜的庄园虽然尚未完全荒芜，可是仿佛已进入静静的梦乡，只要是未被人类惊动、烦扰的地方，地面上的一切都像这里一样，寂静无声，昏昏欲睡。费奥多尔·伊万内奇也在村里走了走。农妇们一只手托着腮帮，从自己农舍门口望着他。农人们从老远就向他躬身行礼，孩子们都跑到一边去了。狗在吠叫，可是叫得并不起劲。最后，他想吃饭了，可是他等着的仆人和厨师预计要到傍晚才会到来。从拉夫里基运来的行李和食品还没到，只好去找安东了。安东立刻忙着张罗起来：他抓了一只老母鸡杀掉，拔了毛。阿普克拉谢娅把鸡放进锅里以前，先像洗衣服那样，把它又是擦，又是洗，折腾了好久。鸡终于煮好了，安东摆好饭桌，铺上桌布，收拾停当，在餐具前放了一个已经发黑的三脚镀金盐瓶，一个塞着圆玻璃塞、带棱的细颈玻璃酒瓶，然后用唱歌似的声音向拉夫烈茨基禀报说，饭菜已经准备好了。然后他右手握拳，用餐巾把它裹起来，站到主人椅子后面，从他身上散发出一种像柏树那样浓烈、古老的气味。拉夫烈茨基尝了尝汤的味道，然后吃鸡。鸡皮上蒙着一层相当大的小疙瘩，每只鸡腿上都有一条粗筋，鸡肉有一股木头味和碱水味。吃过了饭，拉夫烈茨基说，他倒想喝杯茶，如果……“我这就送来”，老人打断了他，而且兑现了自己的诺言——找出一小撮包在一小块红纸里的茶叶，找出一个虽然不大、但是火力很旺、响声很大的茶炊，还找出了很小几块表面好像已经融化过的砂糖。拉夫烈茨基用一个大茶碗喝了茶，还在童年他就记得这个茶碗，上面画着些纸牌，从前用它来喝茶的只有客人们，现在他也像客人一样用它来喝茶了。傍晚，仆人们到了；拉夫烈茨基不想睡在姑母的床上，他吩咐给他在餐厅里铺一张床。他熄掉蜡烛，久久环视自己周围，沉浸在不愉快的思绪之中——他体验到每一个第一次在很久无人居住的地方过夜的人都会有的感觉，他好像觉得从四面八方包围了他的黑暗对新来的人还不习惯，屋里的墙壁也感到困惑不解。最后他叹了口气，拉过被子盖在身上，睡着了。安东睡得最迟，好长时间他一直在和阿普拉克谢娅低声耳语，轻轻地叹息，还画了两次十字。他们俩都没料到，老爷竟会住到他们瓦西利耶夫村来，既然他在附近就有一片那么好的领地和管理得很好的庄园。他们也没猜想到，那个庄园让拉夫烈茨基十分反感，它会在他心中唤起非常不愉快的回忆。小声交谈够了以后，安东拿了一根棍子，敲了敲挂在粮仓前、好久没有敲响过的打更板，立刻就蜷曲着身子倒在院子里睡着了，白发苍苍的头上什么也没有盖。五月的夜静悄悄的，暖和，舒适——老人睡得十分香甜。

二十

第二天，拉夫烈茨基起得相当早，和管农奴的领班交谈了一会儿，到打谷场去了一下，吩咐卸下锁着看家狗的锁链，那狗只是稍微吠叫了几声，甚至没有离开狗窝。随后，他回到家里，陷入某种宁静无为的麻木状态，整整一天都没能摆脱这种状态。“这时候我真像掉进了河底”，他不止一次自言自语。他坐在窗前，一动不动，仿佛在倾听环绕着他的宁静生活缓缓流逝的声音，倾听这荒凉偏僻的农村中各种难得听到的响声。听，荨麻丛后什么地方不知有什么人在低声唱歌，声音又尖又细，一只蚊子仿佛在为他伴奏。听，他不唱了，蚊子却仍然在尖叫；苍蝇齐声嗡嗡嘤嘤，那讨厌的声音如泣如诉，透过苍蝇的嗡嗡声，可以听到一只胖大的丸花蜂发出低沉单调的声音，丸花蜂不时一头撞到天花板上；户外一只雄鸡啼叫起来，嘶哑地拼命挣出最高的高音；一辆大车辚辚驶过，村里的栅栏门发出轧轧的响声。“干什么?”突然听到一个农妇刺耳的声音。“哦，你呀，我的小乖乖。”安东对他抱着的一个两岁的小女孩说，他正在哄她。“你把克瓦斯[①]拿来呀。”又是那个农妇的声音说。突然，死一般的寂静，什么也不响，什么也不动了。风没有轻轻翻动树叶，燕子也一声不响，一只接着一只掠过地面。由于它们无声的飞翔，心里感到一阵阵忧伤。“这时候我真像掉进了河底，”拉夫烈茨基想，“无论什么时候，这里的生活永

---

① 一种用麦芽或面包屑制成的清凉饮料。

远是这么宁静，不慌不忙。”他想，“无论谁进入这种生活的范围，那就听其自然吧。在这儿，用不着激动，没有什么让人感到不安；在这儿，只有像庄稼人犁地那样不慌不忙为自己开辟一条小路的人，才会获得成功。而周围蕴藏着多大的力量，在这无所作为的寂静中，包含有多么健康的力量啊！

瞧，就在这儿，窗子底下，一棵根部粗壮的牛蒡从密密的草丛中钻了出来，独活草又在它上面伸展着自己水灵灵的嫩茎。再上面，圣母泪[①]伸出粉红色的触须。而那里，在较远的田野里，黑麦在闪光，燕麦已经抽穗扬花，每棵树上的每片叶子，每棵草茎上的每株小草都完全舒展开来，生机勃勃。“为了一个女人的爱，我最好的年华已经流逝，”拉夫烈茨基继续想，“让这儿的寂寞使我清醒，给我安慰，培养我，使我能从容不迫地去做我该做的事情吧。”于是，他又开始倾听那死一般的寂静，什么也不期待——而同时又好像在不停地期待着什么。寂静从四面八方包围着他，太阳静悄悄地在静静的碧空中移动，白云也在空中静悄悄地飘浮着。似乎它们知道，它们是为什么飘浮，要飘到什么地方去。就在这个时候，大地上的其他地方，生活正在沸腾，忙忙碌碌，高声喧闹。而这里，同样的生活却像水在沼泽地里那样无声无息地静静流淌，直到晚上，拉夫烈茨基都不能让自己不再观察这正在静静流逝的生活。为往事悔恨的悲哀恰似春天的积雪，在他的心中渐渐融化了——而且，真是怪事！——在他心里，对故乡的感情从来也没像现在这样深厚，这样强烈。

---

① 一种草本植物，它圆形的果实可做念珠。

二十一

在两个星期里，费奥多尔·伊万内奇整顿好了格拉菲拉·彼特罗芙娜的住宅，院子、花园也打扫得干干净净。从拉夫里基给他运来了舒适的家具，从城里运来了葡萄酒、书籍、杂志，马厩里出现了马匹。总之，费奥多尔·伊万内奇置备了他所需要的一切东西，开始过起不知是地主式的，还是隐士式的生活。他的日子过得很单调，虽然见不到任何人，他却并不感到寂寞。他勤奋地精心经管自己的产业，策马巡视周围地区，看书——不过他很少看书，他更喜欢听安东老头儿讲故事。通常拉夫烈茨基叼着烟斗，面前摆着一杯冷茶，坐到窗前。安东倒背着手站在门边，开始不慌不忙地讲起久远以前，传说中古时候的故事来——那时候燕麦和黑麦不是用斗量着卖，而是装在大麻袋里，两三个戈比就能买一麻袋。那时候四面八方，就连城郊，都是连绵不断、无法通行的森林，没被破坏过的草原。“可这会儿，”已经八十多岁的老人抱怨说，“全都砍光了，开垦了，连赶车都没有地方可走了。”安东还讲了许多关于自己的女东家格拉菲拉·彼特罗芙娜的事情：说她多么深明事理，多么节俭。说是有那么一位先生，一个年轻的邻居，曾经想博得她的好感，常常坐着马车来看她。为了他，她甚至戴上了那顶有紫红色带子、节日里才戴的包发帽，穿上了黄色利凡廷绸的连衫裙。可是后来，因为那位先生提了一个不成体统的问题——“女主人，您想必有一大笔财产吧?”她对他大发雷霆，吩咐不准他再到家里来。当时她还吩咐说，等她百年以后，所有的东西，就连一块破布，也都要留给费奥多尔·伊万诺维奇。

的确如此，拉夫烈茨基发现，姑母的全部家当都完整无缺，连那顶有紫红色带子、节日里才戴的包发帽和那件黄色利凡廷绸的连衫裙也不例外。至于拉夫烈茨基希望会找到的古代文据和有趣的文献，却一样也没发现，只除了一本破旧的小册子，他的祖父彼得·安德烈伊奇在那上面记了些什么——有一处记下的是："圣彼得堡全城欢腾，庆祝亚历山大·亚历山德罗维奇·普罗佐罗夫斯基公爵大人与土耳其帝国缔结和约[①]"。另一处记着一个治胸痛的药方，附注是："此乃众生之源三位一体[②]教堂大神父费奥多尔·阿夫克先季耶维奇赠予将军夫人普拉斯科维娅·费多罗芙娜·萨尔特科娃之良方"。还有一处记着下面这种风格的一条政治新闻："不知何故，关于法国虎[③]之谈论业已消失"，紧挨着这一条，记着："《莫斯科新闻报》载，米哈伊尔·彼特罗维奇·科雷切夫中校先生逝世。是否乃彼得·瓦西利耶维奇·科雷切夫之子？"拉夫烈茨基还找到了几本旧历书、圆梦书，以及阿姆博季克先生的那本十分深奥难懂的著作，早已忘却、但又十分熟悉的《象征和标志》在他心中唤起了许多回忆。在格拉菲拉·彼特罗芙娜的梳妆台里，拉夫烈茨基发现了一个不大的纸包。纸包用黑色细带子捆着，还用黑色火漆封上，塞在抽屉的最里面。纸包里，面对面地放着两幅肖像，一幅是他父亲年轻时候的色粉画像，柔软的鬈发披散在前额上，一双细长的眼睛，神情懒洋洋的，嘴半张着。另一幅肖像几乎已被擦掉，上面画着一个面色苍白的妇女，身穿白色连衫裙，手里拿着一朵白玫瑰——

---

① 和约是1774年7月10日签订的。亚历山大·亚历山德罗维奇·普罗佐罗夫斯基（1732—1809），俄国大将，参加过1769—1774年的第一次俄土战争。

② 即圣父、圣子、圣灵。

③ 指18世纪末法国资产阶级革命。

这是他母亲的肖像。格拉菲拉·彼特罗芙娜从来也不允许别人给她自己画像。“费奥多尔·伊万内奇老爷，”安东对拉夫烈茨基说，“我那时候虽然没住在老爷的府上，可是您曾祖父，安德烈·阿凡纳西耶维奇，我倒是记得的。那还用说吗，他老人家过世的时候，我都十八岁了。有一回，我在花园里碰到了他，吓得我两条腿直打哆嗦。不过他老人家倒没什么，只是问了声我叫什么，打发我到他住的屋里去拿一块手帕。老太爷嘛，那是当然啦——谁也管不了他。因为，我要告诉您，您曾祖父有一个那么神奇的护身符。护身符是阿丰山[①]上一个修士送给他老人家的。这个修士还对他说：‘老爷，为了感谢你殷勤好客，我把这送给你，你佩戴着吧，那你就什么也不用怕了。’嗯，不是吗，老爷，大家都知道，那是什么年代呀，那时候老太爷想做什么就能做什么。就连贵族老爷们当中有人想顶撞他老人家，他老人家也只是瞅他一眼，说‘你这个没用的东西’，这是他老人家最爱说的一句话。您已经过世的曾祖父住在一座小木头房子里，可是身后留下的财产，银子啦，各式各样的东西啦，所有地下室全都装得满满的。他老人家是位会当家的主人。是啊，您夸奖过的那个小玻璃酒瓶，就是他老人家的，他老人家用它来喝伏特加。可您祖父，彼得·安德烈伊奇，给自己盖了座挺漂亮、挺气派的石头房子，可是没积攒下财产。他老人家不管干什么，全都白搭。他老人家过的日子可赶不上他爸爸，也没给自己带来什么快乐。钱倒是挥霍光了，什么纪念也没留下，连把银调羹他老人家都没留下来。还是多亏了格拉菲拉·彼特罗芙娜，感谢她热心经管，才保留下这份家业。”

---

① 阿丰山是希腊阿丰半岛南部的一座高山，高2033米，山上有许多庙宇和修道院。

“不过，”拉夫烈茨基打断了他，“人们管她叫老泼妇，这是真的吗？”

“可是，要知道是什么人这样叫啊！”安东不满意地反驳说。

“老爷，”有一次老人下定决心问，“怎么，我们的女主人，她住在哪儿？”

“我跟妻子断绝关系了，”拉夫烈茨基勉强说，“请你不要问起她。”

“是。”老人忧伤地回答。

三个星期以后，拉夫烈茨基骑着马到O市去，去卡利京家，在他们家度过了一个晚上。列姆在他们家里，拉夫烈茨基很喜欢他。虽然由于父亲的关系，他不会弹奏任何乐器，然而他酷爱音乐，酷爱严肃音乐、古典音乐。那天晚上潘申不在卡利京家，省长派他到城外某处公干去了。莉莎一个人弹琴，弹得非常清晰。列姆变得活跃起来，兴奋起来，用一块纸卷成小筒，拿来当指挥棒指挥。玛丽娅·德米特里耶芙娜起初望着他笑，后来就去睡了。用她的话来说，贝多芬让她的神经过于激动。午夜，拉夫烈茨基送列姆回他的住所去，在他那里一直坐到凌晨三点。列姆说了许多话，他那佝偻着的背直起来了，眼睛睁得很大，炯炯发光，连前额上边的头发也好像稍稍抬了起来。已经有那么久谁也不关心他了，看来，拉夫烈茨基对他很感兴趣，关切而又留心地询问他的生活情况。这使老人深受感动，结果他把自己的音乐作品拿给客人看，演奏，甚至用他那并不动人的声音唱了他自己作品中的某些片段，顺带还演唱了他为席勒的抒情叙事诗《弗里多林》谱写的全部歌曲。拉夫烈茨基称赞他的作品，硬要让他重唱了某几个片段，临走时邀请他到自己家里去住几天。列姆把他送到了街上，立刻就答应了，还紧紧握了握他的手。可是在空中刚刚露出霞光，只剩下他独自一人站在清新而潮湿的空气中的时候，他回首四顾，眯缝起眼睛，全身蜷缩起来，像一个感到自己有什么过错的人，慢慢走回自己的小屋去了。“lch bin wohl nicht klug”[①]，他喃喃地说，说着，躺到自己那张硬邦邦的矮床上。几天以后，拉夫烈茨基坐着四轮马车顺便来接他的时候，他试图推说有病，可是费奥多尔·伊万内奇自己走进他屋里来，劝说他。说实在的，拉夫烈茨基是为了列姆才吩咐把一架钢琴从城里运到乡下的家里，这一点对列姆所起的作用最大。他们两人一起到卡利京家去，在他们家度过了一个晚上，不过已经不像上一次那么愉快了。潘申在那里，讲了许多他出差的情况，非常滑稽可笑地模仿和表演他所见到的那些地主的动作。拉夫烈茨基在笑，列姆却没有从他待着的那个角落里走出来过，他一言不发，像只蜘蛛一样不时微微动弹一下，目光忧郁，呆板，只是当拉夫烈茨基起身告辞的时候，他才活跃起来。就连坐在马车上的时候，老人也仍然有些不好意思，缩在角落里。但是温暖的空气，轻柔的微风，淡淡的阴影，野草和白桦嫩芽的清香，没有月亮的星空洒下静静的光辉，还有那协调的马蹄声和马打响鼻的声音——道路、春天和夜晚的这一切魅力都深入到这个可怜的德国人的心灵里，于是他首先跟拉夫烈茨基说起话来。

二十二

他谈起了音乐，谈起了莉莎，后来又谈音乐。谈起莉莎的时候，他的话好像说得慢了些。拉夫烈茨基把话题转到他的作品上，半开玩笑地提议

---

① 德语，意思是“我精神失常了”。

他为他写一部歌剧剧本。

“嗯哼，歌剧剧本！”列姆回答，“不，这由我来写不合适。我已经没有那种敏捷的才思，没有写歌剧所必需的那种丰富多彩的想象力了，现在我的能力已经丧失殆尽……不过，如果我还能写点儿什么的话，我倒愿意写首抒情歌曲。当然啦，我希望能有好的歌词……”

他不作声了，好长时间一动不动地坐着，抬起眼来望着天空。

“譬如说，”最后他犹豫地说，“像这一类的歌词——你们，星星啊，你们啊，纯洁的星星……”

拉夫烈茨基稍稍向他转过脸去，开始看着他。

“你们呀，星星啊，纯洁的星星，”列姆重复说，“你们一视同仁，注视着无罪的人和有罪的人……但只有无罪的人以自己的心——或者随便什么这一类的词儿……理解你们，啊，不——爱着你们。不过，我不是诗人，我哪行呢！不过，就得是什么这一类的词句，什么崇高的词句。”

列姆把帽子推到了后脑勺上。在晴朗的夜晚若明若暗、朦朦胧胧的光线中，他的脸看上去好像更苍白，也显得年轻一些了。

“而你们，”他用越来越低的声音接着说，“你们知道，谁爱，谁会爱，因为你们纯洁无瑕，只有你们能安慰……不，这都不是那种词儿！我不是诗人。”他低声说，“不过就得是这一类的词儿……”

“我感到遗憾，我也不是诗人。”拉夫烈茨基说。

“无益的幻想！”列姆说。于是，他缩到四轮马车的一个角落里，闭上眼，仿佛想要入睡了。

过了一会儿，拉夫烈茨基仔细一听——“星星，纯洁的星星，爱情。”老头儿在喃喃地说。

“爱情。”拉夫烈茨基暗自重复说，随即陷入沉思——他心里开始感到很难过。

“您为弗里多林谱写的乐曲好极了，赫里斯托福尔·费多雷奇，”他高声说，“不过您是怎么认为呢，这个弗里多林，在伯爵领他去见自己的妻子以后，要知道，就是在这时候，他就成了她的情夫，不是吗?”

“这是您这么想，”列姆回答，“因为，大概，是经验……”他突然住了口，很窘地转过脸去。拉夫烈茨基不自然地笑了起来，也转过脸去，望着道路。

当四轮马车驶到瓦西利耶夫村那所住宅的台阶前时，星星已经开始暗淡，天色也蒙蒙亮了。拉夫烈茨基把客人领到为他准备的那间屋里，然后回到书房，坐到窗前。花园里一只夜莺正在唱它那黎明前的最后一首歌曲。拉夫烈茨基想起，卡利京家的花园里也有一只夜莺啼啭。同时他也想起，一听到夜莺最初的啼声，莉莎的眼睛立刻慢慢转向黑漆漆的窗子。他开始在想她，他的心平静下来了。“纯洁的姑娘，”他小声说，“纯洁的星星。”他微笑着加上一句，心情宁静地去躺下睡了。

列姆却在自己床上坐了好久，膝盖上放着一本乐谱本。看来，一个从未有过、美妙无比的旋律就要涌现——他已经心情激动，十分兴奋，他已经感觉到创作即将完成的倦意和旋律就要来临的欢乐……但是，他没有等到它……

“不是诗人，也不是音乐家!”最后他喃喃地说。

于是，他那疲倦的头沉重地倒在了枕头上。

二十三

第二天早晨，主人和客人在花园里一棵老椴树下喝茶。

“音乐大师!”谈话间，拉夫烈茨基顺带着说，“不久您就得写一首庆祝赞歌了。”

“庆祝什么?”

“庆祝潘申先生和莉莎结婚啊。您注意到吗，昨晚他是怎样在向她献殷勤的?看样子，他们之间一切都进行得很顺利。”

“这绝不会的!”列姆高声说。

“为什么?”

“因为这不可能。不过，”稍过了一会儿，他又补上一句，“世界上什么都是可能的。特别是在你们这里，在俄罗斯。”

“我们暂时先撇开俄罗斯。不过，您认为这门婚事有什么不好呢?”

“什么都不好，一切。莉扎薇塔·米哈依洛芙娜是一位有正义感的、庄重的姑娘，有崇高的感情……可他……总而言之，他是个只有一知半解的人。”

“可是她爱他，不是吗?”

列姆从长凳子上站了起来。

“不，她不爱他。也就是说，她的心非常纯洁，自己也不知道，爱是什么意思。冯[①]·卡利京夫人对她说，他是个很好的青年人，她就听冯·卡

① 德国人在人姓氏前加一个“冯”，表示那个人是贵族出身。

利京夫人的话，因为她还完全是个孩子，尽管她已经十九岁了。她每天早晨祈祷，晚上祈祷——这也很值得称赞，不过她不爱他。她能爱一个很好的人，可是他并不好。也就是说，他的心并不好。”

列姆情绪激动地一口气说完了这些话，说话的时候迈着小步在茶桌前踱来踱去，眼睛在地上东张西望。

“亲爱的音乐大师!”拉夫烈茨基突然高声说，“我看，您自己爱上我的表妹[①]了。”

列姆突然站住了。

“请您，”他用有点儿发抖的声音开始说，“请您不要这样跟我开玩笑。我不是疯子——我寻找的是黑暗的坟墓，而不是玫瑰色的未来。”

拉夫烈茨基怜悯起这位老人来了，他请求他原谅。喝过茶以后，列姆给他演奏了自己写的一首颂歌。吃午饭的时候，拉夫烈茨基又让他渐渐地谈起莉莎来。拉夫烈茨基留心而好奇地听着。

“您认为怎么样，赫里斯托福尔·费多雷奇，”最后他说，“不是吗，现在我这儿一切都安排妥了，花园里花也开了……是不是可以邀请她和她母亲，还有我的表姑到这儿来玩一天呢？啊？这样您会觉得高兴吗?”列姆把头埋在自己面前的盘子里。

“那就邀请吧。”他用勉强才能听到的声音说。

“那潘申呢，要不要邀请他?”

“不需要。”老人几乎像孩子一样微笑着回答。

两天后，费奥多尔·伊万内奇进城去卡利京家。

---

① 原文如此。

二十四

他正好遇到她们全在家，不过他没有立刻向她们说明自己的来意，他想首先和莉莎单独谈谈。恰好有个机会帮助了他——大家都出去了，客厅里只留下了他们两个人。他们渐渐畅谈起来，她跟他已经熟了，而且，她本来对谁也不认生。他听着她说话，望着她的脸，心里反复想着列姆的话，同意列姆的看法。有时往往会有这种情况——两个已经认识、可是关系并不亲密的人，在很短时间里会突然很快亲近起来。而且在他们的眼神里，在他们友好的微笑里，在他们的一举一动中，立刻就表现出，他们已经意识到了这一点。拉夫烈茨基和莉莎之间就正是发生了这样的情况。“原来他是这样一个人啊！”她温柔地望着他，心里在想。“原来你是这样一个人啊！”他也在心里想。因此，当她，虽说稍有点儿难以启齿，讷讷地对他解释说，她心里早就有话想对他说了，可是又怕惹他生气，这时他并不觉得十分惊讶。

“您别怕，请您说吧。”他低声说，在她面前站了下来。

莉莎抬起自己明亮的眼睛望着他。

“您是这么善良，”她这样开始，同时心中暗想，“不错，他的确善良……”接着说，“请您原谅我，我本不该冒昧跟您谈这些……不过您怎么能……您为什么要和您的妻子分开呢？”

拉夫烈茨基战栗了一下，望了望莉莎，坐到了她的身边。

“我的孩子，”他说，“请您不要碰我这个伤口。您的手是温柔的，可我还是会感到疼痛。”

“我知道，”莉莎接着说，似乎没有听清他的话，“在您面前她是有罪的，我不想为她辩解。不过，上帝结合起来的，怎么能拆散呢？”

“就这一点来说，我们的信念太不相同了，莉扎薇塔·米哈依洛芙娜，”拉夫烈茨基相当生硬地说，“我们不会相互理解的。”

莉莎脸色发白了。她全身微微颤抖起来，可是她没有沉默。

“您应该宽恕，”她轻轻地说，“如果您希望别人也宽恕您的话。”

“宽恕！”拉夫烈茨基接住话茬儿说，“您首先应该了解，您是为谁请求宽恕？宽恕这个女人，又把她接到自己家里来，把她，把这个轻浮、冷酷无情的女人又接回来！而且是谁告诉您，她想回到我这里来？得了吧，她对自己的处境感到完全满意……唉，这有什么好说的呢！她的名字不应该由您说出来。您太纯洁了，您甚至不能理解这种人。”

“干吗要侮辱人呢！”莉莎勉强控制着自己。已经可以看出，她的手在发抖，“是您自己抛弃了她，费奥多尔·伊万内奇。”

“可是我对您说，”拉夫烈茨基不由自主突然很不耐烦地反驳说，“您不了解这是个什么人！”

“那么您为什么和她结婚呢？”莉莎低声说，垂下了眼睛。

拉夫烈茨基很快从椅子上站了起来。

“我为什么结婚吗？那时候我年轻，没有经验。我看错了人，我让美丽的外表迷住了。我不了解女人，我什么也不懂。愿上帝给您缔结一个更幸福的婚姻！不过请您相信，无论对什么都不能绝对担保。”

“我也可能同样成为一个不幸的人，”莉莎低声说（她的声音开始断断续续），“不过到那时候应该听天由命。我不会说话，不过如果我们不听天由命……”

拉夫烈茨基攥紧双手，跺了跺脚。

“请别生气，原谅我。”莉莎急忙说。

就在这个时候，玛丽娅·德米特里耶芙娜进来了。莉莎站起来，想要出去。

“请等一等，”拉夫烈茨基出乎意料地对着她的背影喊了一声，“我对您妈妈，也对您有一个恳切的请求——请你们到我的新居去做客。您知道，我添置了一架钢琴，列姆正在我家里做客。丁香现在已经开花了，你们去呼吸一下乡村里的空气吧，而且可以当天回来。你们答应吗?”

莉莎朝母亲看了一眼，玛丽娅·德米特里耶芙娜却装作有病的样子。然而拉夫烈茨基不让她开口，立刻吻了吻她的双手。玛丽娅·德米特里耶芙娜对别人的亲切态度总是很容易感动，而且完全没料到这个“笨伯”会这样有礼貌，于是心一软，就答应了。在她考虑定在哪一天去的这个时候，拉夫烈茨基走到莉莎跟前，心情还很激动，悄悄地对她说：“谢谢，您是个好心肠的姑娘，我对不起……”于是她那苍白的脸红了，露出了愉快而羞怯的笑容，她的眼睛也微笑了——在这一瞬间之前，她一直担心，她是不是冒犯了他。

“弗拉季米尔·尼古拉伊奇可以跟我们一道去吗?”玛丽娅·德米特里耶芙娜问。

“当然可以。”拉夫烈茨基回答，“不过我们自己家里的人聚会，是不是更好一些呢?”

“可是，要知道，似乎……”玛丽娅·德米特里耶芙娜开始说，“不过，随便您吧。”她加上一句。

他们决定把莲诺奇卡和舒罗奇卡也带去。玛尔法·季莫菲耶芙娜谢绝了这次旅行。

“亲爱的，”她说，“我这副老骨头受不得颠簸了。再说你那里大概也没有给我过夜的地方，在别人的床上我也睡不着。让这些年轻人去跑跑吧。”

拉夫烈茨基已经再没有机会和莉莎单独在一起了。不过他一直那样望着她，所以她也觉得高兴，又稍有点儿不好意思，而且可怜他。他向她告辞的时候紧紧地握了握她的手。只剩下她一个人以后，她陷入沉思。

二十五

拉夫烈茨基回到家里，有一个身材高大、瘦瘦的人在客厅门口迎接他。那人穿一件破旧的蓝色常礼服，脸上虽有皱纹，然而精神饱满，留着已经花白的、乱蓬蓬的络腮胡子，鼻子又长又直，生着一双发红的小眼睛。这是他以前大学里的同学米哈列维奇。拉夫烈茨基起初没认出他来，可是他刚一说出自己的名字，就立刻热烈地拥抱了他。从在莫斯科分手以后，他们再没见过面。米哈列维奇一烟斗接一烟斗匆匆地抽着烟，一口一口地喝着茶，挥动着长长的手臂，对拉夫烈茨基叙说自己不平常的经历。他的经历中没有任何十分愉快的事情，他不能夸口说在事业上取得了什么成就，却不断声音嘶哑地、神经质地哈哈大笑。一个月以前，他在一个富有的承包税务经纪人的私人事务所里得到了一个职位，那儿离O市有三百多俄里，得知拉夫烈茨基从国外回来以后，就绕道来和老朋友见见面。米哈列维奇仍然像年轻时一样，说话还是那么容易激动，还是那样大发议论，激昂慷慨。拉夫烈茨基本想谈谈自己的情况，可是米哈列维奇打断了他，急忙低声含含糊糊地说："我听说了，老兄，听说了——这谁能料想得到呢?"然后立刻把话题转到一般的议论上来了。

"我，老兄，"他说，"明天就得走。今天我们，你可得原谅我，要晚一点儿睡。我想一定要弄明白，你在干什么，你有些什么观点，什么信念，你变成了什么，生活教会了你什么（米哈列维奇说话还保持着三十年代的语言风格）。至于说到我，我在很多方面都变了，老兄，生活的波浪落到了我的胸上——这话是谁说的了？——不过，在重要方面，在本质上，我并没变。我仍然相信善，相信真，然而我不仅仅是相信——现在我还信仰，对——我信仰，信仰。你听我说，你知道吗，我偶尔写写诗，这些诗里没有诗意，却有真理。我把我最近写的一首诗念给你听听，在这首诗里我表达了我最诚挚的信念，你听着。"米哈列维奇开始念他的诗，这首诗相当长，结尾是下面这几句：

我的整个心沉醉于新的感情，
犹如婴儿，我变成了心灵。
过去崇拜的一切，我把它通通付之一炬，
而对焚毁的一切，我都崇拜得五体投地。

米哈列维奇念最后两行诗的时候，差点儿没有哭起来。一阵轻微的痉挛——强烈感情的征兆——掠过他宽阔的嘴唇，他那并不美的脸变得神情开朗了。拉夫烈茨基听着他念，听着……他隐隐产生了矛盾的心情，这位莫斯科大学生随时都会流露出来的、经常沸腾的激情，总是会惹得他生气。还不到一刻钟，他们俩就已经激烈地争论起来，只有俄罗斯人才会像这样没完没了地争论不休。对于他们来说，两人天各一方，长期生活在两个不同的世界里，分别多年之后，既没清楚了解别人的思想，甚至也没弄清自己的想法，就争论起一些最抽象的问题来，抓住片言只语，以空话来反驳空话——他们争论得那么激烈，仿佛争论的是他们俩生死攸关的问题。他们扯着嗓子大喊大叫，喊得声嘶力竭，吵得屋里的人都惊惶不安起来。而可怜的列姆，从米哈列维奇一来，就关在自己屋里，这时他感到困惑不解，甚至模模糊糊有点儿害怕，也不知是害怕什么。

“在这以后你怎么样了？成了个失望的人？”半夜一点钟的时候，米哈列维奇高声叫嚷。

“难道有这样的失望的人？”拉夫烈茨基反驳说，“失望的人都面色苍白，是病态的——可你要不要我一只手就把你举起来？”

“好吧，如果不是失望的人，那就是怀意（疑）主义者，这更糟（米哈列维奇发音有他的故乡小俄罗斯[①]的口音）。可你有什么理由可以做怀意（疑）主义者？在人生道路上你不走运，就算是吧，在这一点上你没有过错。你生来就有一颗热情的心，爱别人的心，可是违反你的意愿，强行让你避开女人。于是第一个碰到的女人就一定会欺骗你了。”

“她也欺骗了你。”拉夫烈茨基阴郁地说。

“就算是吧，就算是吧。在这件事情上我做了命运的工具——不过，这是胡扯——在这件事情上没有命运，这是旧习惯不正确的说法。可是这能证明什么呢？”

“证明我从小就给人弄得不正常了。”

---

① 在沙俄时期，把1654年与俄罗斯合并的乌克兰叫作“小俄罗斯”。

“那你让自己正常起来嘛！不然你怎么能算是一个人，算是一个男子汉呢。你有的是精力！——可是不管怎么说，难道能，难道可以——这样说吧，难道可以把个别事实看作普遍规律，看作不可抗拒的规则吗？”

“这儿有什么规则啊？”拉夫烈茨基打断了他的话，“我不承认……”

“不，这是你的规则，规则。”米哈列维奇也打断了他的话。

“你是个利己主义者，就是这么回事！”过了一个钟头，米哈列维奇怒气冲冲地说，“你希望自我陶醉，你希望生活幸福，你希望只为自己活着。”

“自我陶醉是什么意思？”

“于是一切都让你失望了，一切都在你脚下崩溃了。”

“自我陶醉是什么意思，我问你？”

“连它也应该崩溃。因为你在不可能找到基础的地方寻找基础，因为你把自己的房屋建筑在一片散沙上……”

“你讲清楚些，不要用比喻，因为我不懂你的意思。”

“因为——好吧，你笑吧——因为你没有信仰，缺乏内心里的热情。理智，只有那么一丁点儿微不足道的理智……你只不过是一个可怜的、思想落后的伏尔泰信徒——哼，你就是这么一个人！”

“谁，我是伏尔泰的信徒？”

“不错，跟你父亲一样的那么一个伏尔泰信徒，自己却没想到会是这样的。”

“你发表了这通议论以后，”拉夫烈茨基提高声音说，“我有权说，你是个宗教狂！”

“唉！”米哈列维奇伤心地反驳，“可惜，我还没有哪一点能配得上如此崇高的称号……”

“现在我发现该叫你什么了，”半夜三点钟的时候，还是那个米哈列维奇高声大嚷道，“你不是怀意（疑）主义者，不是失望的人，不是伏尔泰的信徒，你是个懒汉，而且你还是个故意偷懒的懒汉，有意识的懒汉，不是天真幼稚的懒汉。天真幼稚的懒汉只知躺在火炕上，什么也不做，因为什么也不会做。而且他们什么也不想，你却是个善于独立思考的人——可是你也躺着。你本来是能够做点儿什么的——可是什么也不做。你躺着，腆着吃饱了的肚子，还要说：就应该这样，应该这么躺着，因为不管人们做什么—— 一切都是胡扯，都是不会有任何结果的胡说八道。”

“可是你有什么根据说我躺着？”拉夫烈茨基强调说，“你为什么认为我有这样的想法？”

“除此以外，你们大家，所有你们这一伙人，”不肯住口的米哈列维奇接着说，“都是博学多识的懒汉。你们知道德国人在哪一方面不行，知道英国人和法国人什么事情办得不好——于是你们这些可怜的知识就帮了你们的忙，为你们可耻的懒惰和可鄙的无所作为进行辩解。有人甚至以此为荣，说——瞧，我是个聪明人，所以我躺着，那些傻瓜却在忙忙碌碌。是啊！实际上我们当中是有这样的一些老爷——不过，我这儿说的不是你——他们的一生都是在无聊的麻木状态中度过的，对无聊的生活已经习以为常，怡然自得，就像……西（细）菌待在酸奶油里。”米哈列维奇才思敏捷地说，自己为自己的这一比喻笑了，“噢，这无聊的麻木状态就是俄罗斯人毁灭的原因！一辈子都只是打算去工作，让人讨厌的懒汉。”

“你干吗骂人呢？”拉夫烈茨基也声嘶力竭地叫喊，“工作……做事……你最好说说，该做什么，而不要骂人，波尔塔瓦的德莫斯芬[①]！”

“瞧，你想要的是什么！这我可不告诉你，老兄，这一点每个人应该自己知道。”德莫斯芬含着讽刺的意味反驳说，“一个地主，一个贵族——可连该做什么都不知道！没有信仰，不然你就知道了。没有信仰——也就得不到启示。”

“至少得让人休息一下，见鬼，让人熟悉一下环境吧。”拉夫烈茨基说。

“一分钟也不让你休息，一秒钟也不行！”米哈列维奇一只手做了个命令的手势，反驳说，“一秒钟也不行！死亡不会等待，生活也不应该等待。”

“可到底是什么时候，在什么地方，人们忽然想要变成懒汉的？”凌晨四点钟的时候他又大声喊，不过声音已经有点儿嘶哑了，“在我们这儿！现在！在俄罗斯！正当每个单独的个人在上帝面前，在人民面前，在自己面前，都有义务，都负有伟大责任的时候！我们在睡觉，可时光在流逝，我们却在睡觉……”

“请允许我提醒你，”拉夫烈茨基说，“现在我们根本就没睡觉，倒不如说，是我们不让别人睡觉。我们像公鸡一样，扯着嗓子大喊大叫。你听听看，好像已经鸡叫三遍了。”

这句离题的俏皮话把米哈列维奇逗笑了，也使他安静了下来。“明天再说吧。”他微笑着说，把烟斗塞进了烟袋里。“明天再说。”拉夫烈茨基重复说。然而两个朋友又谈了一个多钟头……不过他们的声音没再提高，他们

---

① 德莫斯芬（公元前384—公元前322），古希腊（雅典）著名演说家和政治活动家。波尔塔瓦是乌克兰的一个城市，当时小俄罗斯的大学区。在这里，“波尔塔瓦的德莫斯芬”，意思是“小俄罗斯的演说家”。

的谈话声音很轻，他们的话是忧郁的，友好的。

米哈列维奇第二天就走了，拉夫烈茨基怎么也留不住他。费奥多尔·伊万内奇没能说服他留下来，不过和他谈了个痛快。原来米哈列维奇已经身无分文，拉夫烈茨基在头天晚上就已经同情地发现了他身上多年来生活贫困的迹象和习惯——他的靴子已经穿歪了，常礼服后面缺一个纽扣，他的手从来与手套无缘，头发上沾着绒毛。他来到以后也没要求洗洗脸，吃饭的时候像鲨鱼那样贪婪，用手撕肉，用他那坚硬的黑牙齿把骨头咬得咯咯地响。原来他的工作也不如意，现在把自己的一切希望都寄托在那个税务承包人身上。那家伙所以会雇用他，唯一目的不过是让自己的事务所里有一个“有学问的人”。尽管如此，米哈列维奇并不灰心丧气，自管过着他那犬儒主义者、理想主义者和诗人的生活，真心诚意地关心人类的命运，为人类的命运担忧，为自己的使命操心，难过——却很少担心，可别让自己饿死。米哈列维奇没有结婚，可是对女人却不知爱上过多少次，而且为他爱上的所有女人都写过诗——他特别热情地歌颂过一个神秘的、有黑色鬈发的“小姐”……不错，有流言说，似乎这位小姐其实是个普通的犹太姑娘，许多骑兵军官对她都很熟悉……不过，这又有什么了不起的——这难道不是一样吗？

米哈列维奇与列姆谈不来，他那吵吵嚷嚷的谈话，激烈的举止，由于不习惯，都让这个德国人觉得害怕……一个不幸的人从老远立刻就能感觉到对方也是个不幸的人。但是快到老年时，却难得会与另一个不幸的人成为朋友，这丝毫也不奇怪。因为他和他已经没有什么可谈的——就连希望也没有什么好谈的了。

临走前，米哈列维奇又和拉夫烈茨基谈了很久，预言如果他头脑不清醒过来，就会毁灭，恳求他认真关心自己农民的日常生活，并以自己作为他的榜样，说是他受过灾难的锻炼，灵魂已经净化——这时他不止一次自称为幸福的人，把自己比作空中的小鸟，山谷里的一朵百合花……

“无论如何，也是一朵黑百合花。”拉夫烈茨基说。

“唉，老兄，别用这种贵族腔调说话，”米哈列维奇宽厚地说，“你最好还是感谢上帝，因为你的血管里流着正直的平民的血液[①]。不过我看得出，现在你需要一个纯洁和非凡的人，好把你从你的消沉状态中拯救出来。”

“谢谢，老兄。”拉夫烈茨基低声说，“对我来说，这些非凡的人已经够了。”

“住口，犬肉（儒）主义者！”米哈列维奇提高声音说。

“犬儒主义者。”拉夫烈茨基纠正说。

“正是犬肉主义者。”米哈列维奇并没发窘，又说了一遍。

甚至当把他那个轻得出奇的、扁平的黄皮箱拿上了四轮马车，他已经坐在车上的时候，他还在说着。他身上裹着一件西班牙式的斗篷，斗篷的领子已经褪成了红褐色，代替扣子的是一些狮爪形的小钩子——这时他还在发挥自己关于俄罗斯命运的那些观点，还在空中挥动着一只黝黑的手，仿佛是在播撒未来幸福生活的种子。马终于动起来了……“记住我的最后三句话，”他从四轮马车里探出身来，让身体保持平衡，站着大声喊，“宗教，进步，人性！……再见！”他那制帽拉到眼睛上的头看不见了，只剩了拉夫烈茨基独自一人站在台阶上——他凝望着道路远方，直到四轮马车从视线中消失。“可是，要知道，他大概说对了。”他回屋里去的时候，心

① 指他的母亲是农奴出身。

想，“大概，我就是个懒汉。”米哈列维奇说的许多话不可抗拒地深入他的心中，虽说他跟他争论过，不同意他的看法。一个人只要是善良的——那就谁也不能反驳他。

二十六

过了两天以后，玛丽娅·德米特里耶芙娜照她所答应的，带着她家的所有年轻人来到了瓦西利耶夫村。小姑娘们立刻跑到花园里去了，玛丽娅·德米特里耶芙娜懒洋洋地到所有房间里看了看，对一切都懒洋洋地称赞了一番。她认为自己来拜访拉夫烈茨基是十分体谅他，几乎是一种善举。当安东和阿普拉克谢娅按照奴仆的老习惯来吻她的手的时候，她和蔼可亲地微微一笑——用有气无力的声音，带着鼻音要求喝茶。戴了一副针织白手套的安东感到极为懊丧的是，给前来做客的夫人献茶的不是他，而是拉夫烈茨基雇用的侍仆，用这个老头子的话来说，一个什么规矩也不懂的家伙。然而，吃午饭的时候，安东达到了自己的目的，他坚定地站到了玛丽娅·德米特里耶芙娜的安乐椅后面——已经不肯把自己的位置让给任何人了。瓦西利耶夫村里很久没有客人来了，现在破天荒地来了客人，这既让老头子感到惶恐不安，也让他觉得愉快。他很高兴看到，有些很好的老爷太太们与他的主人来往。不过，那天心情兴奋的不仅是他一个人，列姆心情也很兴奋。他穿了一件后面拖着条小尾巴、有点儿短的、淡褐色的燕尾服，紧紧地打了一条领带，而且不断地咳嗽一下，清清嗓子，脸上带着愉快和亲切的表情谦让着退到一边去。拉夫烈茨基很高兴地发觉，他和莉莎的接近仍然在继续——她一进来就友好地向他伸出了手。午饭后，列姆不时把一只手伸到燕尾服后面的口袋里，从里面掏出不大的一卷乐谱纸，闭紧嘴唇，默默地把它放到了钢琴上。这是他昨晚谱写的一首抒情歌曲，歌词是一首已经不流行的德文诗，里面提到了星星。莉莎立刻坐到钢琴前，看着谱弹奏这首抒情歌曲……可惜！乐曲显得紊乱，紧张得让人感到不快。看来，作曲者努力想表现某种极其强烈、深厚的感情，可是什么也没能表现出来——努力仍然只不过是努力而已。拉夫烈茨基和莉莎两人都感觉到了这一点，列姆也明白这一点。于是他一言不发，把自己的抒情歌曲放回口袋里去，对莉莎再弹一遍的提议，却只是摇了摇头，作为回答，意味深长地说："现在——完了！"说罢，弯腰弓背，全身蜷缩起来，走开了。

快到傍晚的时候，他们大伙儿一起去钓鱼。花园后面的池塘里有许多鲫鱼和红点鲑鱼。在池塘边树荫下放了一把安乐椅，让玛丽娅·德米特里耶芙娜坐在安乐椅上，在她脚下铺了一块地毯，给了她一根最好的钓竿。安东作为有经验的钓鱼老手，表示愿意为她效劳。他热心地装上钓饵，用一只手拍拍它，朝它吐口唾沫，甚至姿态优美地全身俯向前面，亲手把钓竿甩出去。玛丽娅·德米特里耶芙娜当天对费奥多尔·伊万内奇谈起他的时候，用贵族女子中学里学生腔的法语说了如下的一句话："ll n' ya plus maintenant de ces genscomme cacomme autrefois"[①]。

列姆和两个小姑娘走得远一些，一直走到了池塘堤边。拉夫烈茨基坐到莉莎旁边。鱼不断地上钩，拉上来的一条条鲫鱼划过空中，有时金光灿

---

① 法语，意思是"现在再没有以前那样的仆人了"。

灿，有时银光闪闪。两个小姑娘高声赞叹，欢呼声从未间断。玛丽娅·德米特里耶芙娜也文雅地尖叫过两次。拉夫烈茨基和莉莎那儿，鱼儿上钩的次数最少，大概这是因为他们最不注意钓鱼，让自己的浮子漂到池塘岸边的缘故。微微发红的芦苇在他们周围轻轻地簌簌作响，前面，一池止水静静地闪闪发光，他们的谈话也是轻声细语，平静安详。莉莎站在搭在岸边的一个小木台上，拉夫烈茨基坐在一棵弯向水面的爆竹柳树干上。莉莎穿一件白色连衫裙，腰间系一条也是白色的宽带子，一顶草帽挎在她的一只手上，另一只手有点儿吃力地扶着容易弯曲的钓竿梢。拉夫烈茨基望着她轮廓清晰、神情有点儿严肃的面部侧影，望着她撩到耳后的长发，望着她像孩子那样红通通的、娇嫩的面颊，心想："噢，你站在我的池塘边，看上去多可爱呀！"莉莎没有转过脸来看他，而是望着水面，不知是眯缝着眼呢，还是在微笑。附近一棵椴树的树荫落到了他们两个人的身上。

"您知道吗，"拉夫烈茨基开口说，"对我和您的最后一次谈话，我想得很多，而且得出结论，您非常善良。"

"我完全没有这个意思……"莉莎不同意他的话，而且感到不好意思了。

"您是善良的。"拉夫烈茨基又说了一遍，"我是个笨人，可是我也觉得，大家一定都会喜欢您。就拿列姆来说吧，他喜欢您简直是喜欢得入迷了。"

莉莎的眉毛与其说是皱了起来，倒不如说是抖动了一下。每当她听到什么感到不快的话时，她总是会这样。

"今天我觉得他很可怜，"拉夫烈茨基接着说，"他的抒情歌曲写得不成功。要是还年轻，而不善于谱曲——这还是可以忍受的。可是年老了，还没有能力——这就让人难以忍受了。不是吗，精力在慢慢消失，你却感觉不到这一点，这是让人很难过的。老人很难经受住这样的打击！……当心，您那儿鱼上钩了……据说，”稍沉默了一会儿，拉夫烈茨基又补上一句，“弗拉季米尔·尼古拉伊奇写了一首很好听的抒情歌曲。”

“是的。”莉莎回答，“这是首小玩意儿，不过还不错。”

“怎么样，照您看，”拉夫烈茨基问，“他是个很好的音乐家吗？”

“我觉得，他很有音乐才能。不过至今还没在这上面好好地下过功夫。”

“是这样。可是他这个人好吗？”

莉莎笑了起来，朝费奥多尔·伊万内奇很快地看了一眼。

“一个多么奇怪的问题！”她提高声音说，把钓竿往上一拉，又把它远远地甩了出去。

“为什么奇怪呢？我是作为一个不久前才来到这里的人，作为您的亲戚，才向您问起他的。”

“作为亲戚？”

“是啊。不是吗，我好像是您的表叔[①]吧？”

“弗拉季米尔·尼古拉伊奇有一颗善良的心，”莉莎说，“他聪明，maman[②]很喜欢他。”

“那您喜欢他吗？”

“他是个好人，我为什么要不喜欢他呢？”

“啊！”拉夫烈茨基低声说，然后不说话了。一种半是忧郁、半是嘲讽的神情在他脸上一闪而过。他那目不转睛凝望着她的目光让莉莎感到不好

---

① 前面拉夫烈茨基曾对列姆说，莉莎是他的“表妹”。

② 法语，意思是“妈妈”。

意思，不过她仍然微笑着。“好吧，愿上帝赐给他们幸福!”最后他仿佛自言自语似的，低声含含糊糊地说，于是扭过头去。

莉莎脸红了。

“您弄错了，费奥多尔·伊万内奇，”她说，“您这样想是没有根据的……可难道您不喜欢弗拉季米尔·尼古拉伊奇吗?”她突然问。

“不喜欢。”

“为什么呢?”

“我觉得，他这个人没有心肝。”

笑容从莉莎脸上消失了。

“您习惯严厉地指责别人。”沉默了好久以后，她犹豫地说。

“我倒不这样认为。得了吧，既然我自己需要别人体谅，我还有什么权利严厉地指责别人呢？莫非您忘了，只有懒汉才不嘲笑我？……怎么，”他又加上一句，“您履行自己的诺言了吗?”

“什么诺言?”

“您为我祈祷了吗?”

“是的，我为您祈祷过，而且每天都为您祈祷。可是，请您不要轻率地谈这件事。”

拉夫烈茨基开始向莉莎保证，说他连想也没有这样想过，说他深深尊重各种信仰。随后他又谈起宗教来，阐明宗教在人类历史上的意义，基督教的作用……

“人应该是基督徒，”莉莎并非一点儿也不紧张地说，“并不是为了明白天上……还是……人间……而是为了，每个人都有一死。”

拉夫烈茨基带着不由自主的惊讶神情抬起眼来看莉莎，正好碰到了她的目光。

“您这是说了句什么话呀!”他说。

“这话不是我说的。”她回答。

“不是您说的……可是您为什么说起死来了?”

“我不知道。我常常想到死。”

“常常?”

“是的。”

“瞧您现在这个样子——您的面容这么愉快，这样开朗，您在微笑……您是绝不会说这种话的……”

“是的，现在我很愉快。”莉莎天真地回答。

拉夫烈茨基真想抓住她的两只手，紧紧攥住它们……

“莉莎，莉莎，”玛丽娅·德米特里耶芙娜大声喊，“到这儿来呀，你看，我钓到了一条多大的鲫鱼。”

“就来，maman。”莉莎回答，于是到她那里去了。拉夫烈茨基却仍然坐在他那棵爆竹柳上。“我跟她说话，好像我并不是一个已经心灰意懒的人。”他想。莉莎走开的时候，把自己的草帽挂在了一根树枝上。拉夫烈茨基怀着一种奇怪的、几乎是温柔的感情瞅了瞅这顶帽子，瞅了瞅帽子上有点儿揉皱了的长飘带。莉莎很快回到他这里来，又站到了那个小木台上。

“您为什么觉得弗拉季米尔·尼古拉伊奇没有心肝?”稍过了一会儿，她问。

“我已经对您说过，我可能看错了。不过，时间会证明一切。”

莉莎沉思起来。拉夫烈茨基谈起了自己在瓦西利耶夫村的生活情况，谈起了米哈列维奇，谈起了安东。他觉得自己渴望和莉莎说话，渴望把心里想到的一切都告诉她——她是那么可爱，那么注意地听着他说话。她偶尔发表的意见和提出的不同看法，他觉得是那么单纯和聪明。他甚至把这一点告诉了她。

莉莎感到惊讶。

“真的吗？”她低声说，“可我常这么想，我和我的使女娜斯嘉一样，没有自己的话。有一次她对自己的未婚夫说，你跟我在一起大概会觉得无聊。你对我说的话都那么好听，可我却没有我自己的话。”

“说得真好！”拉夫烈茨基心里想。

二十七

这时天色已晚，玛丽娅·德米特里耶芙娜表示，想要回家去了。好容易才让小姑娘们离开池塘边，一切准备停当。拉夫烈茨基宣称，他要把客人们送到半路上，并吩咐给自己备马。请玛丽娅·德米特里耶芙娜上车的时候，他发现列姆不在，于是开始寻找他，但是哪儿都找不到这位老人。钓鱼一结束，他立刻就不见了。安东以就他这个年纪来说非凡的力气砰的一声关上了车门，庄严地喊了一声：“走吧，马车夫！”轿式四轮马车出发了。后面座位上坐着玛丽娅·德米特里耶芙娜和莉莎，前面座位上坐着两个小姑娘和一个使女。晚上暖和而又寂静，两边的车窗都放了下来。拉夫烈茨基在莉莎那一边靠近马车策马快步走着，一只手搭在车门上——他把缰绳扔到了从容不迫小跑着的马的脖子上——偶尔和那位年轻姑娘交谈两句。晚霞已经消失，夜幕降临，空气却甚至变得更暖和了。玛丽娅·德米特里耶芙娜很快打起盹儿来，两个小姑娘和使女也睡着了。轿式马车又快又稳地行驶着，莉莎朝前俯着身子，刚刚升起的月亮照着她的脸，送来一股芳香的夜间的微风吹拂着她的眼睛和双颊。她觉得很愉快。她的一只手撑在车门上，紧挨着拉夫烈茨基的那只手。他也觉得很愉快。他在宁静、温暖的夜晚策马奔驰，目不转睛地望着那善良、年轻的面容，听着她那年轻人的、即使在低声絮语时也清脆悦耳的声音，而她说的又都是些普普通通的美好事物。他没注意，怎么不知不觉就走完了一半路程。他不想叫醒玛丽娅·德米特里耶芙娜，轻轻握了握莉莎的手，说："现在我们已经是朋友了，不是吗?"她点了点头，他勒住了马。轿式马车继续向前驶去，轻轻摇晃着，时隐时现。拉夫烈茨基骑着马一步一步慢慢走回家去。

夏夜的魅力使他陶醉，周围的一切似乎那么出乎意料地奇怪，同时又那么迷人，似乎在那么久以前就早已熟悉了。近处和远处——可以看到远方，不过眼睛看到的地方，有很多东西看不清楚—— 一切都处于宁静状态。就在这宁静之中，青春焕发的年轻人的生命力正在显示出来。拉夫烈茨基的马精神饱满地走着，有节奏地左右摆动。一个很大的黑影在它旁边与它同步而行，嘚嘚的马蹄声中仿佛有什么让人感到神秘、愉快的东西，鹌鹑高声啼叫，似乎给人以某种欢乐和奇妙的感觉。群星渐渐隐没在不知是什么淡淡的轻烟薄雾之中。明月尚未满盈，寒光闪闪，清辉四泻，月光如淡蓝色的流水流遍天空，跌落到从附近飘过的薄云上，化作轻烟似淡淡的金色斑点。清新的空气使眼睛稍有点儿湿润，温柔地拥抱着他的四肢、躯体，宛如一股清泉流进他的胸膛。拉夫烈茨基心中充满喜悦，并为自己的喜悦感到高兴。"哼，我还要快乐地活下去，"他想，"还没有完全毁了我……”他没有说清是谁，或者是什么毁了他。随后他开始去想莉莎，心想，她未必会爱潘申。想到如果他是在另一种情况下遇到她——天知道这会产生什么结果。他想，他理解列姆的话，尽管她没有“自己的”话。不过这也不对，她有她自己说的话，“请您不要轻率地谈这件事。”拉夫烈茨基想起了这句话。他低下头去，骑马走了很久，随后挺直了腰，慢慢地吟咏：

过去崇拜的一切，我把它通通付之一炬，
而对焚毁的一切，我都崇拜得五体投地……

拉夫烈茨基立刻扬鞭策马，一直跑回家去。

他翻身下马，脸上带着情不自禁的感激的微笑，最后一次回头看了看。夜，寂静、温柔的夜笼罩着丘陵和谷地，从远方、从芳香四溢的夜的深处，天知道是从什么地方——从天上，还是从地下——飘来静静的、柔和的暖意。拉夫烈茨基最后一次在心中暗暗向莉莎致意，然后跑上台阶。

第二天过得相当无聊。从早晨起就在下雨，列姆紧锁双眉，嘴唇闭得越来越紧，仿佛他暗自发誓，永不开口了。拉夫烈茨基去就寝时，把一大堆法国报刊拿到了床上，这些报刊已经在他桌子上放了两个多星期，还没有拆封。他漠然地动手撕开封皮，浏览报纸上的各个栏目。不过，其中并没有任何新鲜东西。他已经想要把它们扔到一边去了——突然，像被什么蜇了一下似的，从床上一跃而起。在报纸上的一篇小品文里，我们已经熟悉的那个麦歇儒勒向读者们报道了一个“不幸的消息”：“美艳绝伦、勾魂摄魄的俄罗斯美人儿，”他写道，“摩登王后之一，巴黎沙龙的骄傲，

Madame de Lavretski[①]几乎是突然去世了。”这个消息，可惜，太确实了，刚刚传到儒勒先生那里。而他，他这样接着写道，“可以说是死者的一位朋友……”

拉夫烈茨基穿上衣服，走到花园里，直到早晨，一直在同一条林荫道上走来走去。

二十八

第二天早晨喝茶的时候，列姆请拉夫烈茨基给他准备好马车，好让他回城里去。“我该去做事，也就是去教课了，”老人说，“不然我在这儿只不过是白白浪费时间。”拉夫烈茨基没有立刻就回答他，他好像心不在焉。“好吧，”最后他说，“我自己跟您一道去。”列姆不用仆人帮忙，累得呼哧呼哧地，生着气收拾好自己那个不大的皮箱，撕碎和烧毁了几页乐谱纸。马备好了。拉夫烈茨基从书房里出来的时候，把昨天看的那一期报纸装进了衣袋。一路上无论是列姆，还是拉夫烈茨基，彼此都很少说话。他们各人都在想自己的心事，各人都为另一个人不来打搅自己感到高兴。他们分手时相当冷淡。不过，在俄罗斯，朋友之间经常是这样的。拉夫烈茨基用马车把老人送到他的小房子前，老人下了车，拿了他的皮箱，没有和自己的朋友握手（他用两只手把皮箱抱在胸前），甚至连看也没看他，用俄语对他说了声：“再见！”拉夫烈茨基也说了声：“再见！”于是吩咐车夫

---

① 法语，意思是“拉夫烈茨基夫人”。

驱车驶往自己的住所。他在O市租了一套住房，以备不时之需。拉夫烈茨基写了几封信，匆匆吃罢午饭，就到卡利京家去了。他在他们家客厅里只遇到了潘申一个人。潘申对他说，玛丽娅·德米特里耶芙娜这就出来，而且立刻以最热情客气的态度与他攀谈起来。直到那天以前，潘申对待拉夫烈茨基的态度倒不是高傲，而是总带点儿俯就的意味。但莉莎对潘申述说昨天的旅行时，对拉夫烈茨基所做的评价却是，他人很好，而且聪明。这已经足够了，应该争取这个“很好的”人的好感。一开始潘申先对拉夫烈茨基恭维了一番，把据他所说玛丽娅·德米特里耶芙娜全家谈到瓦西利耶夫村时的喜悦心情描绘了一番，然后，按照自己的习惯，巧妙地把话题转到自己身上，开始谈自己的工作，自己的生活观点，对世界和职务的看法，说了两三句关于俄罗斯前途的话，还谈到了应该怎样控制省长们。说到这里，他立刻对自己稍微取笑了几句，还补充说，顺带说一声，在彼得堡，还责成他“de populariser l’idéeducadastre”[①]。他谈了相当久，以漫不经心、自以为是的口吻谈论怎样解决各种困难，就像魔术师变弹子那样，把一些最重要的行政问题和政治问题当作儿戏。“瞧，如果我是政府当局，我就会这么做”，“您，作为一个聪明人，一定会立刻同意我的意见”——这样的词句经常挂在他的嘴边。拉夫烈茨基冷淡地听着潘申夸夸其谈——他不喜欢这个漂亮、聪明、毫不拘束、风度优雅的人，不喜欢他那神情开朗的微笑、彬彬有礼的声音和好像要摸透别人心里想法的眼睛。潘申凭着他所特有的那种能迅速了解别人感觉的本能，很快就猜度到，他没能让与自己交谈的这个人感到特别满意，于是以一个冠冕堂皇的理由为

---

① 法语，意思是“推广土地调查登记造册的想法”。

借口，走开了。他暗自断定，拉夫烈茨基也许是一个很好的人，不过不讨人喜欢，“aigri”[①]，而且“en somme”[②]，有点儿好笑。玛丽娅·德米特里耶芙娜由格杰昂诺夫斯基陪着出来了，随后玛尔法·季莫菲耶芙娜和莉莎也来了，家里的其他人也跟着她们走了进来。随后，音乐爱好者别列尼岑娜驱车来到——这是一位瘦小的夫人，有一张几乎像孩子般美丽的小脸，然而脸上的神情是疲惫的，穿一件窸窸窣窣的黑色连衫裙，手拿一把花花绿绿的扇子，戴着一副很粗的金手镯。她丈夫也跟她一道来了，这是一个红光满面的胖子，手脚粗大，眼睫毛是白的，厚厚的嘴唇上挂着神情呆板的微笑。做客的时候妻子从不和他说话，在家里撒娇的时候，却管他叫“我的小猪崽”。潘申回来了。屋里顿时坐满了人，变得十分热闹。拉夫烈茨基不喜欢这么多人，特别惹他生气的是别列尼岑娜，她不时拿着长柄眼镜望着他。要不是为了莉莎，他立刻就走了。他想和她单独说两句话，可是好久他都没能找到合适的机会，只能满足于心中怀着暗暗的喜悦注视着她。她的面容还从来没让他觉得像现在这么美，这么可爱。因为她坐在别列尼岑娜身旁，于是就显得更美了。别列尼岑娜坐在椅子上不停地扭动着，耸耸她那窄小的双肩，不时娇声娇气地笑笑，而且一会儿眯缝起眼来，一会儿又突然把眼睁得老大。莉莎安详地坐着，眼睛望着前面，根本不笑。女主人坐下来和玛尔法·季莫菲耶芙娜、别列尼岑娜、格杰昂诺夫斯基一起玩牌。格杰昂诺夫斯基出牌很慢，不断出错牌，眨巴着眼睛，用手帕擦擦脸。潘申装出一副忧郁的样子，说话简短，意味深长而又有点儿

① 法语，意思是“对周围一切都不满意”。

② 法语，意思是“归根结蒂”。

悲伤——完全像一个不得志的艺术家——然而尽管毫不掩饰地在对他卖弄风情的别列尼岑娜提出请求，他却不肯答应唱他那首抒情歌曲。拉夫烈茨基在场，使他感到拘束。费奥多尔·伊万内奇也很少说话，他一进屋来，脸上的特殊表情就让莉莎感到惊讶。她立刻感觉到，他有什么事要告诉她，可是，她自己也不知为什么，不敢问他。最后，她去大厅里倒茶的时候，不由自主地回头朝他那边望了一眼。他立刻跟着她过去了。

“您怎么了?”她把茶壶坐到茶炊上，低声问。

“难道您发觉什么了吗?”他说。

“今天您的神情不像我在这以前看到的那个样子。”

拉夫烈茨基对着桌子低下了头。

“我想，”他开始说，“转告您一个消息，可是现在不行。不过，请您看看这里，看看这篇小品文上用铅笔画出来的这一段，”他把随身带来的那期报纸递给她，又加上一句，“请您对此保守秘密，我明天早晨来。”

莉莎吃了一惊……潘申在门口出现了。她把报纸装进了自己的衣袋里。

“您看过《奥伯曼》[①]吗，莉扎薇塔·米哈伊洛芙娜?”潘申若有所思地问。

莉莎含含糊糊回答了他一句什么，就从大厅里上楼去了。拉夫烈茨基回到客厅，凑近牌桌。玛尔法·季莫菲耶芙娜松开包发帽上的带子，涨红了脸，开始向他抱怨自己的对手格杰昂诺夫斯基，用她的说法，就是他不会打牌。

“看来，”她说，“打牌可不像造谣那么容易。”

---

① 《奥伯曼》是法国作家埃·塞南古(1770—1846)的一部带有感伤情调的小说。

那一位仍然眨巴着眼，不时擦一擦脸。莉莎回到客厅，坐到一个角落里。拉夫烈茨基望了望她，她也望了望他——两人都几乎是感到可怕。他看出她脸上有困惑不解和某种暗暗责备的神情。他多想和她谈谈，可是他没能与她交谈。作为其他客人中的一个客人和她一同待在同一个房间里——让他感到难过。他决定走了。向她告辞的时候，他又说了一遍，他明天来，还加上了一句，说他信赖她的友谊。

"请来。"她回答，脸上仍然流露出同样困惑不解的神情。

拉夫烈茨基一走，潘申立刻活跃起来。他开始给格杰昂诺夫斯基出主意，含讥带讽地对别列尼岑娜说恭维话，最后还唱了自己那首抒情歌曲。可是他与莉莎说话和看她的时候，仍然是那个样子——意味深长，神情有点儿悲伤。

拉夫烈茨基又是一夜未睡。他并不觉得难过，也不感到激动，他的情绪已经完全平静下来，可是他不能入睡。他甚至没有回想已经过去的那段时间，他只不过是在回顾自己的生活。他的心有力而均匀地跳动着，时间一小时一小时飞也似的逝去，他却没有睡意。只是他的脑子里会偶尔浮现出这样一个想法——"可这不是真的，这全是胡说八道。"于是，他不再想了，低下头，又重新开始回顾自己的生活。

二十九

第二天，拉夫烈茨基来到玛丽娅·德米特里耶芙娜那里，她接待他时显得不太亲切。"瞧，来惯了。"她想。她自己本来就不大喜欢他，再加上潘申昨晚又诡诈而且随随便便地把他夸奖了一番，而她是深受潘申影响的。因为她不把他看作客人，而且认为，对亲戚，几乎是一个自己家里的人，用不着像招待客人那样陪着他，所以还不到半个钟头，他就已经和莉莎在花园里的林荫道上散步了。莲诺奇卡和舒罗奇卡在离他们几步远的花坛旁边跑来跑去。

莉莎和往常一样，心情平静，不过脸色比往常更加苍白。她从口袋里掏出折得很小的那张报纸，递给了拉夫烈茨基。

“这真可怕!”她低声说。

拉夫烈茨基什么也没回答。

“可也许这还不是真的。”莉莎补充说。

“正是因此，我才请您对谁也不要谈起这件事。”

莉莎稍走了几步。

“请您告诉我，”她开始说，“您不感到伤心？一点儿也不?”

“我自己也不知道我的感觉是什么。”拉夫烈茨基回答。

“可是您从前爱过她，不是吗?”

“爱过。”

“很爱?”

“很爱。”

“可对她的死您不伤心?”

“对我来说，她不是现在才死去的。”

“您这样说，是罪过……请您别生我的气。您说我是您的朋友——朋友什么话都可以说。而我，真的，我甚至觉得可怕……昨天您的脸色那么难看……您记得吗，不久以前，您是怎样抱怨她的？——可就在那时候，也许她已经不在人世了。这真可怕。就好像这是给你的惩罚。”

拉夫烈茨基苦笑了一下。

“您这样认为？……至少我现在自由了。”

莉莎微微战栗了一下。

“够了，请不要这样说。您的自由对您有什么用？现在您不该想这个，而应该考虑宽恕……”

“我早就宽恕她了。”拉夫烈茨基打断了她的话，并且挥了挥手。

“不，不是这个意思，”莉莎反驳说，她脸红了，“您没有正确理解我的意思。您应该关心的是让您自己得到宽恕……”

“谁来宽恕我？”

“谁？上帝。除了上帝，还有谁能宽恕我们。”

拉夫烈茨基抓住她的一只手。

“唉，莉扎薇塔·米哈依洛芙娜，请您相信，”他提高声音说，“我受的惩罚本来就已经够多了。我已经赎过罪了，请您相信。”

“这，您是不可能知道的。”莉莎低声说，“您忘了——就在不久前，您跟我谈话的时候——您还不愿原谅她呢。”

他们两人在林荫道上默默地走了一会儿。

“可您的女儿呢？”莉莎突然问，于是站住了。

拉夫烈茨基猛地颤抖了一下。

“哦，请别担心！我已经给各处写信去了。我女儿的未来，就像您对她……就像您所说的……是有保障的。请不要担心。”

莉莎忧郁地笑了笑。

“不过您说得对，”拉夫烈茨基接着说，“我要我的自由做什么？自由对我有什么用?”

“这报纸您是什么时候收到的?”莉莎低声说，没有回答他的问题。

“你们来访后的第二天。”

“可难道……难道您连哭都没哭过吗?”

“没有。我只是感到震惊。不过，眼泪打哪儿来呢？为过去痛哭吗？——可是，我过去的一切已经一去不复返了，不是吗！……她的过失本身并没有毁掉我的幸福，而只不过是向我证明，我从来就根本没有幸福过。这又有什么好哭的呢？不过，谁知道呢？如果我是在两星期以前得到这个消息，说不定我会更伤心些……”

“两星期以前?”莉莎反问，“可是在这两个星期里发生什么事了呢?”

拉夫烈茨基什么也没回答，莉莎却突然脸红得比刚才更厉害了。

“是的，是的，您猜对了。”拉夫烈茨基突然接着说，“在这两个星期里我真正理解了，女性纯洁的心灵意味着什么，我的过去离开我更远了。”

莉莎发窘了，慢慢地往花坛那里，往莲诺奇卡和舒罗奇卡那里走去。

“而我把这份报纸拿给您看了，我对此感到满意。”拉夫烈茨基一边跟在她后面，一边说，“我已经习惯于什么事情都不瞒着您了，而且希望您也会以同样的信任来回报我。”

“您这样认为?”莉莎低声说，于是站住了，“这样的话，我就应该……可是，不！这不可能。”

“什么事？您说啊，您说呀。”

“真的，我觉得，我不该……啊，不过，”莉莎又说，于是微笑着向拉夫烈茨基转过身来，“坦率只有一半，那还算什么开诚布公呢？——您知道吗？我今天收到了一封信。”

“是潘申的?”

“对，是他的……您怎么知道的?”

“他向您求婚?”

“是的。”莉莎说，正对着拉夫烈茨基，严肃地看了看他的眼睛。

拉夫烈茨基也严肃地看了看莉莎。

“嗯，您到底是怎么回答他的?”最后他说。

“我不知道该怎样回答。”莉莎说，把交叉着的双手放了下来。

“怎么？您不是爱他吗?”

“是的，我喜欢他。看来，他是个好人。”

“大前天您对我说的也是同样的这些话。我希望知道，您是不是怀着我们习惯上叫作爱情的，那种强烈、炽热的感情爱着他?”

“正像您所理解的——不是。”

“您没有爱上他?”

“没有。可难道这需要吗?”

“怎么不需要呢?”

“妈妈喜欢他，”莉莎接下去说，“他是个心地善良的人，我没有任何理由不同意他。”

“然而您在犹豫?”

“是的……而且，也许——您，您的话，就是我犹豫的原因。您记得您前天说的话吗？不过这是意志薄弱……”

“噢，我的孩子!”拉夫烈茨基突然激动地高声说，他的声音发抖了，“请不要自作聪明，不要把您心灵的呼声叫作意志薄弱吧，您的心不愿在没有爱情的情况下委身于他人。对于一个您不爱、也不愿属于他的人，请不要承担起这么可怕的责任……”

“我听您的话，什么责任我也不承担。”莉莎本来开始说……“请听从您心灵的呼声吧，只有它能告诉您真情。”拉夫烈茨基打断了她……“经验，理智——这一切都是虚幻和空虚的东西！请不要剥夺自己在人世间最美好的唯一幸福吧。”

“这话是您说的吗，费奥多尔·伊万内奇？您自己是恋爱结婚的——可是您幸福吗？”

拉夫烈茨基把双手一拍。

“唉，请别说我吧！一个年轻、经验不足、受的教育又很不像样的孩子，会把什么当作爱情，这您是不会完全理解的！……而且，干吗要说自己的坏话呢？我刚才对您说，我没有幸福过……不！我曾经是幸福的！”

“我觉得，费奥多尔·伊万内奇，”莉莎压低了声音说（每当她不同意和她谈话的人的意见时，她总是压低声音，同时她感到非常激动），“人世上的幸福并不取决于我们……”

“取决于我们，取决于我们。请您相信（他抓住了她的两只手。莉莎脸色发白了，几乎是惊恐地，然而十分注意地看着他），只要我们自己不毁掉自己的生活。对于某些人来说，恋爱的婚姻可能是不幸的，可是对您来说，绝不会如此。因为您有娴静的性格，您有一颗纯洁的心！我恳求您，不要为了义务感、自我牺牲，或者什么类似的感情，在没有爱情的情况下出嫁……这同样是没有信仰，同样是出于某种考虑——而且还是最坏的考虑。请相信我——我有权利这样说，我为这权利付出过很高的代价。而且如果您的上帝……”

就在这一瞬间，拉夫烈茨基发觉，莲诺奇卡和舒罗奇卡正站在莉莎身边，默默不语，带着惊讶的神情注视着他。他放开了莉莎的手，匆匆地说：“请原谅我。”说罢就往屋里走去。

“我只请求您一件事，”他又回到莉莎这里，低声说，“不要立刻就做决定，请等一等，请考虑一下我对您说的话。即使您不相信我，即使您决定根据理智来结婚——即使在这种情况下，您也不要嫁给潘申先生，他不可能做您的丈夫……真的，您能答应我不匆忙做出决定吗？”

莉莎想要回答拉夫烈茨基——可是一句话也说不出来。不是因为她已经拿定主意，要“匆忙做出决定”，而是因为她的心跳得太厉害，而且有一种类似恐惧的感觉使她喘不过气来。

三十

拉夫烈茨基从卡利京家出去的时候遇到了潘申，他们冷淡地互相点了点头。拉夫烈茨基回到自己的住处，锁上了门。他体验到一种大概任何时候也没体验过的感觉。不就是不久以前，他还处于一种“宁静的麻木状态”吗？不就是不久以前，他还感觉到自己像他所说的，仿佛沉到河底了吗？是什么改变了他的状况？是什么把他冲出来，冲到上面来了呢？一个最为常见、不可避免、虽说也总是出乎意外的偶然事件——死亡吗？是的。不过与其说他考虑的是妻子的死，是自己的自由，倒不如说是在考虑莉莎会对潘申做出什么样的回答。他感觉到，在最近三天里他已开始用另一种眼光来看她了。他回想起，他回家去，在夜深人静中想着她的时候，曾怎样自言自语：“如果！……”他针对过去，针对不可能的事情所说的这个“如果”已经变成了现实，虽说并不是像他原来所打算的那样——不过单有他的自由，这还不够。“她听母亲的话，”他想，“她会嫁给潘申，不过即使她拒绝了他——对我来说，还不是反正一样吗？”从镜子前走过的时候，他朝镜子里的自己匆匆瞥了一眼，耸了耸肩。

在这些左思右想中，一天飞快地过去，晚上到了。拉夫烈茨基动身去卡利京家。他匆匆忙忙地走着，可是快到他们家的时候，却放慢了脚步。台阶前停着潘申的轻便马车。“唉，”拉夫烈茨基心想，“我可不要做一个自私自利的人”，于是走进房屋里去。进到屋里，他没遇到任何人，客厅里也静悄悄的。他推开门，看到了正在和潘申玩“辟开”[①]的玛丽娅·德米特里耶芙娜。潘申默默地向他点了点头。这家的女主人却提高声音说：“哦，这可真没想到！”而且微微皱起眉头。拉夫烈茨基坐到她身旁，开始看她的牌。

“难道您会玩辟开？”她暗暗怀着某种懊恼的心情问他，并立刻宣称，她扣牌。

潘申数到了90点，开始彬彬有礼、心平气和地收拾起给吃掉的牌，脸上的表情严肃而又尊严。善于交际的人就该像这样玩牌。大概，为了博得任何一个有势力的大官的好感，希望人家对他做出稳重可靠而且成熟的有利评价，他在彼得堡也是像这样和人家玩牌吧。“101，102，红桃，103。”他的声音有节奏地叫着，拉夫烈茨基不能理解，他的声音听起来给人以一种什么感觉——是责备别人呢，还是沾沾自喜？

“可以见到玛尔法·季莫菲耶芙娜吗？”他看到潘申带着一副更加尊严的神情动手洗牌，于是问。在潘申身上已经连艺术家的影子也看不见了。

---

① 辟开——纸牌的一种玩法。

“我想，可以。她在自己屋里，在楼上，”玛丽娅·德米特里耶芙娜回答，“您去问问看吧。”

拉夫烈茨基上楼去了。他正碰上玛尔法·季莫菲耶芙娜也在打牌——她在和娜斯塔西娅·卡尔波芙娜玩“捉傻瓜”[①]。小狗罗斯卡冲着他叫了起来，不过两位老太太和蔼可亲地接待了他，尤其是玛尔法·季莫菲耶芙娜，看来她心情很好。

“啊！费佳！欢迎！”她说，“你坐，我的爷。我们这就要打完了。想吃果酱吗？舒罗奇卡，把那罐麝香草莓酱拿给他。不想吃？好，那就这么坐着吧。不过抽烟嘛——你可别抽。你们的那种烟，我可受不了。再说，‘水手’[②]闻到烟味就要打喷嚏。”

拉夫烈茨基赶快声明，他根本不想抽烟。

“你到下边去了吗？”老太婆接着说，“在那儿看到谁了？潘申还一直待在那儿？看到莉莎了吗？没有？她想上这儿来……瞧，那不就是她吗。刚说到她，她就来了。”

莉莎走进屋来，看到拉夫烈茨基，脸红了。

“我来您这儿只待一会儿，玛尔法·季莫菲耶芙娜。”她开始说。

“干吗只待一会儿？”老太婆反问，“你们这些年轻姑娘怎么都是这样，怎么都坐不住啊？你看，我这儿有客人，你跟他聊聊，招待招待他嘛。”

莉莎坐到一把椅子的边上，抬起眼来望了望拉夫烈茨基——她感觉到，不能不让他知道，她和潘申的会见是怎样结束的。不过这该怎么说呢？她既

① 一种纸牌游戏。

② 猫的名字。

感到不好意思，又觉得尴尬。她认识他才有多久，认识这个很少去教堂、对妻子的死漠然无动于衷的人，才有多久——可是，瞧，现在她已经要把自己的秘密告诉他了……不错，他关心她。她自己相信他，感到心里喜欢他。可她还是觉得不好意思，就好像有个陌生男人闯进了她那少女的纯洁的闺房。

玛尔法·季莫菲耶芙娜来帮忙了。

“不是吗，要是你不招待他，”她说，“那么谁来招待他这个怪可怜的人呢？对他来说，我太老了。对我来说，他太聪明了。对于娜斯塔西娅·卡尔波芙娜呢，他又太老了——她总是只要年轻人。”

“我怎么招待费奥多尔·伊万内奇呢？”莉莎迟疑地说，“如果他乐意的话，最好我还是用钢琴给他弹个什么曲子吧。”她犹豫不决地加上一句。

“好极了，你真是我的聪明孩子。”玛尔法·季莫菲耶芙娜回答，“去吧，我亲爱的孩子们，到楼下去吧。弹完了钢琴，你们再来。可是，瞧，我当了傻瓜了，我很恼火，想要赢回来呢。”

莉莎站了起来，拉夫烈茨基跟着她走了。下楼梯的时候，莉莎站住了。

“人们说得对，”她开口说，“人的心充满矛盾。您的教训本应吓倒我，让我不相信恋爱的婚姻，可是我……”

“您拒绝了他？”拉夫烈茨基打断了她。

“没有，不过也没答应。我把什么话都对他说了，把我感觉到的一切都对他说了，我请他等一等。您满意吗？”她加上一句，脸上露出转瞬即逝的微笑，随即用一只手轻轻扶着栏杆，跑下楼去。

“我给您弹什么呢？”她一边打开钢琴盖，一边问。

“您想弹什么就弹什么好了。”拉夫烈茨基回答，说着坐下来，坐着的姿势刚好能看着她。

莉莎弹了起来，好久都没有把目光从自己的手指上挪开。她终于朝拉夫烈茨基看了一眼，于是停住不弹了——她觉得他脸上的神情那么异常，那么奇怪。

“您怎么了?”她问。

“没什么，”他回答，“我觉得很好。我为您高兴，我高兴看到您，请继续弹下去。”

“我好像觉得，”过了一会儿，莉莎说，“如果他真的爱我，他就不会写这封信了。他就应该感觉到，现在我不能答复他。”

“这无关紧要，”拉夫烈茨基低声说，“重要的是，您不爱他。”

“别说了，这是什么话！我一直仿佛看到您已故的妻子，而且您也让我感到可怕。”

“不是吗，沃尔德马尔，我的莉泽特[1]弹得多好听?”就在这时候，玛丽娅·德米特里耶芙娜对潘申说。

“是的，”潘申回答，“非常好听。”

玛丽娅·德米特里耶芙娜温柔地看了看自己年轻的打牌对手，可是他却装出一副更加庄重和有点儿担心的样子，叫了声“十四个王”。

三十一

拉夫烈茨基已经不是一个年轻人了，对于莉莎在他心中唤起的那种感

① 这是莉莎的英文名字。

情，他不能长时间进行自我欺骗。就在那天，他终于完全确认，他已经爱上了她。这一确认并没有给他带来多少喜悦。“难道，”他想，“在我已经到了三十五岁的时候，除了又把自己的心交到一个女人的手里，就再没有什么事情好干了吗？不过莉莎与那个女人不能同日而语——她不会要求我做出可耻的牺牲，她不会让我放弃我的事业。她会鼓励我从事正直、严肃的工作，我们两人将一同前进，向着美好的目标勇往直前。是的。”他结束自己的思索，“这一切都很好，然而不好的是，她根本不想跟我一道走。她对我说，我让她觉得可怕，这绝非偶然。不过她也不爱潘申……这样的安慰可并不大！”

拉夫烈茨基回瓦西利耶夫村去了，可是在那里住了还不到四天——他觉得那么寂寞。等待也在折磨着他——儒勒先生报道的消息需要得到证实，可是他没有接到任何信件。他回到城里，在卡利京家坐了一个晚上。他不难看出，玛丽娅·德米特里耶芙娜对他有反感，不过他在玩“辟开”的时候输给了她十五卢布，这才使她对他的态度稍好了一些，而且他和莉莎几乎是单独在一起度过了大约半个钟头，尽管头天晚上母亲还曾劝她，不要和“qui a un si grand ridicule”[①]的人过分亲热。他发现了她身上的变化——她似乎变得更加深沉，为了他没来而抱怨他。还问他，第二天他去不去做日祷（第二天是星期天）？

“您去吧，”他还没来得及回答，她就先说，“我们一起为她的亡灵祈祷。”随后她又说，她不知道该怎么办，不知道她有没有权利让潘申等着她的决定，再等更长时间。

---

① 法语，意思是“出过那种荒唐事的（人）”。

“为什么呢?” 拉夫烈茨基问。

“因为,”她说,“现在我已经开始怀疑,这将会是一个什么样的决定了。”

她声称,她头痛,于是犹豫不决地把手指尖伸给拉夫烈茨基,然后上楼回自己屋里去了。

第二天拉夫烈茨基去做日祷。他来到的时候,莉莎已经在教堂里了。她看到了他,不过没有朝他转过身来。她在虔诚地祈祷——她的眼睛闪闪发光,她的头轻轻地低下去,又轻轻地抬起来。他感觉到,她也在为他祈祷——于是一种难以形容的感激之情充满了他的心灵。他既感到幸福,又感到惭愧。规规矩矩站着的人们,那些可爱的脸,和谐的歌声,神香的香味,从窗子里照射进来的斜长的光线,四壁和穹顶的昏暗——这一切都使他的心感到亲切。他已经有很久没来教堂,很久没向上帝祈祷了。就连现在,他也没有说出任何祈祷的词句——他甚至没有默祷——然而,虽说只不过是一瞬间,他却即使不是以自己的躯体,也是以自己的意念恭顺地伏在地上,俯首下拜了。他想起,童年他在教堂里祈祷,每次都要祈祷到觉得自己前额上有什么人轻轻地触摸了一下,变得神清气爽时为止。当时他想,这准是保护天使接受我,在我额上打上选中我的印记了。他望了望莉莎…… “你把我领到了这里,”他想,“请你也来触摸触摸我,触摸触摸我的心灵吧。”她一直还在那样平静地祈祷着。他觉得她脸上的神情是愉快的,他又深受感动,他为另一个人的灵魂祈求安宁,为自己的灵魂请求宽恕……

他们在教堂前的台阶上遇到一起,她带着喜悦、亲切的庄重神情欢迎他。太阳明晃晃地照耀着教堂院子里嫩绿的小草,照耀着女人们身上五彩缤纷的连衫裙和头巾。邻近几座教堂的钟声在空中回荡,几只麻雀在围墙上叽叽喳喳叫个不停。拉夫烈茨基光着头站着,在微笑,微风吹动他的头发和莉莎帽子上的飘带。他扶莉莎和跟她一起来的莲诺奇卡坐上轿式马车，把自己随身带着的钱全都散发给几个乞丐，然后慢慢走回家去。

三十二

对于费奥多尔·伊万内奇来说，困难的日子来到了。他处于一种情绪经常大幅度波动的状态。每天早晨他都到邮局去，心情激动地拆开信件、报刊——可是哪里都找不到任何证据，可以证实或推翻那条可以决定他命运的消息。有时他感到自己讨厌自己：“我这是怎么了，”他想，“像大乌鸦等着血一样，等候妻子死亡的确切消息！”他每天都到卡利京家里去，可是在那里他也并不觉得轻松。女主人明显地在生他的气，只不过是故作宽容大度地接待他。潘申对他显得过分客气，列姆则装出一副厌世的样子，勉强向他点头问好，而主要的是——莉莎好像总躲着他。每当她偶尔有机会和他单独待在一起的时候，她都显得局促不安。这种不安取代了以往的那种信任，她不知道该对他说什么，他自己也感到很窘。几天时间里，莉莎已经变得不像他所了解的那个人了：在她的动作、声音和笑声里，都可以看出隐藏在内心深处的忧虑和以前从未有过的不平静。玛丽娅·德米特里耶芙娜作为一个名副其实的利己主义者，什么也没觉察到。玛尔法·季莫菲耶芙娜却开始注意观察她这个心爱的姑娘了。拉夫烈茨基不止一次责备自己，不该把他收到的那份报纸拿给莉莎看。他不能不承认，在他的心里，有某种对于纯洁的感情来说令人憎恶的东西。同时他还认为，莉莎身上的变化是由于她内心里的自我斗争，是由于她的困惑——

该对潘申做出什么样的答复？有一次，她还给他一本书——她自己请他借给她的沃尔特·司各特[1]的一部长篇小说。

“您看完这本书了吗？”他问。

“没有，现在我没心看书。”她回答，说完就想走开。

“请稍等一等，我和您这么久没有单独在一起了。您好像怕我？”

“是的。”

“请问，为什么呢？”

“我不知道。”

拉夫烈茨基沉默了一会儿。

“请您告诉我，”他开口说，“您还没决定吗？”

“您想说什么？”她没有抬起眼睛来，低声说。

“您明白我的意思……”

莉莎突然满脸绯红。

“请您什么也不要问我，”她兴奋地说，“我什么也不知道，我自己也不了解自己……”

说罢，她立刻走开了。

第二天午后，拉夫烈茨基来到卡利京家，正赶上她们全家准备做彻夜祈祷。餐厅的一角，一张铺着干净台布的方桌上，已经靠墙放好了有金色衣饰的不大的圣像，圣像头顶上的光轮缀有几颗已经失去光泽的小钻石。一个穿灰色燕尾服和皮鞋的老仆人，不慌不忙、毫无声息地穿过整个餐厅，把一对蜡烛插到圣像前精致的烛台上，画了个十字，躬身行了个礼，

① 沃尔特·司各特（1771—1832），英国著名作家。

然后悄悄地退了出去。没有灯光的客厅里空无一人。拉夫烈茨基在餐厅里走了一会儿，问，是不是谁过命名日？仆人小声回答他，不是，而是按照莉扎薇塔·米哈依洛芙娜和玛尔法·季莫菲耶芙娜的心愿，吩咐做一次彻夜祈祷。说是本想把一个有灵的圣像请来，可是那个圣像给三十俄里以外一个病人家请去了。不一会儿，神父和执事们来了。神父已经不年轻，头顶秃了老大一块，在前厅里大声咳嗽了一声。女士们立刻从书房里鱼贯而出，走到神父面前接受祝福。拉夫烈茨基默默地向她们行了个礼，她们也默默地向他还礼。神父稍站了一会儿，又咳嗽一声，清清嗓子，声音低沉地小声问：

“请问，可以开始了吗？”

“开始吧，神父。”玛丽娅·德米特里耶芙娜回答。

神父动手穿上法衣。一个身穿辅祭法衣的教堂执事过分恭敬地请求给他一小块炭火，点着了神香。使女和仆人们从前厅里走出来，簇拥在一起，站在门前。从来不下楼的小狗罗斯卡突然在餐厅里出现了，大家动手赶它出去，它吓坏了，团团乱转，随后蹲了下来。一个仆人捉住它，把它抱了出去。彻夜祈祷开始了。拉夫烈茨基紧靠在一个角落上，他的感觉很奇怪，几乎感到忧郁。他自己也不能好好弄清楚，他到底有什么感觉。玛丽娅·德米特里耶芙娜站在大家前面，站在几把安乐椅前，她姿态优雅、漫不经心地画着十字，完全是一副贵夫人的派头—— 一会儿东张西望，一会儿突然抬起眼来往上看，她感到无聊。玛尔法·季莫菲耶芙娜好像忧心忡忡。娜斯塔西娅·卡尔波芙娜在跪拜叩首，站起来的时候弄出某种轻微、柔和的响声。莉莎从一站在那儿起，就没挪过地方，而且一动不动，从她脸上聚精会神的表情可以猜出，她正在全神贯注地热情祈祷。彻夜祈祷结束时，她吻了十字架，也吻了吻神父那只通红的大手。玛丽娅·德米特里耶芙娜请神父去喝茶。他取下法衣胸前绣有十字架的长巾，显得多少有点儿像世俗人的样子，和女士们一同走进客厅。谈话开始了，不过不太活跃。神父喝了四杯茶，不断用手帕擦擦自己的秃顶，谈话中顺便提到，商人阿沃什尼科夫捐献了七百卢布来为教堂的“院（圆）顶”镀金，还传授了一个治雀斑的验方。拉夫烈茨基本来已经坐到了莉莎身旁，可是她的神情严肃，几乎是严厉的，连一次也没看过他。她好像故意装作没看到他，某种冷静而又庄严的兴奋心情控制了她。拉夫烈茨基不知为什么总想笑一笑，说点儿什么有趣的事，可是他心里却感到不安，最后他满腹狐疑地走了……他感觉到：莉莎有什么心事，而他不能深入到她的内心里去。

另外有一次，拉夫烈茨基坐在客厅里，正在听格杰昂诺夫斯基曲意奉承，然而十分笨拙地夸夸其谈，自己也不知为什么，突然一回头，看到了莉莎眼里深沉、关怀、疑问的目光……它，这让人难以猜透的目光正凝神注视着他。后来拉夫烈茨基整整一夜都在想着这目光。他恋爱已经不是像一个男孩子那样了，长吁短叹、苦恼不堪，对他已经不合适了，而且莉莎本身在他心中激起的也不是那种感情。然而对于无论什么年龄的人，爱情都有它自己的痛苦——他也充分体验到了这些痛苦。

三十三

有一次，拉夫烈茨基照常坐在卡利京家。热得让人难受的白天过去以后，晚上却如此凉爽宜人。玛丽娅·德米特里耶芙娜虽然很讨厌穿堂风，却吩咐把冲着花园的门窗全都打开，声称，不打牌了，说在这样的好天气里打牌是罪过，而应该欣赏大自然的景色。只有潘申是唯一的客人。美妙的晚上使他心情兴奋，不过他不想在拉夫烈茨基面前唱歌，却又感觉到有一种艺术家的感情冲动，于是就朗诵起诗来。他朗诵了莱蒙托夫的几首诗（当时普希金的诗还没能再度流行），朗诵得很好，然而过于卖弄，过于含蓄、细腻，而这是完全不必要的——突然，仿佛是对自己的感情流露感到不好意思了，于是就那首著名的《沉思》[①]发表起意见来，开始责备和非难最新一代青年人。不过不放过机会说明，如果他大权在握，将怎样以自己的方式来扭转一切。“俄罗斯，”他说，“已经落在欧洲后面了，需要赶上它。有人让我们相信，我们还年轻——这是无稽之谈。况且，我们也没有什么创造发明。霍米亚科夫[②]本人就承认，我们连捕鼠器也没发明出来。所以，我们迫不得已，只好采用别人的。我们有病，莱蒙托夫说——我同意他的说法。不过我们所以有病，是因为我们仅仅是一半变成了欧洲人。我们在哪方面受挫，就需要医治哪里（“Lecadastre”[③]——拉夫烈茨基想）。我们，”他接着说，“有最好的头脑——les meilleurestê tes[④]——对此我们早已确信不疑。所有民族，其实都是一样的，只要引进最好的制度——问题就解决了。大概，可以逐渐适应平民百姓现存的生活方式，这是我们的事，公职……（他差点儿没有说，有治国之才的）人员的事。不过，情况需要的话，请别担心，制度也会改造这种生活方式。”对潘申的

---

① 莱蒙托夫的一首诗，发表于1838年。

② 霍米亚科夫（1804—1860），俄罗斯社会活动家和作家。斯拉夫主义的著名理论家之一。他是贵族，主张在保证地主继续剥削农民的条件下，通过改良途径解放农奴。

③ 法语，意思是“土地登记册”。

④ 法语，意思是“最好的头脑”。

意见，玛丽娅·德米特里耶芙娜击节称赞，“瞧，”她想，“在我这儿谈话的是一位多么聪明的人啊。”莉莎靠在窗子上，默不作声，拉夫烈茨基也默默不语。坐在一个角落里和自己女友玩牌的玛尔法·季莫菲耶芙娜不知在小声嘟囔着什么。潘申在屋里踱来踱去，说得头头是道，然而心中却暗暗怀着憎恨的情绪——看来他骂的并不是整整一代人，而是他认识的某几个人。

卡利京家花园里一片很大的丁香丛中有一只夜莺，在他雄辩地高谈阔论的间隙，传来了夜莺晚上最初的啼啭声。静止不动的椴树梢上方，玫瑰色的天空中，几颗最先亮起来的星星闪闪烁烁。拉夫烈茨基站起来，开始反驳潘申的话，发生了一场争论。拉夫烈茨基维护青年人和俄罗斯的独立自主精神，他愿意牺牲自己，牺牲自己这一代人。然而他为新的一代人辩护，为他们的信念和希望辩护。潘申气愤而且很不客气地反驳他，声称聪明人应该改造一切，最后竟走得这么远，忘记了自己侍从官的头衔和官职，把拉夫烈茨基叫作落后的保守分子，甚至暗示——不错，不是直接地，而是非常微妙地暗示他在上流社会的尴尬处境。拉夫烈茨基没有生气，没有提高嗓音（他记起，米哈列维奇也把他叫作落后的——只不过是落后的伏尔泰信徒），而是心平气和地逐条驳倒了潘申的所有论据。他向他证明，要想发生突变，要想进行改革，得了解故土的情况，对理想，即使是不好的理想，要有真正的信心。如果没有被这一切证明确实有效，那么突变和狂妄自大的改造就不可能实现。他以自己所受的教育为例，要求首先承认民众的真理，服从这个真理，没有这种服从，就连反对谎言的勇气也不可能有。最后，他并不回避照他看理应受到的指责——指责他轻率地浪费时间和精力。

“这一切都妙极了！”最后，感到懊丧的潘申高声说，“这不是，您已经回到俄国来了——那么您想做什么呢？”

“种地，”拉夫烈茨基回答，“而且要尽可能努力把地种好。”

“这很值得称赞，这显然不容争辩。”潘申反驳说，“我已经听人说过，在这方面您已经做出重大的成绩。不过您得承认，并不是人人都能从事这种工作……”

“Une nature poétique，”[①] 玛丽娅·德米特里耶芙娜开口说，“当然啦，他不能种地……et puis[②]，弗拉季米尔·尼古拉伊奇，您负有干一番en grand[③]事业的使命。”

即使是潘申听着，这话也说得太过分了。他说不下去了，于是转变话题。他试图把谈话转到谈论星空的美丽，舒伯特的音乐，可是不知为什么，无论谈什么都谈不下去。最后他向玛丽娅·德米特里耶芙娜提议，和她一起来玩“辟开”。“怎么！在夜色这么美的晚上？”她并不坚决地表示不同意，然而还是叫人去拿牌来。潘申把一副新牌的包装纸嚓嚓地撕开，莉莎和拉夫烈茨基却好像商量好了似的，两人一齐站起来，坐到了玛尔法·季莫菲耶芙娜身旁。他们俩突然都变得那么愉快，甚至害怕两人单独待在一起。而同时他们俩又都感觉到，最近几天他们经受过的那种不安已经消失，而且已经一去不返。老太婆悄悄拍了拍拉夫烈茨基的面颊，狡猾地微微眯缝起眼，几次摇了摇头，低声说：“你把那个卖弄聪明的家伙痛骂了一顿，谢谢。”屋里一切都静下来了，只听到蜡烛燃烧的轻微的噼啪声，还有手偶尔碰到桌子的响声、惊叹声和计算牌的点数的声音，还有热情奔放、简直无

---

① 法语，意思是“诗人的天性”。

② 法语，意思是“况且”。

③ 法语，意思是“大规模的”。

所顾忌的、夜莺的嘹亮歌声，犹如波涛一般，与夜露的凉意一同流进屋里。

三十四

在拉夫烈茨基和潘申争论的过程中，莉莎没有说过一句话，可是在留心听着他们的话，而且完全站在拉夫烈茨基这一边。她对政治问题没有多大兴趣，然而那个文质彬彬的官员过于自信的口吻（他还从来没有像这样发表意见）却使她反感，他对俄国的蔑视态度使她觉得好像受了侮辱。莉莎脑子里从来没有过这样的想法——认为自己是一个爱国主义者。不过她跟俄罗斯人很投脾气，俄罗斯人的思维方式让她欢喜。每次母亲田庄的领班进城来，她都毫不拘谨，以平等身份和他一谈就是几个钟头，一点儿也没有贵族小姐的架子。这一切，拉夫烈茨基都感觉到了。他本不会起来单单反驳潘申一个人，他说话只不过是为了莉莎。他和莉莎谁跟谁也没说过什么，就连他们的目光也很少碰到一起。但是他们俩都明白，这天晚上他们彼此已经十分亲近。也明白，他们的爱与憎是相同的。只在一点上他们有分歧，不过莉莎心中暗暗地希望能引导他信仰上帝。他们坐在玛尔法·季莫菲耶芙娜旁边，好像是在留心看着她打牌，而且他们也的确是在注视着她——然而他们每个人心中的感情都在不断增长，而且对于他们来说，一切都不是没有意义的——夜莺在为他们歌唱，星星在为他们闪烁，被梦、夏天的爱抚和温暖催眠的树木也好像在轻声絮语。拉夫烈茨基完全沉醉在使他心情激动的感情的波浪之中——而且喜不自胜。然而语言不能表达一个姑娘纯洁的心灵中正在发生的事情——对于她本人来说，那也是秘密，就让它对于大家也始终是一个秘密吧。谁也不知道，谁也没看到过，而且永远也不会看见，负有生长和开花使命的种子在大地的怀抱里是怎样灌浆和成熟起来的。

已经打过了十点。玛尔法·季莫菲耶芙娜和娜斯塔西娅·卡尔波芙娜上楼回自己屋里去了。拉夫烈茨基和莉莎穿过客厅，在敞着的花园门前站下来，朝黑暗的远方望了望，然后互相对看了一眼——两人都微笑了。看来他们真想这样手挽着手，尽情地说个够。他们回到了玛丽娅·德米特里耶芙娜和潘申那里，那两个还在玩“辟开”。最后一张“王”终于打出来，一局结束了，女主人坐久了感到浑身酸痛，唉声叹气地哼着，从周围垫着靠枕的安乐椅里站了起来。潘申拿起帽子，吻了吻玛丽娅·德米特里耶芙娜的手，说，现在什么也不会妨碍那些有福气的人安睡或欣赏夜景，他却不得不坐下来通宵达旦处理那些无聊的公文，随后冷淡地向莉莎行礼告辞（他没料到，她对他求婚的答复，是请他等一等——因此在生她的气），于是走了。拉夫烈茨基跟着他走了出去，他们在大门口互相告别；潘申用手杖尖端捅了捅马车夫的脖子，叫醒了他，坐上轻便马车，疾驰而去。拉夫烈茨基不想回家，他出了城，往田野走去。虽然没有月亮，夜却寂静、明亮。拉夫烈茨基在露水盈盈的草地上徘徊了很久，他无意中发现了一条小路，于是顺着小路往前走去。小路引导他来到一道长长的围墙边，来到围墙上的便门前面。他自己也不知为什么试着推了推围墙门，门轻轻地吱嘎一声响，开开了，好像正等着他的手去推它似的。拉夫烈茨基不觉来到了一座花园里，顺着椴树林荫道走了几步，突然惊讶地站住了。他认出，这是卡利京家的花园。

他立刻走进稠密的胡桃树丛的黑影里，好长时间一动不动地站着，感到惊讶，耸了耸肩。

“这不会是偶然的。”他想。

四周万籁俱寂，从房屋那边也没传来任何声音。他小心翼翼地往前走。就在林荫道转弯的地方，整幢房屋模糊不清的正面突然呈现在他的眼前——只有楼上的两扇窗户里灯光若明若暗，莉莎的房间里，白色窗帘后点着一支蜡烛。还有玛尔法·季莫菲耶芙娜的卧室里，圣像前点着一盏神灯，火红的灯光照到圣像的金色衣饰上，发出均匀的反光。楼下通阳台的门大敞着。拉夫烈茨基坐到一条木板长凳上，一只手撑着身子，开始望着这道门和莉莎的窗子。城里午夜的钟声已经响了，这座房屋里的小时钟也清脆地打了十二响，更夫急促地敲响了打更板。拉夫烈茨基什么也没想，也没期待着什么，愉快地感觉到自己就在莉莎附近，坐在她家花园里她也曾不止一次坐过的这条长凳上……莉莎屋里的亮光消失了。

“晚安，我亲爱的姑娘。”拉夫烈茨基喃喃地说，继续一动不动地坐着，没有把视线从已经暗下来的窗口移开。

突然，楼下一个窗口出现了亮光，亮光到了另一个窗口，又到了第三个窗口……有人手持蜡烛走进一间间房间。“难道是莉莎？不可能！……”拉夫烈茨基欠起身来……熟悉的身影忽然一闪，莉莎在客厅里出现了。她穿着白色连衫裙，还没散开的发辫披在双肩上，轻轻走到一张桌子前，朝它弯下腰，把蜡烛放下，不知在寻找什么。随后，她转身面对花园，走近敞着的房门，全身雪白，轻盈，身材秀美匀称，在门口站住了。拉夫烈茨基全身一阵战栗。

“莉莎！”勉强可以听清的喊声从他唇边脱口而出。

她颤抖了一下，开始向黑暗中仔细观看。

“莉莎！”拉夫烈茨基声音稍大一些，又喊了一声，随即从林荫道的阴影里走了出来。

莉莎惊恐地伸出头，身子往后一歪，她认出了他。他第三次喊了一声她的名字，向她伸出双手。她离开房门，走进花园。

“是您？”她说，“您在这儿？”

“是我……我……请您听我说。”拉夫烈茨基低声说，抓住她的一只手，领她往长凳那儿走去。

她毫不抗拒地跟着他走。她那苍白的脸，凝神注视的眼睛，她的所有动作都表现出一种说不出的惊讶。拉夫烈茨基让她坐到长凳子上，自己站在她面前。

“我没想来这里，”他开始说，“不知怎么就来到了这里……我……我……我爱您。”他怀着不由自主的恐惧心情说。

莉莎慢慢地看了他一眼。看来，只是在这一瞬间她才明白，她在哪里，她发生了什么事。她想站起来，但是站不起来，于是用双手捂住了脸。

“莉莎,”拉夫烈茨基说，“莉莎。”他又唤了一声，于是跪倒在她的脚下。

她的双肩开始轻轻抖动，雪白的手指更紧地捂着自己的脸。

“您怎么了？”拉夫烈茨基低声说，他听到了轻轻的啜泣声。他的心突然缩紧了……他懂得这泪意味着什么。“难道您爱我吗？”他喃喃地说，抚摩了一下她的膝盖。

“请起来吧，”听到了她的声音，“您请起来，费奥多尔·伊万内奇。我和您这是在做什么呀？”

他站起来，靠着她坐在长凳子上。她已经不哭了，用自己那双湿润的眼睛凝神看着他。

“我害怕，我们这是在做什么？”她又说了一遍。

“我爱您，”他又说，“我愿把我的整个生命都献给您。”

她又颤抖了一下，仿佛被什么蜇了一下似的，随后抬起眼来望着天空。

“这一切都由上帝做主。”她低声说。

“不过，莉莎，您爱我，是吗？我们会幸福吗？”

她垂下眼睛。他轻轻地把她搂到自己怀里，她的头也靠到他的肩上……他稍稍偏过头去，嘴唇贴到了她那苍白的唇上。

半个钟头以后，拉夫烈茨基已经站在花园的便门前面。他发现便门已经锁上了，不得不翻过围墙跳了出去。他回到城里，沿着已经进入梦乡的街道往前走着。他心中充满出乎意料、几乎容纳不下的喜悦，一切怀疑都消失了。“消失了吧，过去的一切，黑暗的幻影”，他想，“她爱我，她将是我的。”突然，他觉得，好像在他头顶上方有一阵十分美妙、喜气洋洋的声音响彻天空，仿佛是向他祝贺，他站住了。那声音又响了起来，似乎更加壮丽，更为动人。悦耳而又雄浑有力的声音如急流般源源不断，奔腾直泻——而这声音好像正在述说、歌唱他的幸福。他回头四顾，声音是从一座小房子楼上的两个窗口传出来的。

“列姆！”拉夫烈茨基喊了一声，于是往那座房子跑去，“列姆！列姆！”他又高声呼喊。

声音突然停止了，身穿睡衣、敞着怀、头发蓬乱的老人的身影出现在窗口。

“啊哈！”他庄严地说，“是您哪！”

“赫里斯托福尔·费多雷奇，这是多么美妙的音乐啊！看在上帝分上，请您让我进去吧。”

老人一句话也没说，一挥手，以一个庄严的姿势把房门钥匙从窗子里丢到了街上。拉夫烈茨基急忙跑上楼去，走进屋里，正想扑到列姆身上，可是老人像下命令一样指给他一把椅子，生硬地用俄语说：“请坐下，听着。”他自己坐到钢琴前，高傲而严肃地向四周扫视了一下，于是弹了起来。拉夫烈茨基很久没听过任何类似的音乐了，婉转悦耳、热情奔放的旋律，从第一个音响就扣人心弦。这旋律似流光泛彩，受灵感鼓舞，为幸福和美所陶醉。它渐渐增强，又渐趋沉寂；它触及大地上宝贵、神秘和圣洁的一切；它流露出一种亘古不变的永恒的愁思，飘向天际，渐渐消失。拉夫烈茨基挺直身躯，站在那里，由于异常兴奋，面色苍白，而且好像有点儿发冷。这乐曲立刻深入到他刚刚受到爱之幸福震撼的心灵里，而这乐曲本身也充满了爱情。“请再弹一遍。”最后一个和音刚刚弹完，他就低声请求说。老人用鹰一般锐利的目光朝他看了一眼，一只手拍了拍胸膛，不慌不忙地用自己祖国的语言说：“这是我作的，因为我是伟大的音乐家。”然后，他把这美妙的乐曲又重弹了一遍。屋里没有点灯，已经升起的月亮的清辉斜射到窗户上，空气也仿佛富有感情，随着响亮的乐曲声震颤。寒碜的小屋仿佛变成了令人肃然起敬的殿堂，在银光闪闪半明半暗的光线中，老人的头好像充满灵感，高高抬了起来。拉夫烈茨基走到他跟前，拥抱了他。起初，列姆没有回答他的拥抱，甚至还拿胳膊肘推开他。老人全身一动不动，好长时间一直还是那样严肃，几乎是不礼貌地朝前望着，只有两次低声含糊不清地说：“啊哈！”最后他那变了样的脸平静下来，松弛下来，为回答拉夫烈茨基热烈的祝贺，他先是微微一笑，随即像孩子一样轻轻呜咽着痛哭起来。

“这真奇怪，”他说，“您恰好是在这时候来到这里。不过我知道，我什么都知道。”

“您全知道？”拉夫烈茨基不好意思地说。

“您已经听到我的音乐了，”列姆回答，“难道您还不明白，我全知道吗？”

拉夫烈茨基直到早晨都不能入睡，他通宵都坐在床上。莉莎也没睡——她在祈祷。

三 十 五

读者已经知道，拉夫烈茨基是怎样长大成人，怎样发展的了。让我对莉莎所受的教育也来说上几句吧。她父亲死的时候，她刚到十岁，不过父亲很少关心她。他整天忙于各种事务，经常操心的是增加自己的财富。他脾气暴躁，对人粗鲁，而且没有耐性。他不惜花钱给孩子们请老师，外国家庭教师，给他们做衣服，满足他们的其他需要。但是，用他自己的说法，让他照看叽叽喳喳的小孩子，他却受不了——而且他也没有时间照看他们。他在工作，时间和精力都花在各种事务上，睡眠很少，偶尔打打牌，然后又是工作。他把自己比作一匹套在打谷机上的马。“我这一生过得好快呀。”弥留时，他那已经发干的嘴唇上挂着一丝苦笑，这样低声说。玛丽娅·德米特里耶芙娜为莉莎操心，其实比丈夫也多不了多少，尽管她曾在拉夫烈茨基面前夸口说，是她独自一个人教育自己的孩子们。她把莉莎打扮得像个洋娃娃，在客人面前抚摩她的小脑袋，当面管她叫乖孩子和心肝儿——仅此而已，各种需要经常操心的事都让这个懒散的贵夫人感到厌倦。父亲在世的时候，莉莎由家庭女教师、从巴黎来的莫萝小姐照管，在他死后，就由玛尔法·季莫菲耶芙娜负责管教了。对玛尔法·季莫菲耶芙娜，读者已经熟悉了。莫萝小姐却是个满脸皱纹、个子矮小的人，她的一举一动都像鸟儿一样，见识也像鸟儿一样浅薄。年轻的时候，她过的是悠哉游哉的生活，快到老年的时候，她只剩下了两种嗜好——爱吃美味佳肴，还有打牌。当她吃饱了，既没打牌，也没跟人闲扯的时候——她脸上立刻会出现一种几乎像死人一样的表情。有时，她坐着，眼睛在看，也在呼吸，可是一眼就能看出，没有任何思想掠过她的脑海。甚至不能把她叫作善良的人——鸟儿是谈不上什么善良的。不知是由于她轻率地虚度了自己的青春年华，还是因为她从童年起就呼吸惯了巴黎的空气——某种类似普遍、廉价的怀疑主义的东西已经在她头脑里深深地扎了根，她的这种怀疑主义通常是用这样一句话表达出来的："Tout ca c' est dês betises"①。她说的是一种并不规范、然而却是纯粹巴黎习惯语的法语，她不搬弄是非，也不耍小孩子脾气——对一个家庭女教师还能有什么更多的要求呢？她对莉莎的影响很小，对莉莎影响更大的，是她的保姆阿加菲娅·弗拉西耶芙娜。

这个女人一生遭遇很不平凡。她出身于一个农民家庭，十六岁的时候就把她嫁给了一个庄稼人，但是她和自己的农家姐妹们明显不同。她父亲当了二十来年领班，积攒了许多钱，十分宠爱她。她是个异常俊俏的美人儿，周围地区最爱打扮的女人，人又聪明，能说会道，胆子也大。她的主人德米特里·佩斯托夫，也就是玛丽娅·德米特里耶芙娜的父亲，是个老成持重、性情温和的人，有一次他在打谷的时候看到了她，跟她交谈了一会儿，热烈地爱上了她。不久她成了寡妇。佩斯托夫虽然是已有妻室的人，可还是把她弄到了家里，让她穿上了家仆的衣服。对自己的新地位，阿加菲娅立刻就适应了，仿佛她一辈子从来没过过另一种生活。她的肤色白

① 法语，意思是"这一切全是胡扯！"

了，人长胖了，细纱衣袖下的手臂变得那么“丰满”，就像商人家的妇人一样。茶炊从来也没从桌上端走过，除了绸缎和丝绒，随便用什么旁的衣料做的衣服，她都不想穿，睡觉总是垫着绒毛褥子。这种幸福生活持续了大约五年，可是德米特里·佩斯托夫死了。他的遗孀，也就是女主人，是个心地善良的人，念在亡夫的情分，不愿不公正地对待自己的竞争对手，况且阿加菲娅在她面前从来也没放肆过。不过，她让阿加菲娅嫁给了一个饲养牲口的农奴，这样打发走了她。过了三年光景，有一次，夏季的一个大热天里，女主人顺路去看自己的牲口棚。阿加菲娅用那么好吃的冷冻鲜奶油款待她，举止态度那样恭顺，自己又是那么整洁、快乐，对一切都心满意足，女主人因此宣布宽恕了她，允许她到家里去了。过了大约六个月，女主人已经离不了她，于是提升她为女管家，把一切家务事全都交给了她。阿加菲娅又得势了，又长得丰满起来，皮肤又变白了，女主人完全信赖她。这样又过了五年光景，灾难第二次落到了阿加菲娅的头上。她让丈夫到主人家当了家仆，丈夫却开始酗酒了，家里经常见不到他，最后他偷了主人家的六把银调羹，伺机变卖之前，把它们藏在妻子的箱子里。这事被发现了，又打发他回去饲养牲口。阿加菲娅也失宠了，倒没有把她从家里赶出去，不过把她从女管家降为缝纫女工，不准她再戴包发帽，而只能包头巾。让大家感到惊讶的是，阿加菲娅驯服、恭顺地承受了这一祸从天降的突然打击。当时她已经三十多岁，她的孩子全都死了，丈夫活了也没有多久。她该清醒过来的时候到了——她的确清醒过来了。她变得非常沉默寡言，十分虔诚，从不错过一次晨祷，一次日祷，把自己所有好衣服全都分送给了别人。她安详、恭顺、规规矩矩地过了十五年，没跟任何人吵过架，对大家全都忍让着。如果有人对她粗鲁无礼，她也只是躬身行礼，感谢对她的教导。女主人早已宽恕了她，撤销了对她的降职处罚，还从自己头上摘下包发帽，赠送给她。可是她自己不愿摘下自己的头巾，而且总是穿一身黑衣服。女主人去世后，她变得更加温顺，更加卑微。让俄罗斯人畏惧和依恋是容易的，可是要博得俄罗斯人的尊敬却很难。尊敬不是很快就能得到的，也不是每一个人都可以得到它。主人家里所有的人都尊敬阿加菲娅，谁也不去想她从前的过错，仿佛那些事已经和老主人一起埋进泥土里去了。

卡利京成了玛丽娅·德米特里耶芙娜的丈夫以后，本想把家务事都交给阿加菲娅经管，可是“为了怕受诱惑”，她拒绝了。他高声呵斥她，她躬身深深地行了个礼，退了出去。聪明的卡利京了解人，他也了解阿加菲娅，而且没有忘记她。搬到城里以后，征得她的同意，让她当了刚刚五岁的莉莎的保姆。

起初，新保姆那庄重、严厉的面容让莉莎感到害怕，可是莉莎很快就对她习惯了，而且开始非常喜欢她。莉莎自己就是个严肃的孩子，她的面容很像卡利京轮廓分明、端端正正的脸型，只是她的眼睛不像父亲的眼睛，她的目光中流露出孩子们少有的文静、关怀和善良的神情。她不喜欢玩洋娃娃，笑起来声音不高，时间也不长，行动举止总是规规矩矩。她不常沉思默想，但沉思几乎总是有原因的。她沉默一会儿以后，通常总是会向随便哪个年长的人提出某一问题，这问题又总是能说明，她的头脑里正在思考着某个新获得的印象。她很快就不再发音不清，三岁多，说话时发音已经完全清楚了。她怕父亲，她对母亲的感情却很难说清——她不怕她，跟她也不亲热。不过，她跟阿加菲娅也不亲热，虽说她只喜欢阿加菲娅一个人。阿加菲娅从不离开她。看到她们两人在一起的情景，是会觉得很奇怪的。有时，阿加菲娅全身穿着黑衣服，头上包着黑头巾，瘦削的脸像蜡一样苍白，不过仍然美丽，而且富于表情，笔直地坐着，在编结长袜。在她脚边，莉莎坐在一把小扶手椅上，也在做着什么活儿。要么是庄重地抬起明亮的小眼睛，听阿加菲娅给她讲故事。阿加菲娅给她讲的不是童话，她用有节奏的平静声音讲述圣母传，幽居独处的修道士、上帝的侍者、虔诚的苦难女圣徒们的生平事迹。她对莉莎说，一些圣徒是怎样在荒无人烟的地方的小修道院里生活，怎样竭力拯救自己的灵魂，怎样忍受着饥饿和贫困——不怕他们的皇帝，信奉耶稣基督。天上的飞鸟怎样给他们送来食物，野兽又是怎样服从他们。在他们鲜血滴落的地方，怎样长出了鲜花。“是桂竹香吗?”非常喜欢花的莉莎有一次问……阿加菲娅给莉莎讲这些故事时，神情庄严、恭顺，仿佛她自己感觉到，不应该由她来说出这些崇高和神圣的话。莉莎听着她说——于是无处不在、无所不知的上帝的形象，以一种令人感到愉快的力量灌注到她的心灵里，使她心中充满纯洁、崇敬的畏惧，耶稣基督则成了她亲近、熟悉、几乎是像亲人一样的人，阿加菲娅也教会了她祈祷。有时，天一亮她就叫醒莉莎，匆匆给她穿好衣服，偷偷地带着她去做早祷。莉莎几乎是屏着呼吸、踮着脚尖跟在她的后面。清晨的寒冷和朦胧的曙光，教堂里的清新空气和空旷无人，这突然离家外出的神秘性本身，回家和重新上床时的那种小心谨慎——这一切被禁止的、奇怪的、神圣的事物合在一起，使小姑娘产生了极其深刻的印象，渗透到她的心灵深处。阿加菲娅从不责备任何人，也没为莉莎淘气责骂过她。当阿加菲娅对什么不满意的时候，她只是默默不语，莉莎也了解她的这种沉默。当阿加菲娅对别人——不管是对玛丽娅·德米特里耶芙娜，还是对卡利京本人——不满意的时候，莉莎以小孩子那种敏锐的洞察力，也同样能完全理解。阿加菲娅照看莉莎照看了三年多一点儿，莫萝小姐取代了她。然而这个轻浮的法国女人，还有她那冷漠的态度和高声感叹：Tout ca c’est dês betises”[①]，不能把心爱的保姆从莉莎心里排挤出去，播下的种子扎的根太深了。再说，阿加菲娅虽然已不再照看莉莎，可她仍然留在家里，时常与自己教导过的这个女孩子见面，这个女孩子也仍然像以前那样信任她。

然而，玛尔法·季莫菲耶芙娜搬到卡利京家来以后，阿加菲娅跟她却合不来。没有耐心而又任性的老太婆不喜欢这个以前“穿方格毛料裙子的农妇”那种严肃而一本正经的样子。阿加菲娅获准出去朝圣，从此就没回来。有一些不可全信的传闻，说是她好像进了一座分裂派[②]的修道院。但是她在莉莎心中留下的痕迹却始终未曾磨灭。莉莎仍然像去过节那样去做日祷，满怀喜悦，怀着一种抑制着和羞怯的激情祈祷，这使得玛丽娅·德米特里耶芙娜心中暗暗地惊讶不已，就连玛尔法·季莫菲耶芙娜，尽管她从来不限制莉莎去做什么，可是也尽力设法抑制她的热情，不让她过多地磕头跪拜——说这不是贵族小姐的作风。莉莎学习很好，也就是说，她坐得住，肯用功。上帝没有赋予她特别出色的才能和了不起的智慧，不经过刻苦努力，她什么也学不会。她的钢琴弹得很好，可是只有列姆一个人知道，她为此付出了多大的代价。她看的书并不多，她没有“自己说出来的话”，可是有自己的思想，而且走的是自己的路。难怪她像父亲了——他也是从来不问别人，他该做什么。她就是这样长大的——舒舒服服、从容不迫地长到了十九岁。她长得很可爱，自己却不知道这一点。她的一举一动都表现出一种并非故意做作，而且有点儿羞怯的优美姿态。她的声音是纯洁的青春时

① 法语，意思是“这一切全是胡扯！”。

② 凡是脱离了正统东正教教会的宗教派别，都叫分裂派。

期银铃般的声音，最微小的喜悦心情也会使她的樱唇上绽出富有魅力的微笑，赋予她那双发亮的眼睛一种发自内心的闪光和含而不露的柔情。她心中满怀着一种义务感，怕让任何人受到委屈。她有一颗善良、温柔的心，喜欢所有的人，却并不特别喜欢谁。她热情洋溢、羞怯而又满怀柔情爱着的，唯有一个上帝。拉夫烈茨基是破坏了她平静的内心生活的第一个人。

莉莎就是一个这样的人。

三十六

第二天中午十二点，拉夫烈茨基动身去卡利京家，路上他遇到了潘申。潘申把帽子拉到了眉毛上，策马从他身旁疾驰而过。卡利京家没有接待拉夫烈茨基——从他认识他们一家人以来，这还是第一次。玛丽娅·德米特里耶芙娜“在睡觉”，一个仆人这样回禀他说，“她老人家”头痛。玛尔法·季莫菲耶芙娜和莉扎微塔·米哈依洛芙娜不在家。拉夫烈茨基在花园附近走了一会儿，怀着模模糊糊的希望，心想也许会遇到莉莎，可是什么人也没看到。过了两个钟头他又回去，得到的还是那同一个回答，而且那个仆人还斜着眼睛瞅了瞅他。拉夫烈茨基觉得，在同一天里第三次去探望人家是不成体统的——于是他决定回瓦西利耶夫村去一趟，在那里他本来就有些事情。路上他拟订了种种不同的计划，一个比一个更为美好。然而在他姑母的小村子里，却突然有一种忧郁的情绪涌上他的心头。他开始和安东交谈，好像故意跟他过不去似的，老头儿心里全是些让人不愉快的想法。他对拉夫烈茨基说，格拉菲拉·彼特罗芙娜临死前自己咬伤了自己的一只手——沉默了一会儿以后，他又叹着气说：“老爷，每个人都注定要自己吃掉自己。”拉夫烈茨基回转城里去的时候，天已经晚了。昨天的音乐声仍然使他陶醉，莉莎温柔的形象又十分清晰地浮现在他的心中。一想到她爱他，他的心就满怀柔情——驱车来到城里自己那座小房子前的时候，他心情平静，而且感到幸福。

他一走进前厅，头一件让他大吃一惊的，就是闻到一股他非常讨厌的广藿香香水味。就在这儿，还放着几个高大的箱子和小旅行箱。急忙跑出来迎接他的仆人的脸，他觉得好像很奇怪。他对自己的这些印象并没有细细分析一下，就走进了客厅……一个身穿镶绉边黑绸连衫裙的夫人从沙发上站起来迎接他，同时拿一块细麻纱手帕捂到苍白的脸上，她朝前走了几步，低下头发精心梳理过且有一股香水味的头——跪倒在他的脚前……这时他才认出她来——这个夫人就是他的妻子。

他一下子感到喘不过气来……他靠到了墙上。

“泰奥多尔[①]，请别赶我走！”她用法语说，她的声音犹如利刃刺痛了他的心。

他茫然地看着她，然而立刻于无意中发觉，她白了些，也胖了些。

“泰奥多尔！”她接着说，偶尔抬起眼来，小心翼翼地搓着手指，她的手指非常美，光滑的指甲染成了粉红色，“泰奥多尔，在您面前我有罪，罪过是严重的——我还要说得更重些——我是个罪人。不过请您听我说完，悔过之心在折磨着我，我自作自受，苦恼不堪，对我的处境我再也不能忍受下去。有多少次我想来找您，可是我害怕您的愤怒。我下

① 即“费奥多尔”。用法语说，是“泰奥多尔”。

定决心与过去的一切一刀两断……puis，j’ai é t é simalade[①]，我病得这么厉害。”她又加上一句，并且用手摸了摸前额和面颊，“我利用已经广为流传的关于我死去的流言，我抛弃了一切。我毫不停留，昼夜兼程急忙赶到这里。好长时间我犹豫不决，不知是不是可以来到您的面前，来见我的审判官——para tre devantvous，mon juge[②]，可是我想起您永远不变的善心，终于下定决心到您这儿来了。我在莫斯科打听到了您的地址。请您相信。”她接下去说，说着轻轻地从地上站起来，坐到一把扶手椅的边上，“我常常想到死，我多想获得足够的勇气，结束自己的生命——唉，现在对我来说，活着是无法忍受的负担！可是一想到我的女儿，想到我的阿多奇卡，就让我下不了死的决心。她就在这儿，就睡在隔壁屋里，可怜的孩子！她累了——您去看看她吧！至少她在您面前是无罪的。我是这么不幸，这么不幸！”拉夫烈茨卡娅夫人高声叹息，痛哭流涕，声泪俱下。

拉夫烈茨基终于醒悟过来，他离开墙壁，转身往门口走去。

“您要走吗?”他妻子绝望地说，“噢，这太残酷了！一句话也不对我说，就连一句责备的话也不说……这样的蔑视会使我痛不欲生，这真可怕!”

拉夫烈茨基站住了。

“您想听我说什么呢?”他声音喑哑地说。

“没什么，没什么，”她敏捷地接住话茬儿说，“我知道，我没有权利提出任何要求。我不是疯子，请您相信，我并不指望，我不敢指望会得到您的宽恕。我只不过斗胆请求您，请您吩咐我，让我怎么办，让我住在哪

① 法语，意思是“而且，我已经病成这个样子”。

② 法语，意思是“出现在您，我的审判官前”。

里？我会像奴婢一样执行您的命令，不管那是什么样的命令。”

“我没有什么可以吩咐您的，”拉夫烈茨基用同样的声音回答，“您知道——我们之间一切都结束了……而且现在比以往任何时候都更加如此。您高兴住在哪里，就可以住在哪里，如果您觉得给您的赡养费太少……”

“啊呀，请不要说这种可怕的话，”瓦尔瓦拉·帕夫洛芙娜打断了他的话，“请饶恕我，至少……至少看在这个小天使的份上……”瓦尔瓦拉·帕夫洛芙娜说完这些话，动作迅速地跑进另一间屋里，立刻抱着一个穿着雅致的小女孩回到这里。大绺大绺的淡褐色鬈发耷拉到她那可爱的、绯红的小脸蛋儿上，耷拉到她那双刚刚睡醒的、乌黑的大眼睛上。她微笑着，看到灯光眯缝起眼来，用一只胖乎乎的小手搂着母亲的脖子。

“Ada，vois，c' est ton p è re。”[①]瓦尔瓦拉·帕夫洛芙娜说，一边从她眼睛上撩开耷拉下来的鬈发，用力亲了亲她，“prie−le avec moi。”[②]

“C’ est ca papa。”[③]小女孩发音含糊不清、咿咿呀呀地说。

“Oui，mon enfant，n'est ce pas，que tu l’ aimes?”[④]

但这时，拉夫烈茨基实在忍受不住了。

“是在哪一出传奇剧里有和这完全一模一样的一场戏啊?”他含糊不清地低声说，随即走了出去。

瓦尔瓦拉·帕夫洛芙娜在原地站了一会儿，轻轻耸了耸肩，把小女孩抱到另一间屋里，给她脱去衣服，让她躺下睡觉。随后她拿出一本小书，

---

① 法语，意思是“阿达，瞧，这就是你父亲”。

② 法语，意思是“跟我一起求求他”。

③ 法语，意思是“这是爸爸”。

④ 法语，意思是“是的。我的孩子，你爱他，不是吗?”

坐到灯前，等了大约一个钟头，最后自己也上床睡了。

“Eh bien，madame?”[①]她从巴黎带来的法国女仆给她脱紧身胸衣的时候，问。

“Eh bien，Justne，”[②]她回答，“他老得多了，不过我觉得他还是那么善良。把夜里戴的手套递给我，给我准备好明天穿的高领灰色外衣。可别忘了给阿达吃的羊肉饼……不错，这儿很难弄到羊肉饼，可是得尽力想想办法。”

“A la guerre comme à la guerre。”[③]茹斯京娜回答，随即熄掉了蜡烛。

三十七

拉夫烈茨基在城内街道上徘徊了两个多钟头，他不由得想起在巴黎近郊度过的那个夜晚。他心中痛苦不堪，而在已经变得空虚、仿佛惊呆了的头脑里，那些同样阴郁、荒谬和不幸的想法老是萦绕不去。“她活着，她就在这里”，他怀着一再出现、挥之不去的惊讶心情喃喃地说。他感觉到，他已经失去了莉莎。心中的恼恨憋得他喘不过气来，这一致命的打击对他来说太突然了。他怎么能那样轻易相信那篇小品文上的无稽之谈，相信那一小块纸呢？“嗯，如果我不相信的话，”“他想，“那会有什么区别呢？那么我就不会知道莉莎爱我，连她自己也不会知道这一点了。”他无法从自己头脑里驱

---

① 法语，意思是“嗯。怎么样，夫人?”

② 法语，意思是“就这样，茹斯京娜”。

③ 法语，意思是“尽力而为”。

除他妻子的形象、声音和目光……于是他咒骂自己，咒骂世界上的一切。

黎明前，疲惫不堪的他来到了列姆的住处。好长时间他敲不开门，最后窗口露出了老人的头，头上戴着一顶椭圆形的睡帽，无精打采，满脸皱纹，已经一点儿也不像二十四小时前曾经从他那令人景仰的艺术家的高峰上庄严地看了拉夫烈茨基一眼，那个富有灵感、神情严肃的面容了。

“您有什么事？”列姆问，“我不能每天夜里弹琴，我吃过汤药了。”

不过，大概拉夫烈茨基脸上的神情很怪。老人手搭凉篷，仔细看了看夜间的来客，还是让他进去了。

拉夫烈茨基走进屋里，坐到一把椅子上。老人站到他面前，掩上自己那件破旧的杂色睡衣的衣襟，蜷缩着身子，嘴唇蠕动着，好像在吃东西。

“我妻子来了。”拉夫烈茨基说，抬起了头，突然不由自主地笑了起来。

列姆的脸上露出惊讶的神情，可是他连笑也没笑一下，只是把睡衣裹得更紧。

“您本来并不知道，”拉夫烈茨基接着说，“我以为……我在报纸上看到过，她已经不在人世了。”

“噢——噢，这是您不久前才看到的吗？”列姆问。

“是不久前。”

“噢——噢，”老人又噢了一声，高高扬起眉毛，“可是现在她来了？”

“来了。现在她在我那儿，而我……我是个不幸的人。”他又苦笑了一下。

“您是个不幸的人。”列姆把他的话重复了一遍。

“赫里斯托福尔·费多雷奇，”拉夫烈茨基开始说，“您可以替我送一张便条吗？”

“嗯哼。可以问一声送给谁吗？”

“莉扎薇……”

“啊，是的，是的，我明白。好的。那么需要什么时候把便条送去呢?”

“明天，尽可能早些。”

“嗯哼。可以派我的厨娘卡特琳给送去。不，我自己去。”

“而且能给我带回信来?”

“也把回信带来。”

列姆叹了口气。

“是啊，我可怜的年轻朋友。您，的确——是一个不幸的年轻人。”

拉夫烈茨基给莉莎简短地写了几个字：他把妻子到来的消息告诉了她，请她约定一个和他见面的时间——随后，脸朝墙倒在一张狭窄的沙发上。老人躺到床上，好长时间不停地翻身，咳嗽，一口一口地喝他的汤药。

早晨到了，他们两人都起来了。他们用奇怪的目光互相对看了一眼。在这一瞬间，拉夫烈茨基真想自杀。厨娘卡特琳给他们端来了质量低劣的咖啡。钟打过了八点。列姆戴上帽子，说，要到十点钟他才在卡利京家教课，不过他会找到适当的借口，说罢就出去了。拉夫烈茨基又躺到小沙发上，从他心灵深处不由得又发出悲哀的苦笑。他想到，妻子是怎样把他从家里赶了出来，他暗自想象莉莎的处境，闭上眼，把两只手垫在脑后。列姆终于回来了，给他带回一小片纸来，莉莎在那上面用铅笔草草写了如下两句话：“我们今天不能见面，也许——明天晚上可以。再见。”拉夫烈茨基冷淡而又心不在焉地谢了谢列姆，然后回自己住处去。

他正碰到妻子在吃早饭。阿达满头鬈发，穿一件系着天蓝色带子的雪白的小连衫裙，在吃羊肉饼。拉夫烈茨基一进屋，瓦尔瓦拉·帕夫洛芙娜立刻就站了起来，脸上带着恭顺的表情走到他的跟前。他请她跟着他到书房里去，随手关上门，开始踱来踱去。她坐下来，不好意思地把一只手搭在另一只手上，开始用她那双仍然美丽、不过稍微画过眼妆的眼睛注视着他。

拉夫烈茨基有好久都没能开口说话。他感觉到，他无法控制自己。他清清楚楚看出，瓦尔瓦拉·帕夫洛芙娜一点儿也不怕他，却装出一副眼看就要晕倒的样子。

“请您听着，夫人，”他终于开口说，很吃力地喘着气，不时咬紧牙齿，“我们彼此之间用不着装假，我不相信您的悔过。而且即使悔过是真诚的，重新和您同居，和您住在一起——对我来说也是不可能的。”

瓦尔瓦拉·帕夫洛芙娜紧闭双唇，微微眯缝起眼睛。“这是厌恶，”她想，“当然啦，对他来说，我甚至不是个女人。”

“不可能。”拉夫烈茨基又说了一遍，把上衣上的纽扣直到最上面的一颗全都扣上。“我不知道您为什么要光临此地，大概您再没有钱了吧?”

“唉！您是在侮辱我。”瓦尔瓦拉·帕夫洛芙娜低声喃喃地说。

“不管怎么说——可惜，您毕竟是我的妻子。我不能赶走您……听着，这就是我向您提出的建议。您可以就在今天，如果您愿意的话，就到拉夫里基去，住在那里。您是知道的，那里有一幢很好的房子，除了那笔赡养费，您还可以得到一切需要的东西……您同意吗?”

瓦尔瓦拉·帕夫洛芙娜拿一块绣花手帕去捂着脸。

“我已经对您说过，”她神经质地颤动着嘴唇，低声说，“无论您要对我做出什么样的安排，我都会同意。这一次我只有请求您，您是不是至少允许我为了您的宽宏大量向您表示谢意?”

“不用感谢，我请求您，这样更好些。”拉夫烈茨基急忙说，“那么，”他走到门边，又接下去说，“我可以期望……”

“明天我就会在拉夫里基了，”瓦尔瓦拉·帕夫洛芙娜低声说，说着毕恭毕敬地从座位上站起来，“不过，费奥多尔·伊万内奇（她不再管他叫泰奥多尔了）……”

“您还有什么事?”

“我知道，我还没有哪一点可以获得您的宽恕。不过我能不能至少期望，随着时间的推移……”

“唉，瓦尔瓦拉·帕夫洛芙娜，”拉夫烈茨基打断了她，“您是个聪明女人，而我也不是个傻瓜。我知道，您完全不需要这种宽恕。不过，我早就宽恕您了，然而在我们之间永远隔着一个无底深渊。”

“我会服从的，”瓦尔瓦拉·帕夫洛芙娜回答，并且低下了头，“我没有忘记自己的罪过。如果我得知，对我的死讯您甚至觉得高兴，我也不会感到惊讶。”她恭顺地说，说着伸手轻轻指了指拉夫烈茨基遗忘在桌子上的那张报纸。

费奥多尔·伊万内奇颤抖了一下——那篇小品文上曾用铅笔做过记号。瓦尔瓦拉·帕夫洛芙娜带着更为自卑的神情望了望他。在这一瞬间她显得很美。灰色的巴黎式连衫裙匀称地裹着她那几乎像十七岁少女般柔韧的身躯，四周雪白的衣领衬托着她那秀美、娇嫩的脖子，还有那起伏均匀的胸脯，没戴手镯和戒指的双手——她全身上下，从光滑的头发到稍稍露出一点儿来的鞋尖，都是那么优美……

拉夫烈茨基用恶狠狠的目光把她上下打量了一番，差点儿没有喊出“Brava[①]!”来，差点儿没有一拳打到她的头顶上——于是转身就走。一小

---

① 法语，意思是“好!”

时后他已经动身去瓦西利耶夫村。而两小时以后，瓦尔瓦拉·帕夫洛芙娜却吩咐给她雇一辆城里最好的轿式马车，戴上一顶带黑面纱的普通草帽，披上一件朴素的短斗篷，把阿达交给茹斯京娜照看着，动身到卡利京家去了——她从对仆人们的详细询问中得知，她的丈夫每天都去她们家。

三十八

拉夫烈茨基的妻子来到O市的这一天，对他来说是不愉快的一天。对于莉莎来说，也是十分难过的一天。她还没来得及下楼，还没来得及向母亲问好，窗下就已经传来了马蹄声，她暗暗怀着恐惧的心情看到了策马进入院子的潘申。“他来得这么早是为了得到确定的答复。”她想。果然，她没猜错。他在客厅里转悠了一会儿，向她提议与他一同到花园里去，并要求决定自己的命运。莉莎鼓起勇气，对他宣布，她不能成为他的妻子。他把帽子拉到前额上，侧身站在她身边，仔细听完了她的话，彬彬有礼，然而是用变了样的声音问她：这是不是她的最终决定，是不是他有什么不对的地方，使得她有理由在思想上发生这样的变化？随后用一只手紧捂住眼睛，短促地、若断若续地叹了口气，急忙把手从脸上拿开了。

“我不愿走前人走惯的老路，”他声音低沉地说，“我想找一个称心如意的伴侣。可是，看来这是不可能的了。别了，幻想！”他向莉莎深深鞠了一躬，于是回屋里去了。

她希望他立刻就走。可是他到书房去见玛丽娅·德米特里耶芙娜了，而且在那里坐了约莫半个钟头。临走时，他对莉莎说：“Votre mère vous appelle，adieu à iamais……”[1]说罢翻身上马，一离开台阶，就全速疾驰而去。莉莎进屋来见玛丽娅·德米特里耶芙娜，看到她眼泪汪汪——潘申已经把自己的不幸告诉了她。

“你为什么要把我折磨死？你为什么要把我折磨死？”感到伤心的寡妇这样开始了她的抱怨，“你还要找什么人哪？他有哪一点不配做你的丈夫？一位侍从官！不是个唯利是图的人！他在彼得堡可以和任何一个宫廷女官结婚。我呢，我倒是满怀着希望！你对他是不是早就变心了？这片乌云一定是从什么地方刮来的，不会是自己飞来的。是不是那个傻瓜呀？可真找到个好参谋了！”

“可他，我亲爱的，”玛丽娅·德米特里耶芙娜接着说，“他是多么尊敬我，在最伤心的时候还多么关心我！答应决不会丢下我不管。唉，这我可受不了呀！哎呀，我的头疼死了！叫帕拉什卡到我这儿来。你要是不改变主意，准会把我折磨死，听见了吗？”玛丽娅·德米特里耶芙娜两次把莉莎叫作忘恩负义的人，然后才让她走。

莉莎回到自己屋里。可是在她与潘申和母亲做过一番解释以后，还没来得及喘息一下，一场风暴又从她最没料想到的那个方向突然向她袭来。玛尔法·季莫菲耶芙娜走进她屋里，立刻砰的一声随手关上房门。老太婆的脸色发白，包发帽歪到一边，她的眼睛闪闪发光，手和嘴唇都在发抖。莉莎大吃一惊：她还从来没看到过自己聪明而又通情达理的姑姥姥像这个样子。

“好极了，小姐，”玛尔法·季莫菲耶芙娜低声说，声音断断续续，而

---

① 法语，意思是“令堂叫您去，永别了”。

且在发抖，“好极了！你这是跟谁学的，我的妈呀……给我点儿水，我都说不出来了。”

“请您安静下来，姑姥姥，您怎么了？”莉莎说，说着把一杯水递给她，“不是吗，您自己好像也并不赏识潘申先生啊。”

玛尔法·季莫菲耶芙娜把杯子推开。

“我不能喝，会把自己最后几颗牙齿也碰掉的。这儿哪有什么潘申的事？这跟潘申有什么关系？你最好还是告诉我，是谁教会你在夜里跟人约会的，我的妈呀，啊？”

莉莎的脸发白了。

“你，瞧，你可别想赖。”玛尔法·季莫菲耶芙娜接着说，“舒罗奇卡亲眼看见的，什么都看见了，而且告诉了我。我不准她瞎扯，可她不会说谎。”

“我并不想抵赖，姑姥姥。”莉莎用勉强才能听到的低声说。

“啊——啊！原来是这样啊，我的妈呀！是你约他来的，约这个老不正经，约这个恭顺的人来幽会的？”

“不是。”

“怎么会不是呢？”

“我下楼到客厅里去拿一本书，他在花园里——于是叫我去。”

“你就去了？好极了。你爱他，是吗？”

“爱。”莉莎轻声回答。

“我的妈呀！她爱他！”玛尔法·季莫菲耶芙娜从自己头上一把扯下包发帽，“爱一个有妻子的人？啊？她爱他！”

“他对我说过……”莉莎开始说。

“他对你说过什么，这样一头雄鹰，他说什么了？”

“他对我说，他妻子去世了。”

玛尔法·季莫菲耶芙娜画了个十字。

“愿她的灵魂升入天堂，”她喃喃地说，“是个轻浮的女人——其实不该提这些。原来是这样。这么说，他是个鳏夫了。我看，他可真够精明的。送掉了一个妻子的命，又来搞第二个。是个多文静的人哪？只不过我要告诉你，外孙女，在我们年轻的时候，姑娘们做出这种事来，是会吃苦头的。你别生我的气，我的妈呀，只有傻瓜才会为了别人说真话生气。今天我还吩咐过，不许他进门。我喜欢他，可是为了这件事我永远也不会宽恕他。瞧，一个鳏夫！把水递给我。至于你打发走了潘申，让他两手空空，什么也没捞到，这件事你做得好，你真行。只是你可不要夜里跟这些山羊胡子，跟这些男人们坐在一起。你可不要让我这个老太婆伤心！要不，我可不是只会跟人亲热，我还会咬人呢……一个鳏夫！”

玛尔法·季莫菲耶芙娜走了，莉莎坐到一个角落里哭了起来。她觉得心里十分痛苦，她不应该受这样的屈辱。爱情对她来说并不是快乐——从昨天晚上起她已经是第二次哭泣了。她心里刚刚萌发了那种意外的新感情，就已经为此付出了多么沉重的代价，别人的手就多么粗暴地触及了她珍藏在心中的秘密！她感到羞愧、伤心、痛苦。然而她心中既没有犹豫，也没有恐惧——对她来说，拉夫烈茨基变得更珍贵了。在她自己还不了解自己的时候，她犹豫过。可是在那次幽会之后，在那次接吻之后，她已经不能犹豫了。她知道，她在恋爱了——而且是忠贞不渝、严肃认真地爱上了一个人，和他终生紧紧地联结在一起了——她也不怕威胁，她感觉到，就是用强制的办法也不能破坏这种关系。

三十九

当向玛丽娅·德米特里耶芙娜禀报，瓦尔瓦拉·帕夫洛芙娜·拉夫烈茨卡娅到来的时候，她感到非常惊慌。她甚至不知道该不该接待她，她担心会让费奥多尔·伊万内奇感到受辱。最后好奇心占了上风。“有什么呢，”她想，“她也是亲戚呀，不是吗?”于是坐到安乐椅上，对仆人说：“请!”过了一会儿，门打开了。瓦尔瓦拉·帕夫洛芙娜向玛丽娅·德米特里耶芙娜快步走来，勉强才能听到她的脚步声，来到跟前，没等她从安乐椅上站起来，就几乎在她面前跪下了。

“谢谢您，表姑[1]，”她用俄语轻声说，声音好像深受感动，“谢谢。我没指望您对我会这样宽厚，您真像天使一样善良。”

瓦尔瓦拉·帕夫洛芙娜说完这些话，突然抓住玛丽娅·德米特里耶芙娜的一只手，把它轻轻夹在自己戴着一双茹文[2]产的淡雪青色手套的手里，谄媚地把它捧到自己红艳艳而又丰满的嘴唇边。玛丽娅·德米特里耶芙娜看到这样一个美艳绝伦、衣着也十分漂亮的女人几乎跪在自己脚下，感到完全不知所措了，她不知道该怎么办。她又想把自己的手从她手里抽回来，又想请她坐下，又想对她随便说几句表示亲热的话。最后她欠起身来，吻了吻瓦尔瓦拉·帕夫洛芙娜那光光滑滑、有一股香水味的前额。给

---

① 前面拉夫烈茨基管她叫“表姐”。

② 茹文是比利时的一个城市。

她这么一吻，瓦尔瓦拉·帕夫洛芙娜简直感动得要完全晕倒了。”

“您好，bonjour[①]，”玛丽娅·德米特里耶芙娜说，“当然，我没想到……不过我，当然啦，我很高兴见到您。您要明白，我亲爱的——夫妻之间的事不该由我来评判……”

“我丈夫是完全对的，”瓦尔瓦拉·帕夫洛芙娜打断了她的话，“只是我一个人有错。”

“这是很值得称赞的感情，”玛丽娅·德米特里耶芙娜回答，“很值得称赞。您早就来了吗？您见到他了？啊，您请坐呀。”

“我是昨天到的，”瓦尔瓦拉·帕夫洛芙娜回答，说着恭顺地坐到一把椅子上，“我已经见到了费奥多尔·伊万内奇，我跟他说过话了。”

“啊！嗯，他怎么说呢？”

“我曾担心，我突然回来会惹他生气，”瓦尔瓦拉·帕夫洛芙娜接下去说，“可是他没有不让我住在这里。”

“也就是说，他没有……是的，是的，我明白，”玛丽娅·德米特里耶芙娜说，“他只是表面上看着有点儿粗鲁，可他的心是软的。”

“费奥多尔·伊万内奇并没有宽恕我，他不想听完我的话……不过他的心那么好，指定拉夫里基作为我居住的地方。”

“啊！是座很漂亮的庄园！”

“我明天就动身到那里去，以执行他的决定。不过，我认为有义务先来府上拜望一下。”

“非常，非常感谢您，我亲爱的。永远也不应该忘记自己的亲戚。不

---

① 法语，意思是“日安”或“早安”。

过您知道吗，您说俄语说得这么好，我真感到惊讶。C' est étonnant[①]。”

瓦尔瓦拉·帕夫洛芙娜叹了口气。

“我在国外待的时间太久了，玛丽娅·德米特里耶芙娜，这我知道。不过，我的心始终是俄罗斯人的心，我没有忘记自己的祖国。”

“是啊，是啊，这比什么都好。可是，费奥多尔·伊万内奇根本就没等您……是的，请相信我的经验之谈：La patrie avant tout[②]。哎哟，请让我看看，您这件短斗篷多好看哪！”

“您喜欢吗？”瓦尔瓦拉·帕夫洛芙娜麻利地从肩上脱下短斗篷。“它挺朴素，出于madameBaudran[③]之手。”

“这一眼就能看得出来。出于madameBaudran之手……多么好看，多么高雅！我相信您准带回许多招人喜爱的东西来。我倒想开开眼界呢。”

“我的全部服装都愿为您效劳，最亲爱的表姑。如果您允许的话，我可以给您的使女指点指点。我有个从巴黎带来的女仆——一个极好的女裁缝。”

“您心真好，我亲爱的。不过，真的，我怪不好意思的。”

“不好意思……”瓦尔瓦拉·帕夫洛芙娜带着责备的意味把她的话重说了一遍，“如果您想让我感到幸福的话，就请像支配自己的财物那样使唤我吧。”

玛丽娅·德米特里耶芙娜的心软了。

“Vous ê tes charmante,”[④]她说，“可您怎么不摘下帽子，脱掉手套呢？”

“怎么？您允许吗？”瓦尔瓦拉·帕夫洛芙娜问，而且好像非常感动似

---

① 法语，意思是“这真令人惊讶”。

② 法语，意思是“祖国高于一切”。

③ 法语，意思是“波特兰夫人”。

④ 法语，意思是“您可爱极了”。

的轻轻地把双手叠放在一起。

“当然啦，您留下来和我们一起吃午饭，不是吗，我希望您会留下来。我……我要介绍您和我女儿认识认识。”玛丽娅·德米特里耶芙娜有点儿犹豫起来，“唉！没关系！”她想，“今天她不知怎么不大舒服。”

“噢，ma tante[①]，您真好！”瓦尔瓦拉·帕夫洛芙娜感叹地说，还拿手帕擦了擦眼睛。

一个小厮禀报，格杰昂诺夫斯基驾到。这个年老的多嘴多舌的人走了进来，躬身行礼，同时在得意地微笑着。玛丽娅·德米特里耶芙娜把他介绍给自己的女客人。起初他有点儿窘，可是瓦尔瓦拉·帕夫洛芙娜那样娇媚而又尊敬地应酬他，弄得他心情激动，连耳朵都红了，于是谎言、谣传、恭维话像蜜一样从他嘴里流了出来。瓦尔瓦拉·帕夫洛芙娜听着他说，有分寸地微笑着，自己也渐渐地话多起来了。她以谦逊的态度谈起了巴黎，自己的旅行，还谈到了巴登，有两次逗笑了玛丽娅·德米特里耶芙娜，而每次在这以后她都轻轻地叹气，仿佛是心中暗暗责备自己。因为，对她来说，这种愉快心情是不恰当的。她请求允许把阿达带来，并获得同意，脱下手套，伸出那双光滑丰满、用a la guimauve[②]香皂洗得干干净净的手指点着，该在哪儿镶绉边，折边条，在哪儿镶花边，打花结。答应带一瓶新出品的Victoria' s Essence[③]英国香水来。当玛丽娅·德米特里耶芙娜同意收下她的这一礼物时，她竟高兴得像孩子似的，回想起她第一次听到俄罗斯的钟声所体验的那种

---

① 法语，意思是“我的表姑”。

② 法语，意思是“阿尔菲牌的”。阿尔菲是希腊的一条河名。

③ 法语，意思是“维多利亚女王牌”。

感情，她又哭了几声，“那钟声是那样深深地刺痛了我的心。”她低声说。

就在这时，莉莎进来了。

从早晨，从她看了拉夫烈茨基的字条，由于恐惧而感到全身发冷的那一分钟起，莉莎就为会见他的妻子做好了思想准备。她预感到，她一定会见到她。为了对她所谓的、自认为有罪的那种希望进行惩罚，莉莎决定不回避她。她命运中的这一意外转折彻底震动了她，只不过那么两个钟头的时间，她的脸就已经消瘦了，然而她连一滴泪也没落。“罪有应得！”她自己对自己说，忐忑不安地勉强抑制着心中某种痛苦、不幸，使她感到恐惧的激情。“好吧，应该去！”她一听说拉夫烈茨卡娅来了，就这样想，于是走了出来……在下决心推开客厅门之前，她在门外站了好久，心里在想：“我在她面前是有罪的”——她跨进门槛，强迫自己望了望她，强迫自己微微一笑。瓦尔瓦拉·帕夫洛芙娜一看到她，立刻迎上前去，微微躬身行礼，不过态度还是恭敬的。“请允许我自我介绍，”她用曲意逢迎的语调说，“您maman[①]对我如此宽厚，因此我希望，您也会……友好相待。”瓦尔瓦拉·帕夫洛芙娜说这最后一句话的时候，她脸上的表情，狡黠的微笑，冷冰冰、同时又是柔和的目光，她双手和肩膀的动作，她那件连衫裙，她整个这个人——这一切都在莉莎心中激起一种厌恶的感情，以至她什么也不能回答她，而只是极其勉强地向她伸过一只手去。“这位小姐讨厌我，”瓦尔瓦拉·帕夫洛芙娜心想，紧紧握着莉莎冰凉的指尖，转身对玛丽娅·德米特里耶芙娜低声说：“Mais elle estdélicieuse！”[②]莉莎微微脸红了，她仿佛听出，这句赞美

① 法语，意思是“妈妈”。

② 法语，意思是“她真美极了！”

的话中既有嘲笑，也有怨恨。可是她决定不相信自己的这些印象，坐到了窗前绣花架子后边。瓦尔瓦拉·帕夫洛芙娜仍然不肯让她安静一下，走到她跟前，开始称赞她的审美力，称赞她刺绣的技巧……莉莎的心非常敏感地剧烈地狂跳起来。她勉强控制住自己，勉强坐在那里。她好像觉得，瓦尔瓦拉·帕夫洛芙娜什么都知道，而且在暗自扬扬得意地取笑她。幸而格杰昂诺夫斯基和瓦尔瓦拉·帕夫洛芙娜攀谈起来，把她的注意力吸引了过去。莉莎俯身在绣花架子上，偷偷地端详她。"他爱过，"莉莎想，"这个女人。"可是她立刻把对拉夫烈茨基的想法从自己脑子里驱除了出去，她担心会失去自制。她感觉到，她的头有点儿眩晕。玛丽娅·德米特里耶芙娜谈起音乐来了。

"我听说，我亲爱的，"她这样开始说，"您是个非常出色的弹钢琴的能手。"

"我很久不弹了，"瓦尔瓦拉·帕夫洛芙娜回答，立刻坐到钢琴前，手指敏捷地扫过琴键，"可以弹吗？"

"请弹吧。"

瓦尔瓦拉·帕夫洛芙娜熟练地演奏了赫尔茨[①]的一首极其出色、难度很大的练习曲。她弹得很有力，干净利落。

"美极了！"格杰昂诺夫斯基高声赞叹。

"不同凡响！"玛丽娅·德米特里耶芙娜肯定地说，"啊，瓦尔瓦拉·帕夫洛芙娜，我得承认，"她说，第一次称呼她的名字，"您让我大吃一惊，您最好能举办几次音乐会。我们这儿有一个音乐家，一个老头子，德国人，是个

---

① 亨利·赫尔茨（1806—1888），德国作曲家。

怪人，很有学问。他给莉莎上课，听到您的演奏，他准会喜欢得不得了。”

“莉扎薇塔·米哈依洛芙娜也是位音乐家？”瓦尔瓦拉·帕夫洛芙娜朝她稍稍转过头去，问。

“是的，她弹得不错，而且喜欢音乐。不过在您面前，这又算得了什么呢？可是这儿还有一个年轻人，这个人您真该认识认识。这是一个天生的艺术家，作曲作得好极了。只有他才能对您做出充分的评价。”

“一个年轻人？”瓦尔瓦拉·帕夫洛芙娜说，“他是什么人？是个什么穷人吧？”

“哪能呢，他是我们这儿最好的未婚男子，而且还不仅是在我们这儿——et a Pé tersbourg[①]也是最好的。是位宫廷侍从官，经常出入于最上层的社交界。您大概听说过他——潘申，弗拉季米尔·尼古拉伊奇。他在这儿，是因为公务……一位未来的大臣，哪会是穷人呢！”

“也是个艺术家？”

“天生的艺术家，而且那么可爱。您会见到他的。这段时间他经常在我家里，我已经邀请他今天晚上来了，我希望他会来。”玛丽娅·德米特里耶芙娜短促地叹了口气，而且撇着嘴苦笑了一下。

莉莎理解这苦笑的含意，不过她已经顾不得那件事了。

“而且是个年轻人？”瓦尔瓦拉·帕夫洛芙娜又问，同时轻轻变换着琴音。

“二十八岁——相貌也很讨人喜欢。Un jeune homme accompli[②]，怎么不是年轻人呢。”

---

① 法语，意思是“就是在彼得堡”。

② 法语，意思是“一位非常漂亮的年轻人”。

“可以说，是个模范青年。”格杰昂诺夫斯基说。

瓦尔瓦拉·帕夫洛芙娜突然以那样强烈和急速的颤音开始，弹起了轰动一时的、施特劳斯的圆舞曲。格杰昂诺夫斯基甚至吃了一惊，打了个哆嗦。圆舞曲刚弹到一半，她突然转而弹出一个忧郁的曲调，最后以《拉美莫尔的露琪亚》[①]中的咏叹调“Frapoco……”[②]结束了她的演奏。她已经意识到，欢乐的音乐与她目前的处境是不相称的。《拉美莫尔的露琪亚》中突出感伤曲调的咏叹调使玛丽娅·德米特里耶芙娜大为感动。

“多么感人！”她低声对格杰昂诺夫斯基说。

“美极了！”格杰昂诺夫斯基又这样说，抬起眼来望着空中。吃午饭的时间到了。当汤已经摆到桌子上的时候，玛尔法·季莫菲耶芙娜从楼上下来了。她对瓦尔瓦拉·帕夫洛芙娜态度十分冷淡，看也不看她一眼，只用一言半语含糊不清地回答她的恭维话。瓦尔瓦拉·帕夫洛芙娜本人很快就明白，从这个老太婆那里绝不会得到什么好处，于是就不再跟她说话了。然而玛丽娅·德米特里耶芙娜对自己的客人却更加亲热，姑妈的不礼貌惹恼了她。不过，玛尔法·季莫菲耶芙娜不单是不看瓦尔瓦拉·帕夫洛芙娜，就连莉莎，她也是看都不看一眼，尽管她的眼睛闪闪发亮，那样有神。她像尊石像一样端坐在那里，脸色黄中透白，双唇紧闭——什么也不吃。莉莎的样子看上去是平静的。的确，她心里已经平静了些，一种奇怪的麻木感觉，一个被判定有罪的人的麻木感觉控制了她。吃饭的时候，瓦尔瓦拉·帕夫洛芙娜很少说话。她仿佛又变得胆怯起来，脸上又露出恭

---

① 《拉美莫尔的露琪亚》是意大利作曲家唐尼采蒂（1797—1848）的歌剧。

② 意大利语，意思是“不久以后”。

顺、忧郁的神情。只有格杰昂诺夫斯基一个人在讲他的那些故事，使谈话显得活跃一些，不过也不时怯生生地望一望玛尔法·季莫菲耶芙娜，干咳一声——每次他当着她的面想要撒谎的时候，总是会觉得喉咙发痒，不由得干咳几声——可是她并不干扰他，没有打断他的话。午饭后发现，原来瓦尔瓦拉·帕夫洛芙娜是个非常爱打朴烈费兰斯牌的人，玛丽娅·德米特里耶芙娜对这一点喜欢得要命，甚至深受感动，暗自想道："不过，费奥多尔·伊万内奇该是个多傻的傻瓜，他竟不会理解一个这样的女人!"

她坐下来跟她和格杰昂诺夫斯基打牌，玛尔法·季莫菲耶芙娜带着莉莎上楼，到自己屋里去了，说是莉莎脸色很难看，想必是头痛。

"是啊，她头痛得厉害，"玛丽娅·德米特里耶芙娜对瓦尔瓦拉·帕夫洛芙娜低声说，还翻了翻眼睛，"我自己就常有这样的偏头痛……"

"是吗!"瓦尔瓦拉·帕夫洛芙娜不相信似的说。

莉莎走进姑姥姥的屋里，浑身无力地坐到一把椅子上。玛尔法·季莫菲耶芙娜好长时间默默地看着她，轻轻地跪到她面前——仍然是那样一言不发，一只一只地轮流吻她的双手。莉莎俯身向前，脸红了——而且哭了，可是并没有把玛尔法·季莫菲耶芙娜扶起来，也没有缩回自己的手。她觉得，她无权缩回自己的手，无权妨碍老太太表示自己的懊悔、同情，为昨天的事请求她原谅。玛尔法·季莫菲耶芙娜不停地亲吻这两只十分苍白、白得可怜、虚弱无力的手，怎么也亲不够——默默无言的泪水从她的眼里，也从莉莎的眼里流了出来。那只名叫水手的猫蹲在宽大的安乐椅上、一团连着一只长袜的线团旁边打呼噜，神灯上长圆形的火焰在圣像前微微颤抖，晃动着。隔壁一间小屋里，娜斯塔西娅·卡尔波芙娜站在门后，也在用一块卷起来的方格手帕偷偷地擦眼抹泪。

四十

这时候，楼下客厅里正在打朴烈费兰斯牌，玛丽娅·德米特里耶芙娜赢了，心情很好。一个仆人进来，禀报潘申来到。

玛丽娅·德米特里耶芙娜丢下手里的牌，在安乐椅上忙乱起来。瓦尔瓦拉·帕夫洛芙娜半带嘲笑地望了望她，随后把视线转向房门。潘申出现了，他身穿英国式高领黑色燕尾服，纽扣一直扣到下巴底下。"我本来很难从命，可是您看，我来了。"——他那没有笑容、刚刚刮过的脸上的表情所表达的就是这个意思。

"得了吧，沃尔德马尔，"玛丽娅·德米特里耶芙娜高声说，"以前您总是不要通报就进来了！"

潘申只是朝玛丽娅·德米特里耶芙娜望了一眼，用目光作为对她的回答，很客气地向她躬身行礼，却没有去吻她的手。她把他介绍给瓦尔瓦拉·帕夫洛芙娜，他后退一步，也是那样很客气地向她躬身行礼，不过稍微带有一些优雅和尊敬的意味，然后坐到了牌桌旁边。玩朴烈费兰斯很快就结束了。潘申问起莉扎薇塔·米哈依洛芙娜，得知她身体欠安，表示惋惜。随后他就与瓦尔瓦拉·帕夫洛芙娜交谈起来，像在外交场合那样字斟句酌，把每一个词都说得清清楚楚，恭恭敬敬地听完她的回答。不过，他那外交官似的庄重语调对瓦尔瓦拉·帕夫洛芙娜不起作用，没能感染她。恰恰相反，她愉快地留心瞅着他的脸，说话毫不拘束，她那秀美的鼻孔在微微颤动，仿佛是强忍着才没有笑出来。玛丽娅·德米特里耶芙娜开始夸张地赞美她的天才，潘申毕恭毕敬地、尽可能在衣领许可的限度之内点一点头，声称，“对此他早已深信不疑”，而且几乎把话题引到梅特涅[①]身上去。瓦尔瓦拉·帕夫洛芙娜眯缝起她那双温柔的眼睛，低声说了一句：“您本来也是位艺术家嘛，un confrère[②]”，又用更低的声音补上一句：“Venez！[③]”而且朝钢琴那边摆了摆头。这声随口说出的“Venez！”仅仅是这一个词，转瞬之间，就像施了魔法一样，立刻使潘申的整个外貌完全改变了。他那忧心忡忡的神情消失了，他微微一笑，活跃起来，解开燕尾服上的纽扣，一再说：“我算什么艺术家呀，唉！而您，我听说，才是一位真正的艺术家呢！”于是跟在瓦尔瓦拉·帕夫洛芙娜后面，走到钢琴前。

“让他唱首抒情歌曲——明月在高空中飘浮。”玛丽娅·德米特里耶芙娜提高声音说。

“您会唱歌？”瓦尔瓦拉·帕夫洛芙娜用愉快的目光很快瞅了他一眼，低声说，“请坐。”

潘申开始推辞。

“请坐。”她坚决地拍拍椅背，又说了一遍。

他坐下来，咳嗽一声，松开领子，唱了他自己的那首抒情歌曲。

“Charmant[④]，”瓦尔瓦拉·帕夫洛芙娜说，“您唱得非常好，vous avez du style[⑤]——请再唱一遍。”

---

① 梅特涅（1773—1859），奥地利国务活动家，公爵，曾任外交大臣，“神圣同盟”的组织者之一。1848年革命时期逃离维也纳。

② 法语，意思是“同行”。

③ 法语，意思是“去（弹一曲）吧”。

④ 法语，意思是“好极了”。

⑤ 法语，意思是“您有自己的风格”。

她绕过钢琴，正对着潘申站了下来。他把那首抒情歌曲又唱了一遍，在自己的声音里加进了轻歌剧中的颤音。瓦尔瓦拉·帕夫洛芙娜用胳膊肘撑在钢琴上，让自己一双雪白的手停留在与朱唇同样的高度，凝神注视着他。潘申唱完了。

“Charmant，charmant idée，”[①]她以一个行家的不慌不忙、很有信心的口吻说，“请告诉我，您写过什么给女声，给mezzo soprano[②]唱的歌曲吗?”

“我几乎是什么歌曲也不写，”潘申回答，“这个嘛，我只不过是在公余之暇……难道您也唱歌?”

“唱。”

“噢！请给我们随便唱一首吧。”玛丽娅·德米特里耶芙娜说。

瓦尔瓦拉·帕夫洛芙娜用一只手把头发从泛起一层红晕的面颊上撩开，晃了晃脑袋。

“我们的声音应该互相配合，”她对潘申低声说，“我们来唱一首二部合唱歌曲吧。Son geloso[③]，或者La ci darem[④]，或者Mira labianca luna[⑤]，您熟悉吗?”

“我只唱过Mira labianca luna，”潘申回答，“不过很久了，已经记不得了。”

“没关系，我们先小声练习一下。我先唱。”

瓦尔瓦拉·帕夫洛芙娜坐到钢琴前。潘申站到她身旁。他们把这首二部合唱歌曲小声唱了一遍，唱的时候瓦尔瓦拉·帕夫洛芙娜有好几次纠正他，随后他们又高声唱了一遍，接着又重唱了两遍：Mira la bianca lu…u…

---

① 法语，意思是“好极了，主题思想也好极了”。

② 法语，意思是“女声”。

③④⑤ 都是意大利抒情歌曲的标题，意思分别是《我妒忌》《给我吧》《洁白的月光》。

una。瓦尔瓦拉·帕夫洛芙娜的嗓音已经不像以前那样清脆嘹亮了，不过她会十分巧妙地运用嗓音。起初潘申还有些胆怯，唱得稍有点儿走调，随后激动起来，如果说唱得并非无可指摘，但他却不时耸耸肩膀，全身轻轻地晃动着，有时还抬起一只手来，像一个真正的歌唱家了。瓦尔瓦拉·帕夫洛芙娜演奏了塔尔堡[①]的两三首曲子，还卖弄风情地“唱了”一首法国的小咏叹调。玛丽娅·德米特里耶芙娜不知道该怎样表达自己的高兴才好了，她几次派人去叫莉莎。格杰昂诺夫斯基也不知该说什么才是，只是在摇头晃脑——可是突然出乎意外地打了个哈欠，总算及时用一只手捂住了嘴。这个哈欠并未逃过瓦尔瓦拉·帕夫洛芙娜的眼睛，她突然转身背对着钢琴，低声说：“Assez de musiquecomme ca[②]，咱们随便聊聊吧。”于是双手交叉，叠放在一起。“Oui，assez de musique。”[③]潘申愉快地重复说，于是用法语和她热烈、轻松地交谈起来。“完全像在巴黎最好的沙龙里一样。”玛丽娅·德米特里耶芙娜听着他们语意双关、思维敏捷的谈话，心里在想。潘申觉得高兴极了，他的眼睛闪闪发光，脸上堆着笑容。每当他的目光和玛丽娅·德米特里耶芙娜的目光偶尔碰到一起的时候，起初他还用手在脸上抹一把，皱起眉头，断断续续地叹气。可是后来他完全忘记了她，整个身心都陶醉在半是社交、半是关于艺术的闲谈的欢乐之中。瓦尔瓦拉·帕夫洛芙娜显示出她是一个大哲学家——无论对什么她都有现成的回答，无论对什么她都毫不犹豫，无论对什么她都不会缺乏自信。可以看得出来，她经常和形形色色各种

---

① 塔尔堡（1812—1871），奥地利钢琴家和作曲家。

② 法语，意思是“音乐已经够了”。

③ 法语，意思是“对，音乐已经够了”。

不同的聪明人交谈，而且谈得很多很多。她的一切思想、感情都围绕着巴黎旋转。潘申把话题转到文学上。结果发现，她也和他一样，只看法国小说。乔治·桑[①]使她愤懑，她尊敬巴尔扎克，虽说他的作品让她感到腻烦，她把埃仁·苏[②]和斯克里勃[③]看作伟大的、善于理解人们心理的人，她非常喜欢仲马和费瓦尔[④]，在内心里，她最喜欢的还是保罗·德·科克[⑤]，不过，当然啦，就连他的名字，她也没有提起。其实，文学并不使她太感兴趣。瓦尔瓦拉·帕夫洛芙娜非常巧妙地避开一切哪怕会让人稍微联想到她的处境的话题。关于爱情，在她的谈话中连提都没有提起。恰恰相反，倒不如说，在她的谈话中，对那种受爱情支配的风流韵事，态度是严厉的，谈起这种事来，使她感到扫兴，不得不克制自己的愤怒。潘申反驳她，她不同意他的意见……可是，真是怪事——从她嘴里说出的往往是严厉责备的词句，而就在同时，这些词句的声音听起来却好像让人感到十分亲热，非常舒服，而且她的眼睛也在说话……这双迷人的眼睛说到底是什么——很难说清，不过那些话不但不严厉，也不明确，而且还是甜蜜的。潘申力图理解它们暗中的含意，自己也力图用眼睛来说话，可是他感觉到，他的努力是徒劳的。他意识到，作为一头真正的外国母狮，瓦尔瓦拉·帕夫洛芙娜比他高明，而正因为如此，他不能完全控制住自己。瓦尔瓦拉·帕夫洛芙娜有这么一个习惯：谈话时稍微碰碰与自己谈话的人的袖子，这瞬间的接触使弗拉季米尔·尼古拉伊奇简直无

---

① 乔治·桑（1804—1876），法国女作家。

② 埃仁·苏（1804—1857），法国作家。

③ 奥·埃·斯克里勃（1791—1861），法国剧作家。

④ 费瓦尔（1817—1887），法国通俗小说作家。

⑤ 保罗·德·科克（1794—1871），法国庸俗小说作家。

法自持。瓦尔瓦拉·帕夫洛芙娜掌握了这样一种本事：很容易与任何人成为朋友。过了不到两个钟头，潘申已经觉得，他和她认识好像已经有很久了，而莉莎，那个他毕竟爱过的莉莎，在头一天他还曾向她求过婚的那个莉莎——似乎已经消失在烟雾之中。送上了茶来，谈话更加无拘无束了。玛丽娅·德米特里耶芙娜打铃叫小厮来，吩咐他去对莉莎说，如果她头痛轻了些，叫她下楼来。潘申听到莉莎的名字，于是大谈起什么自我牺牲精神来了，谈到谁更能做出牺牲——是男人，还是女人。玛丽娅·德米特里耶芙娜立刻激动起来，断言女人更能做出牺牲。声称，她只用三言两语就能证明这一点，可是说得很乱，最后以相当不能令人信服的比喻结束了自己的这番话。瓦尔瓦拉·帕夫洛芙娜拿起一本乐谱，用它半遮住自己的脸，朝潘申那边弯过腰去，嘴里咬着饼干，唇边和眼角上挂着镇静的笑容，小声说："Elle n'a pas inventé la poudre，la bonne dame"[①]。潘申稍有点儿吃惊，为瓦尔瓦拉·帕夫洛芙娜的大胆感到惊讶。可是他不理解，在这突然流露出来的真情实话中，暗含着多少对他本人的轻蔑。于是，他忘记了玛丽娅·德米特里耶芙娜的盛情厚意和赤诚相待，忘记了她款待他的那一顿顿午餐，忘记了她借给他的那些钱——他也面带同样的微笑，用同样的声音回答（这个可怜的家伙！）："Je crois bien"，甚至不是"Je crois bien"，而是"J'crois bien"[②]。

瓦尔瓦拉·帕夫洛芙娜朝他投去友好的一瞥，站起身来。莉莎进来了，玛尔法·季莫菲耶芙娜不让她下来，然而无济于事。她决定经受住考验，直到最后。瓦尔瓦拉·帕夫洛芙娜和潘申一起迎上前去，潘申的脸上

---

① 法语，意思是"她只会放空枪，这位可爱的夫人"。

② 法语，意思是"是的，我认为"。

又出现了原先那种在外交场合的表情。“您身体怎样?”他问莉莎。

“现在我好些了，谢谢。”她回答。

“我们刚才在这儿弹了一会儿琴，还唱了歌，可惜，您没听到瓦尔瓦拉·帕夫洛芙娜唱歌。她唱得好极了，en artiste consommèe[①]。”

“请到这儿来，ma chère[②]。”听到了玛丽娅·德米特里耶芙娜的声音。

瓦尔瓦拉·帕夫洛芙娜立刻带着孩子那样听话的神情走到她跟前，坐到她脚边的小凳子上。玛丽娅·德米特里耶芙娜所以要把她叫到这里来，是为了让自己的女儿能和潘申单独待在一起，哪怕是只待一会儿也好，她一直还在暗暗地希望她会回心转意。此外，她脑子里还产生了一个念头，一定想立刻把它说出来。

“您知道吗，”她对瓦尔瓦拉·帕夫洛芙娜低声耳语，“我想试试看，让您和您丈夫言归于好。我不能担保一定成功，不过我要试试看。您要知道，他很尊重我。”

瓦尔瓦拉·帕夫洛芙娜慢慢抬起眼来看着玛丽娅·德米特里耶芙娜，姿态优美地把双手叠放在一起。

“那您就会是我的救命恩人了，ma tante[③]。”她用悲伤的语调说，“我不知道该怎样感谢您的这一切深情厚谊，不过我太对不住费奥多尔·伊万内奇了，他是不可能宽恕我的。”

“可难道您……真的……”玛丽娅·德米特里耶芙娜怀着好奇心开始说。

“请别问我，”瓦尔瓦拉·帕夫洛芙娜打断了她，而且低下了头，“那时

---

① 法语，意思是“像一位艺术精湛的演员”。

② 法语，意思是“我亲爱的”。

③ 法语，意思是“我的表姑”。

候我年轻、轻浮……不过，我不想为自己辩解。”

“唉，可到底，为什么不试一试呢？您别悲观绝望。”玛丽娅·德米特里耶芙娜说，本想拍拍她的脸蛋儿，可是朝她的脸望了一眼——却有点儿畏缩了。“看上去谦逊温顺，谦逊温顺，”她想，“却真像头母狮子一样。”

“您病了？”就在同时，潘申对莉莎说。

“是的，我不舒服。”

“我理解您。”在相当长的沉默之后，他说，“是的，我理解您。”

“什么？”

“我理解您。”简直不知道该说什么的潘申意味深长地又说了一遍。

莉莎感到很窘，可是随后想：“由他去！”潘申装出一副神秘的样子，神情严峻地望着一旁，不再说话。

“不过，好像已经打过十一点了。”玛丽娅·德米特里耶芙娜说。

客人们理解这一暗示，开始起身告辞。瓦尔瓦拉·帕夫洛芙娜不得不答应次日再来吃午饭，而且要带阿达来。格杰昂诺夫斯基坐在角落里，差点儿没睡着了，这时却自告奋勇，要送她回家。潘申神情庄重地躬身行礼，与大家告别，而在台阶上，扶瓦尔瓦拉·帕夫洛芙娜上马车的时候，却和她握了握手，随后又喊了一声：“Aurevoir[①]！”格杰昂诺夫斯基坐到她的身旁，一路上她为了寻开心，仿佛并不是故意地把自己的一只脚踩在他的脚上。他感到很窘，对她说了些恭维话。她嘿嘿地笑着，每当路灯灯光照射进马车里来的时候，还向他暗送秋波。她自己刚才弹奏过的圆舞曲还在她脑中回荡，使她心情激动。无论她在什么地方，只要她暗自想象出灯

① 法语，意思是“再见”。

光、舞厅、在音乐伴奏下飞速旋转——她的心里就好像突然一下子燃烧起来，两眼奇怪地闪闪发亮，嘴唇上浮现出迷惘的微笑，不知是一种什么优美而又狂热的激情立刻传遍她的全身。瓦尔瓦拉·帕夫洛芙娜来到住处，体态轻盈地纵身跳出马车——只有母狮们才会像这样往外跳——转身面对格杰昂诺夫斯基，突然直冲着他的鼻子高声哈哈大笑起来。

“是个可爱的迷人精。”五等文官溜回自己住所的时候心中暗想，而在住所里，仆人正拿着一瓶肥皂樟脑搽剂等着他，“幸好我是个老成持重的人……不过，她笑什么呢？”

玛尔法·季莫菲耶芙娜整夜都坐在莉莎的床头。

四十一

拉夫烈茨基在瓦西利耶夫村住了一天半，几乎所有时间都在村子周围走来走去。他不能长久待在一个地方，愁闷在折磨着他，他经受着不断的、急剧爆发而又束手无策的感情冲动带来的痛苦。他想起他刚来到村里以后，第二天心中充满的那种感情；想起自己当时的意图，对自己非常生气。有什么能使他放弃自己的职责呢，既然他认为那是自己的职责，是自己未来生活的唯一任务——渴望获得幸福，再一次渴望获得幸福！“看来，米哈列维奇是对的。”他想，“你想要第二次尝到生活中的幸福，”他自言自语地说，“你忘了，幸福即使有一次降临到一个人身上，那也是一种奢侈，一种不应该得到的恩惠。你会说，它是不完满的，它是虚幻的。那么请你提出证据来，证明你有权获得完满的、真正的幸福吧！你看看四周，在你周围有谁在享福，有谁感到心满意足？瞧，那里有个农人正赶着车前去割草，也许，他对自己的命运感到心满意足吧……那又怎样呢？你愿意与他换换位置吗？想想自己的母亲吧，她的要求是多么微不足道，可是落到她头上的是什么样的命运？你曾对潘申说，你回到俄罗斯来，是为了种地。看来，你只不过是在他面前吹牛而已，你这么大年纪，是回来追求小姑娘的。关于你获得自由的消息一到，你就抛弃了一切，忘记了一切，像小孩子追蝴蝶那样，跑去……”在他沉思的时候，莉莎的形象不断浮现在他的面前。他努力驱散莉莎的形象，就像他一直在努力赶走另一个萦绕不去的形象，赶走另一个镇静、狡诈、美丽而又令人厌恶的形象一样。老头子安东看出老爷心情不好，他在门外叹了好几次气，又在门口叹息了几声，决定到他跟前去，劝他喝点儿什么热乎乎的东西。拉夫烈茨基对他高声大喊，叫他出去，随后又向他道歉，可是安东因此更加愁闷了。拉夫烈茨基不能坐在客厅里，他老是觉得，曾祖父安德烈好像正从画面上轻蔑地注视着他这个没出息的后辈，“唉，你呀！没用的东西！”他那往一边撇着的嘴唇好像在说。“难道，”他想，“我竟无法控制自己，会受这种……荒诞无稽的区区小事摆布吗？”（战场上受重伤的人总是把自己受的伤叫作“荒诞无稽的区区小事”。人不欺骗自己——就无法在世上活下去）“我真的像一个小孩子吗？嗯，是的。我看到，就在眼前，获得终生幸福的机会已经几乎掌握在手里——可是它突然消失了。不是吗，抽彩也是这样——轮盘再稍微转动一下，一个穷人大概就会变成富翁。不会的，不会有这样的事——够了。咬紧牙关，去干正经的吧，而且要让自己逆来顺受，好在我已经不是第一次需要控制自己了。我为什么要逃跑，为什么要坐在这里，像鸵鸟一样把头藏在灌木丛里？害怕面对不幸吗——胡扯！”

“安东！”他高声呼喊，“吩咐立刻套车。”“是啊，”他又想，“应当让自己逆来顺受，应当严厉约束自己……”

拉夫烈茨基竭力想用以上推理来排解自己的痛苦，然而痛苦太大，也太强烈了。当他坐上四轮马车进城去的时候，就连那个与其说年老昏聩，不如说一切感觉都已迟钝了的阿普拉克谢娅也摇着头，满面愁容地目送着他。马在奔驰，他一动不动、挺直身躯端坐着，一动不动地望着前面的道路。

四十二

头一天，莉莎给拉夫烈茨基写过一张字条，叫他今晚去她们家，可是他首先回到自己的住所。在家里他既没见到妻子，也没看到女儿。他从仆人们那里得知，她到卡利京家里去了。这个消息既使他感到震惊，又使他怒不可遏。“看来，瓦尔瓦拉·帕夫洛芙娜是下定决心不让我活下去了”，他怒火中烧，激动不安地想。他开始踱来踱去，接连不断地把他碰到的孩子的玩具、书本、女人的各种用品通通踢开，扔掉，他叫来茹斯京娜，吩咐她把这些“破烂儿”全都拿走。“Oui，monsieur。”[①]她扮着鬼脸说。于是动手收拾房间，姿态优美地弯着腰，以自己的每一个动作让拉夫烈茨基感觉到，她认为他是个没有教养的粗人。他极其憎恶地望着这张虽已色衰、却依然“诱人”、神情含讥带讽的、巴黎女人的脸，望着她那副白袖套、那条丝绸围裙和那顶精巧的包发帽。最后他把她打发走了，犹豫了好长时间以后（瓦尔瓦拉·帕夫洛夫娜一直还不回来），他决定到卡利京家去——不是去见玛丽娅·

① 法语，意思是“好的，先生”。

德米特里耶芙娜（他无论如何也不会进她的客厅，进他妻子正待在里面的那个客厅），而是到玛尔法·季莫菲耶芙娜那里去，他记起，侧门有一个后楼梯直通她的房间。拉夫烈茨基就这样做了。一个机会帮了他的忙——他在院子里遇到了舒罗奇卡，她把他领到了玛尔法·季莫菲耶芙娜那里。与她往常的情况相反，他看到只有她一个人待在屋里。她坐在角落里，没戴包发帽，佝偻着身子，双臂交叉，抱在胸前。老太婆一看到拉夫烈茨基，十分惊慌，急忙站起来，开始在屋里走来走去，好像是在找她的包发帽。

“啊，瞧，你来了。”她说，避开他的目光，无谓地忙碌着，“好，你好。嗯，怎么样？怎么办呢？昨天你在哪儿？嗯，她来了，嗯，是的。嗯，总得……想个什么办法吧。”

拉夫烈茨基坐到一把椅子上。

“对，你坐，你坐呀。”老太婆接着说，“你直接上楼来了？嗯，是的，那还用说。怎么样？你是来看我吗？谢谢。”

老太婆不说话了，拉夫烈茨基不知道该对她说什么。不过她明白他的来意。

“莉莎……对了，莉莎刚刚还在这儿，”玛尔法·季莫菲耶芙娜接下去说。她一边说，一边系上又解开自己手提包上的带子，“她身体不太舒服。舒罗奇卡，你在哪儿？到这儿来，我的妈呀，你怎么就坐不住呢？我也头痛。大概是叫这个，是叫唱歌啊，还有什么音乐啊给闹的。”

“唱什么歌呀，表姑？”

“那还用说，他们就在这儿唱了个，照你们的说法，那叫什么来着，唱了个什么二部合唱。全都是意大利话——喊喊，还有喳喳，真像两只喜鹊。那么费劲儿地唱啊，简直让人难受。这个潘申，还有你那一位。而且好快呀，一下子就熟了，一点儿也不假，就像亲戚似的，不拘礼节。可也是嘛，就连狗也要找个栖身之地啊，既然人们不赶它走，它就不会冻死，也不会饿死。”

“说实在的，这一点我还是没有料到，”拉夫烈茨基回答，“这可得有很大的胆量才行。”

“不，我亲爱的，这不是胆量，这是算计。上帝保佑她！听说，你要打发她到拉夫里基去，是真的吗？”

“是的，我把这所庄园提供给瓦尔瓦拉·帕夫洛芙娜了。”

“她要钱了吗？”

“暂时没有。”

“哼，这不会拖多久的。可我只是到现在才看清了你，你身体好吗？”

“还好。”

“舒罗奇卡，”玛尔法·季莫菲耶芙娜突然高声喊，“你去告诉莉扎薇塔·米哈依洛芙娜——啊，不，你去问问她……她在楼下，不是吗？”

“是在楼下。”

“嗯，对了，那么你去问问她，就说，她把我的一本书放到哪儿去了？她是知道的。”

“是。”

老太婆又忙乱起来，动手拉开抽屉柜上的抽屉。拉夫烈茨基一动不动地坐在他那把椅子上。

突然听到上楼梯的轻轻的脚步声——莉莎进来了。

拉夫烈茨基站起来，行了个礼。莉莎在门边站住了。

“莉莎，莉佐奇卡，”玛尔法·季莫菲耶芙娜忙忙碌碌地说，“你把我的一本书，一本小书放到哪儿去了？”

“什么书啊，姑姥姥？”

“就是一本小书嘛，我的天哪！不过，我并没叫你……唉，反正一样。你们在楼下干什么？这不是，费奥多尔·伊万内奇来了。你的头怎么样了？”

“没什么。”

“你总是说没什么。你们楼下那里在干什么，又是音乐吗？”

“不——在打牌。”

“是啊，本来嘛，她样样在行。舒罗奇卡，我看出来了，你想到花园里跑跑去。去吧。”

“啊，不，玛尔法·季莫菲耶芙娜……”

“请别犟嘴，去吧。娜斯塔西娅·卡尔波芙娜一个人到花园去了，你去陪陪她。你要尊敬老人家。”舒罗奇卡出去了。“可我的包发帽呢？它这是放到哪儿去了，真的？”

“请让我去找吧。”莉莎低声说。

“你坐着，坐着，我自己的腿还能动呢。大概是在我卧室里。”

于是，玛尔法·季莫菲耶芙娜皱着眉头朝拉夫烈茨基看了一眼，就出去了。她本来是让房门敞着的，可是又突然回来，把门关上了。

莉莎靠在一把安乐椅的椅背上，抬起双手捂住自己的脸。拉夫烈茨基仍然站在原来的地方。

“瞧，我们不得不这样见面啊。”他终于说话了。

莉莎把手从脸上拿开了。

“是啊，”她声音低沉地说，“我们很快就受到了惩罚。”

“惩罚？”拉夫烈茨基说，“您为什么要受惩罚？”

莉莎抬起眼睛望望他。她的眼睛里既没流露出悲伤，也没流露出惊惶不安的神情。看上去，她的眼睛好像小了些，显得呆板无神。她面色苍白，微微张着的嘴唇也发白了。

由于怜悯和爱，拉夫烈茨基的心颤抖了一下。

“您给我写的字条上说，一切都完了。”他喃喃地说，“是的，一切都完了——还没开始就完了。”

“这一切都应该忘掉，”莉莎说，“您来了，我很高兴。我想给您写信，不过这样更好，只是得赶快利用这几分钟时间。我们两人只有尽我们的义务，费奥多尔·伊万内奇，您应该与您妻子和解。”

“莉莎！”

“我请求您这样做。只有这样才能改正……已经发生的一切。请您想一想——不要拒绝我的请求。”

“莉莎，看在上帝分上，您所要求的是不可能的事情。我情愿做您吩咐我做的一切，可是现在与她和解……我什么都可以答应，我什么都已经忘掉了，可是我不能强迫我的心……饶了我吧，这是残酷的！”

“我也没要求您……去做您所说的事。如果您做不到，您就不必和她同居。不过请您与她和解，”莉莎说，又抬起一只手来捂住眼睛，“请想想您的女儿，请您为了我去这样做。”

“好的，”拉夫烈茨基含糊不清地说，“就假定说，我这样做吧，我这样做是尽我的义务。嗯，可您——您的义务是什么呢？”

“这我自己知道。”

拉夫烈茨基突然战栗了一下。

“您不会是打算嫁给潘申吧？”他问。

莉莎让人勉强看得出来地微微一笑。

“噢，不会！”她低声说。

“唉，莉莎，莉莎！”拉夫烈茨基提高声音说，“我们本来会多么幸福啊！”

莉莎又看了他一眼。

“现在您自己看到了，费奥多尔·伊万内奇，幸福不取决于我们，而是取决于上帝。”

“是的，因为您……”

通另一间房屋的门很快敞开了，玛尔法·季莫菲耶芙娜手里拿着包发帽走了进来。

“好不容易才找到，”她站到拉夫烈茨基和莉莎中间，说，“自己放的。瞧，这就是说，老了，真是要命！不过，年轻的时候也不见得就好些。怎么，你自己要跟妻子一道去拉夫里基吗？”她转身对着费奥多尔·伊万内奇，又补上一句。

“跟她一道去拉夫里基？我？我不知道。”稍过了一会儿，他低声说。

“你不到楼下去吗？”

“今天——不去。”

“嗯，那好吧，随便你。可你，莉莎，我想，你该下楼去了。哎呀，我的爷呀，忘了给红腹灰雀喂食了。你们等一等，我这就来……”

玛尔法·季莫菲耶芙娜没把包发帽戴上，就跑了出去。

拉夫烈茨基很快走到莉莎跟前。

“莉莎，”他用恳求的声音开始说，“我们要永远分别了，我的心要碎了——在临别的时候请把您的手伸给我吧。”

莉莎抬起头来。她那疲倦的、几乎暗淡无神的目光停留在他的身上……

“不，”她低声说，把已经伸出的手缩了回去，“不，拉夫烈茨基（她第一次这样称呼他）[1]，我不把我的手伸给您。有什么意思呢？请您走吧，我求您。您知道我爱您……是的，我爱您。”她勉强加上了一句，“可是，不……不。”

于是她把一块手帕拿到自己嘴边。

“请至少把这块手帕送给我。”

房门吱呀一声响……手帕顺着莉莎的膝盖滑了下去。在它落到地板上以前，拉夫烈茨基一把接住了它，很快把它塞进侧面的衣袋里。一转身，眼睛正好碰到玛尔法·季莫菲耶芙娜的目光。

“莉佐奇卡，我好像觉得，你母亲叫你了。”老太婆低声说。

莉莎立刻站起来，走了出去。

玛尔法·季莫菲耶芙娜又坐到了自己那个角落里。拉夫烈茨基开始向她告辞。

“费佳！”她突然说。

“什么事，表姑？”

“你是个正直的人吗？”

“什么？”

“我问你，你是不是正直的人？”

“我希望是的。”

“嗯哼。可是请你以名誉保证，对我说，你是个正直的人。”

“好吧。不过这是为什么呢？”

“我自然知道为什么。不过你，我的老兄，要是你能好好想一想，你并不傻，不是吗，那么你就会明白，我这样问你是为什么了。现在，再见了，

---

① 俄罗斯人一般当面不直呼对方的姓，而是用名字和父名相称。直呼其姓，有疏远的意思。

我的爷。谢谢你来看我，不过说过的话，你可要记住。费佳，好，来亲亲我吧。唉，我亲爱的，你很难过，这我知道。可要知道，大家也并不轻松。有时候我多么羡慕苍蝇，瞧，我想，在世界上，什么活得最自在啊。可是有一回夜里，我听到一只苍蝇在蜘蛛的爪子里呻吟——不，我想，它们也有它们的灾难。有什么办法呢，费佳。不过自己说过的话，你还是要记住。去吧。”

拉夫烈茨基从后面门廊里出来，已经走近大门了……一个仆人追上了他。

“玛丽娅·德米特里耶芙娜吩咐，请您到她老人家那里去。”他向拉夫烈茨基禀报说。

“老弟，你去回禀，说我现在不能去……”费奥多尔·伊万内奇已经开口说。

“她老人家吩咐，一定要请您去。”仆人接着说，“她老人家吩咐说，只有她一个人。”

“难道客人都走了吗？”拉夫烈茨基问。

“是的。”仆人回答，咧着嘴笑了。

拉夫烈茨基耸了耸肩，跟着他走去。

四 十 三

玛丽娅·德米特里耶芙娜独自坐在自己书房里一把伏尔泰椅[①]上，正在闻花露水，一杯泡着香橙花的水放在她身边一张小桌子上。她心情激动，好像有点儿胆怯。

拉夫烈茨基进来了。

---

① 伏尔泰椅是一种高背深座的安乐椅。

“您想要见我。”他说，冷淡地向她行礼。

“是的。”玛丽娅·德米特里耶芙娜回答，说着喝了一点儿水，“我得知您直接到姑妈那儿去了，我打发人去请您到我这儿来，我需要和您商谈几句。请坐。”玛丽娅·德米特里耶芙娜喘了口气，“您知道吗，”她接着说，“您妻子来了。”

“这我知道。”拉夫烈茨基低声说。

“嗯，是呀，也就是，我想要说的是，她到我这儿来过，我也接待了她。这就是现在我想跟您解释的事，费奥多尔·伊万内奇。我，谢天谢地，可以说，受到大家尊敬，无论如何也不会做出任何有失体面的事情。虽说我预料到这会让您觉得不愉快，可我还是下不了决心拒绝见她，费奥多尔·伊万内奇，她是我的亲戚——因为您的关系。请您设身处地替我想想看，我有什么权利把她拒之门外呢——您同意吧。”

“您用不着感到不安，玛丽娅·德米特里耶芙娜，”拉夫烈茨基回答，“您做得很好，我一点儿也不见怪。我完全无意让瓦尔瓦拉·帕夫洛芙娜失去会见自己熟人的机会，今天我没来您这里，只不过是因为我不想遇到她——再没有别的了。”

“哦，听到您这么说，我感到多高兴啊，费奥多尔·伊万内奇。”玛丽娅·德米特里耶芙娜高声说，“不过，就您高尚的感情来说，我一向都认为，您一定会这么说的。至于说我感到不安嘛——这并不奇怪，我是个女人，也是母亲。而您的夫人……当然啦，我不能评判您和她之间的事情——我对她本人也这么说过。可是她是个那么可爱的女士，除了让人感到高兴，绝不会给人带来什么别的东西。”

拉夫烈茨基冷笑一声，摆弄起帽子来。

“我还想对您说的是，费奥多尔·伊万内奇，”玛丽娅·德米特里耶芙娜稍稍向他靠近一些，接着说，“要是您能看到她的举止态度多么端庄，对人多么恭敬，那就好了！真的，这甚至让人感动。要是您能听到谈到您的时候，她是怎么说的！我，她说，对不住他，完全是我的错。我，她说，不会珍惜他，她说。这，她说，是个天使，而不是凡人。真的，她就是这么说的，天使。她多么悔恨啊……我，真的，从来没见过这样的真心悔过！”

“那又怎么样呢，玛丽娅·德米特里耶芙娜，”拉夫烈茨基说，“请允许我好奇地问一声，据说，瓦尔瓦拉·帕夫洛芙娜在您这儿唱过歌。就在她悔过的时候，她还唱歌——还是怎么呢？……”

“哎呀，亏您好意思说这种话！她唱歌、弹琴只不过是为了让我满意，因为我坚决请求她，几乎是命令她这么做。我看出，她心里难过，那么难过。我就想，想个什么办法让她解解闷呢——而且我听说，她有那么出色的艺术才能！得了吧，费奥多尔·伊万内奇，她已经羞愧得无地自容了，您哪怕去问问谢尔盖·彼特罗维奇看。一个绝望的女人，tout- à -fait[1]，这您怎么说呢？”

拉夫烈茨基只是耸了耸肩。

“而且，您这个阿多奇卡是个多可爱的小天使啊，多么可爱！她多么讨人喜欢，多么聪明，法语说得那么好，俄语她也懂得——管我叫姑姑呢。您知道吗，像她这么大的孩子，差不多全都认生，可她一点儿也不。这么像您，费奥多尔·伊万内奇，真像极了。眼睛，眉毛……嗯，都像您，简直跟您一模一样。说实在的，我一向不大喜欢这么小的小孩子，可是对您的小女儿，我简直喜欢得不得了。”

---

① 法语，意思是“彻底地”。

"玛丽娅·德米特里耶芙娜，"拉夫烈茨基突然说，"请允许我问一声，您为什么要跟我说这些？"

"为什么？"玛丽娅·德米特里耶芙娜又闻了闻花露水，喝了口水，"我说这些，费奥多尔·伊万内奇，是为了……我是您的亲戚，不是吗，我最关心您……我知道，您的心地最善良。您听我说，mon cousin①——我毕竟是个有生活阅历的女人，不会随便轻率地说话。请您宽恕，请宽恕了您的妻子吧。"玛丽娅·德米特里耶芙娜突然热泪盈眶，"请您想想看，年轻，没有经验……嗯，也许，还受了不良影响，因为没有一个能教导她走上正路的母亲。请宽恕她吧，费奥多尔·伊万内奇，她所受的惩罚已经足够了。"

眼泪顺着玛丽娅·德米特里耶芙娜的双颊流淌下来，她没去擦它，她喜欢哭。拉夫烈茨基如坐针毡，"我的天哪！"他想，"这是多么可怕的折磨，今天我遇上什么日子了！"

"您不回答，"玛丽娅·德米特里耶芙娜又开口说，"我该怎么理解您的意思呢？难道您竟会这样残酷无情？不，这我不愿相信。我觉得，我的话说服了您。费奥多尔·伊万内奇，为了您的善心，上帝一定会报答您，现在请从我手里领回您的妻子吧……"

拉夫烈茨基不由自主地从椅子上站了起来。玛丽娅·德米特里耶芙娜也站起来，急忙走到屏风后面，从那里领出了瓦尔瓦拉·帕夫洛芙娜。她面色苍白，脸上毫无表情，眼睛望着地上。看样子，好像已经放弃自己的一切想法、一切要求——把自己完全交给了玛丽娅·德米特里耶芙娜。

拉夫烈茨基后退了一步。

---

① 法语，意思是"我的表弟"。

“您在这里！”他高声说。

“请别责怪她，”玛丽娅·德米特里耶芙娜急忙说，“她无论如何也不愿留下，可是我命令她留下来，我让她坐在屏风后面。她肯定地对我说，这会让您更加生气。我却不听她的话，我比她更了解您。请从我手里领回您的妻子吧。您去呀，瓦丽娅，别怕，跪倒在您丈夫面前吧（她拉了拉她的一只手）——而我的祝福……”

“请等一等，玛丽娅·德米特里耶芙娜，”拉夫烈茨基用低沉、然而令人产生深刻印象的声音打断了她，“您大概喜欢这种动人的场面（拉夫烈茨基没有说错，还从在贵族女子中学的时候起，玛丽娅·德米特里耶芙娜就一直特别喜爱某些戏剧性的场面），它们可以给您解闷。可是，它们却让别人难受。不过，我不再跟您谈这些了，在这场戏里您不是主角。您想从我这里得到什么呢，夫人？”他转向妻子，加上了几句：“我不是已经为您做了我所能做的一切吗？不要反驳我，说这次会见不是您出的主意，我不会相信您——您也知道，我不可能相信您。您到底想要什么呢？您是个聪明人——您绝不会做任何没有目的的事情。您应该明白，像我以前那样和您住在一起，我办不到。并不是因为我生您的气，而是因为我已经成了另一个人。在您回来的第二天，这些话我就对您说过了，当时您自己心里也同意我的这些话。可是您想在舆论界恢复自己的地位，您住在我的家里还嫌不够，您还想和我在同一个屋顶下生活——是不是呢？”

“我希望您宽恕我。”瓦尔瓦拉·帕夫洛芙娜说，说话的时候没有把眼睛抬起来。

“她希望您宽恕她。”玛丽娅·德米特里耶芙娜把她的话重复了一遍。

“而且不是为了我自己，是为了阿达。”瓦尔瓦拉·帕夫洛芙娜低声说。

“不是为了她，是为了您的阿达。”玛丽娅·德米特里耶芙娜又说了一遍。

“好极了。您要的就是这个吗？”拉夫烈茨基勉强说，“好吧，这一点我也同意了。”

瓦尔瓦拉·帕夫洛芙娜向他投去很快的一瞥，玛丽娅·德米特里耶芙娜却高声赞叹：“好了，谢天谢地！”说罢又拉起瓦尔瓦拉·帕夫洛芙娜的手，“现在请从我手里……”

“请等一等，我对您说，”拉夫烈茨基打断了她，“我答应同您住在一起，瓦尔瓦拉·帕夫洛芙娜。”他接着说，“也就是说，我会把您送回拉夫里基，而且在我还能忍受的一段时间里会和您一同住在那里，然后我就离开——有时还会回去看看。您看得出来，我不想欺骗您，不过请您不要再提出任何更多的要求了。如果我实现我们尊敬的亲戚的愿望，紧紧拥抱您，让您相信……过去的事都没有过，被砍掉的树又会重新开花，您自己也会觉得好笑的。可是我明白，应该顺从。这句话的意思您是不会真正理解的……这反正一样。我再重复一遍，我将和您住在一起……或者，不，这一点我不能答应您——我将与您和好，重新把您看作我的妻子……”

“为了这，您至少也该把手伸给她吧。”眼泪早已干了的玛丽娅·德米特里耶芙娜说。

“我至今从未欺骗过瓦尔瓦拉·帕夫洛芙娜，”拉夫烈茨基回答，“就这样，她也会相信我。我会送她回拉夫里基——也请您记住，瓦尔瓦拉·帕夫洛芙娜，只要您一离开那里，我们的协定就算给破坏了。现在请允许我告辞。”

他向两位夫人躬身行礼，随即匆匆走了出去。

“您没带她一道走啊。”玛丽娅·德米特里耶芙娜对着他的背影高声说……

“由他去吧。”瓦尔瓦拉·帕夫洛芙娜对她低声说，立刻拥抱她，开始感谢她，吻她的双手，把她叫作自己的恩人。

玛丽娅·德米特里耶芙娜故作宽容地接受她这种亲热的表示，可是内心里无论是对拉夫烈茨基，还是对瓦尔瓦拉·帕夫洛芙娜，还是对她一手导演的这一场戏，都并不满意。结果，令人感动的情景微乎其微。照她的意见，瓦尔瓦拉·帕夫洛芙娜应该扑上去，跪倒在丈夫的脚边。

“您怎么没理解我的这个意思?”她议论说,“我不是跟您说了，跪下呀。”

“这样更好，亲爱的表姑。您别担心——一切都好极了。”瓦尔瓦拉·帕夫洛芙娜反复说。

“唉，还有他，也是冷冰冰的，像块冰一样。”玛丽娅·德米特里耶芙娜说，“即使说您没哭吧，可我在他面前流泪了。他是想把您关在拉夫里基呀。怎么，您连到我这里来都不行吗？所有男人都是无情的。”最后她说，还意味深长地摇了摇头。

“可是女人都懂得好心和宽宏大量的意义。”瓦尔瓦拉·帕夫洛芙娜低声说，说罢，轻轻跪倒在玛丽娅·德米特里耶芙娜面前，双手抱住她那丰满的身躯，把脸紧紧贴在她的身上。这张脸在偷偷地微笑，玛丽娅·德米特里耶芙娜却又在掉眼泪了。

拉夫烈茨基回到自己的住所，把自己关在他仆人住的那间小屋里，倒在沙发上，就这样一直躺到早晨。

四 十 四

第二天是星期天。做晨祷的钟声不是惊醒了拉夫烈茨基——他一夜都没合眼——可是使他回想起了另一个星期天，那时他曾按照莉莎的愿望去了教堂。他急忙起来了。他不声不响地从家里出来，吩咐告诉还在睡着的瓦尔瓦拉·帕夫洛芙娜，他午饭前回来。于是他迈开大步，往单调、忧伤的钟声正在召唤他的地方走去。他到得很早，教堂里几乎还一个人也没有，有个教堂执事在唱诗班的席位上念经。他那偶尔被咳嗽打断的诵经声一会儿低，一会儿高，很有节奏。拉夫烈茨基站在离入口处不远的地方。祈祷的人一个一个地进来，站住，画十字，朝四面八方躬身行礼。在空旷和寂静的教堂里，他们的脚步声听起来很响，在拱顶下发出清晰的回声。一个老态龙钟的小老太婆，穿一件带风帽的破旧外衣，跪在拉夫烈茨基旁边，全神贯注地祈祷着。她那已经没有牙齿、布满皱纹的黄脸上流露出特别感动的神情，一双发红的眼睛不由自主地朝上望着，望着圣像壁上的圣像。一只骨瘦如柴的手不断地从外衣里伸出来，缓慢而有力地从肩到腰画着十字。一个留着浓密的大胡子、愁眉苦脸、头发蓬乱、无精打采的农人走进教堂，一下子就双膝跪倒，立刻匆匆忙忙地画起十字来，每次磕头以后都把头往后一仰，摇晃一下。在他脸上，在他的一举一动中，都显示出那么悲伤、痛苦的神情，以至拉夫烈茨基决定走到他跟前去，问他出了什么事。那人胆怯而又冷淡地急忙躲开，看了看他……“儿子死了。”他很快地说，说罢又磕起头来……“对于他们来说，有什么能代替教堂的安慰呢?”拉夫烈茨基想，于是他自己也想要祈祷了。可是他心情沉重，他的心已经变得冷酷无情，他的思想也不在这里。他一直在等着莉莎——可是莉莎没有来。教堂里开始挤满了人，却一直看不到她。晨祷开始了，教堂执事已经念过了福音书，响起了祈祷的钟声。拉夫烈茨基稍微往前挪动了一下——突然看到了莉莎。她比他来得还早，可是他没发现她。她紧缩在唱诗班席位和墙壁之间的空隙里，从不左顾右盼，而且一动不动。直到晨祷结束，拉夫烈茨基没有让自己的视线离开过她——他是在和她告别。人开始散了，她却仍然站在那里，似乎她是等着拉夫烈茨基出去。终于她最后一次画了个十字，走了，没有回过头来，有一个使女跟她在一起。拉夫烈茨基跟在她后面走出教堂，在街上追上了她。她走得很快，低着头，放下面纱，遮住了脸。

“您好，莉扎薇塔·米哈依洛芙娜，”他迫不得已放肆地高声说，“能送送您吗？”

她什么也没说。他走上前去，和她并排走着。

“您对我满意了吗？”他压低声音问，“昨天发生的事，您已经听到了吧？”

“是的，是的，”她喃喃地说，“这就好。”

于是，她走得更快了。

“您满意了吗？”

莉莎只是点了点头。

“费奥多尔·伊万内奇，”她用平静、然而微弱的声音说，“我想请求您：不要再到我们家去了，您快点儿走吧。我们可以在以后什么时候见面，一年以后。可现在请为了我这样做吧，请实现我的请求，看在上帝分上。”

“您所说的一切我都愿意服从，莉扎薇塔·米哈依洛芙娜，不过难道我们应该这样分手，难道您连一句话也不对我说吗？……”

“费奥多尔·伊万内奇，瞧，您现在就在我身边走着……可是您离我已经那么遥远，那么遥远。而且不仅是您一个人，而是……”

“请您把话说完，我请求您！”拉夫烈茨基激动地说，“您想要说什么？”

“也许，您将会听到……不过，不管怎样，请您忘记……不，不要忘记我，请您记住我。”

“要我忘记您……”

“够了，别了。请不要跟着我。”

“莉莎！”拉夫烈茨基刚一开口……

“别了，别了！”她一再重复说，随即把面纱拉得更低，几乎是跑着往前面去了。拉夫烈茨基望了望她的背影，低下头，顺着街道往回走去。他碰到了也在路上走着的列姆，列姆把帽子拉到了鼻子上，眼睛看着自己脚底下。

他们默默地互相对望了一眼。

“喂，有什么话要说吗？”最后，拉夫烈茨基说。

“我会说什么呢？”列姆忧郁地反问，“我什么也不会说。一切都死了，我们也死了（Alles ist tot，und wir sind tot）[1]。您往右去，不是吗？”

“往右。”

“我呢，往左。别了。”

第二天，费奥多尔·伊万内奇和妻子一同动身去拉夫里基。她带着阿达和茹斯京娜乘轿式马车在前边走，他在后面——坐在一辆四轮马车上。可爱的小姑娘一路上都没离开轿式马车的车窗，她对一切都感到惊奇——乡下人、乡下女人、农舍、水井、马头上的轭、车铃，还有那么多的白嘴鸦。茹斯京娜也分享她的惊奇，对她们的谈话和惊叹，瓦尔瓦拉·帕夫洛芙娜只是笑笑。她心情很好，离开O市之前她和丈夫之间进行过一次解释性的谈话。

“我理解您的处境，”她对他说——根据她那双聪明的眼睛的表情，他

① 德语，意思是“一切都死了，我们也死了”。

也可以得出结论，她完全理解他的处境，“可是您至少也要在这一点上对我公道些，那就是和我在一起生活并不难。我不会硬缠着您，不会让您感到不方便。我想保障阿达的未来生活，此外我再不需要什么旁的了。”

“是啊，您已经达到了您的一切目的。”费奥多尔·伊万内奇说。

“现在我只梦想着一点，终生隐居在一个僻静的地方，我将永远记住您的恩惠……”

“呸！够了。”他打断了她。

“而且会尊重您的独立和您的安宁。”她说完了自己已经准备好的话。

拉夫烈茨基向她深深地鞠了个躬。瓦尔瓦拉·帕夫洛芙娜明白，丈夫是从内心里感谢她。

第二天傍晚他们到达拉夫里基。一星期后，拉夫烈茨基动身去莫斯科，给妻子留下五千卢布做生活费。而在拉夫烈茨基走后的第二天，潘申就来了。瓦尔瓦拉·帕夫洛芙娜曾请求潘申，在她幽居的时候，不要忘了她。她对他的接待真是好到了不能再好的程度，直到深夜，这幢宅邸高大的房屋和花园里都响彻了乐曲声、歌声和愉快的法语谈话声。潘申在瓦尔瓦拉·帕夫洛芙娜这儿做客，住了三天。与她告别时，他紧紧握着她美丽的双手，答应很快就会回来——而且履行了自己的诺言。

四 十 五

莉莎在她母亲的宅第二楼上有一间单独的、不大的房间，这间小房间干净、明亮，里面摆着一张白色的小床，各个角落里和窗前都摆着盆花，还有一张小书桌，一个玻璃书橱，墙上挂着刻有耶稣受难像的十字架。这间小房间叫育儿室，莉莎就是在这里出生的。她在教堂里见到了拉夫烈茨基，从那儿回来以后，比往常更细心地整理了一下自己屋里的所有东西，扫除各处的灰尘，把自己所有的笔记本和女友们的信件重新翻阅了一遍，然后用丝带把它们扎起来，锁上所有抽屉，浇过了花，还用手摸摸每一朵花。她从容不迫、一声不响地做着这一切，脸上带着一种仿佛深受感动而又平静的关切神情。最后她在房屋中间站下来，慢慢环顾四周，走到上方挂着刻有耶稣受难像十字架的桌子前面，跪下，头俯在互相紧握着的双手上，于是一动也不动了。

玛尔法·季莫菲耶芙娜走进来，正看到她处于这样的状态。莉莎没有发觉她进来。老太婆踮着脚尖走到门外，高声咳嗽了几次。莉莎急忙站起来，擦了擦眼，还没滴落下来的晶莹的泪珠儿在眼睛里闪闪发亮。

“你呀，我看得出来，又把自己的小屋[1]收拾过了，”玛尔法·季莫菲耶芙娜说，说着朝一盆刚刚吐蕊的蔷薇花俯下身去，“多香啊！”

莉莎沉思默想地看了看自己的姑姥姥。

“您这是说了句什么话啊！”她喃喃地说。

“什么话，什么话？”老太婆敏捷地接住话茬儿说，“你想要说什么啊？这真可怕。”她说，突然很快摘下包发帽，坐到莉莎的小床上，“这我可受不了，我急得团团转，今天已经是第四天了，我不能再装作什么也没看见，我不能看着你脸色变得苍白，人也一天天消瘦，老是在哭。我不能，不能。”

---

① “小屋”一词，原文还有“（修道院中修士或修女居住的）修道小室”的意思。莉莎正打算进修道院，所以一听到这个词，立刻问她的姑姥姥“说了句什么话”。

“可您这是怎么了，姑姥姥？”莉莎说，“我没什么……”

“没什么？”玛尔法·季莫菲耶芙娜提高声音说，”这话你说给别人听去，可别对我说！没什么！可刚刚是谁跪在这儿？谁的眼睫毛上泪水还没干呀？没什么！你看看你自己吧，你把自己的脸都弄成什么样了，不知所措了吗？——没什么！难道我不是什么都知道吗？”

“这会过去的，姑姥姥，请给我一段时间。”

“会过去，可是什么时候呢？我的天哪，上帝呀！难道你爱他爱得那么深？可他是老头子了，不是吗？莉佐奇卡。好，我不想争辩，他是个好人，不会咬人。可这又怎么样呢？我们大家都是好人，天地大得很，这样的好人有的是。”

“我跟您说，这一切都会过去的，这一切已经过去了。”

“你听我说，莉佐奇卡，听我告诉你，”玛尔法·季莫菲耶芙娜突然低声说，让莉莎坐到床上，坐在她身边，一会儿整理一下她的头发，一会儿整理一下她的三角围巾，“你这只是凭一时的热情，才好像觉得，你的痛苦没法儿医治。唉，我亲爱的，只有死才没法儿治呢！你只要对自己这样说：‘我，’就说，‘决不屈服，去他的吧！’以后自己也会觉得奇怪，它怎么这么快，这么顺当地就过去了。你只要忍耐一下。”

“姑姥姥，”莉莎说，“它已经过去了，一切都过去了。”

“过去了！什么过去了！瞧，连你的小鼻子都瘦得变尖了，你却说过去了。好一个‘过去了’！”

“是的，是过去了。姑姥姥，只要您肯帮助我。”莉莎突然兴奋地说，说罢扑过去，搂住玛尔法·季莫菲耶芙娜的脖子，“亲爱的姑姥姥，请您做我的朋友，帮帮我，别生气，请您理解我……”

“哎哟，这是怎么回事，怎么回事，我的妈呀？你可别吓唬我。我这就要叫喊起来了，别这样瞅着我，快点儿说吧，这是怎么回事！”

“我……我想……”莉莎把自己的脸藏到玛尔法·季莫菲耶芙娜的怀里……“我想进修道院。”她声音低沉地说。

老太婆坐在床上突然吓了一跳。

“画个十字吧，我的妈呀。莉佐奇卡，清醒一下吧，你这是怎么了，上帝保佑你。”她终于含糊不清地说，“你躺下，亲爱的，稍睡一会儿。这都是因为你失眠的关系，我的心肝儿。”

莉莎抬起头来，她的双颊绯红。

“不，姑姥姥，”她低声说，“请您不要这样说。我已经下定决心，我祈祷过了，我已经请求过上帝的旨意。一切都结束了，我和你们在一起的生活结束了。这样的教训不会是偶然的，而且我也不是第一次想到这一点了。幸福没有降临到我的头上，就连我怀着对幸福的希望的时候，我的心也一直是痛苦的。我什么都知道，无论是自己的罪孽，还是别人的罪孽，还有爸爸是怎样聚敛自己财富的，我全知道。这一切都需要祈祷，以期获得赦免，祈祷才能得到宽恕。我舍不得您，舍不得妈妈，舍不得莲诺奇卡，可是毫无办法。我感觉到，在这里，我的日子是不会好过的。我已经和一切告别，最后一次向家里的一切问候过了。有什么在召唤我，我心里难过，我想永远闭门不出。请不要阻拦我，不要劝说我，请您帮助我，不然的话，我会独自出走……”

玛尔法·季莫菲耶芙娜惊恐地听着她外孙女说的话。

“她病了，在说胡话，”她想，“得派人去请医生来。请哪个医生呢？格杰昂诺夫斯基前几天称赞过某一位医生。他总是说谎——可说不定这一次说的是实话。”可是当她确信莉莎没有病，也不是说胡话，当莉莎总是用同样的话回答她的一切反对意见的时候，玛尔法·季莫菲耶芙娜却吓坏了，当真发起愁来。

“可是你还不知道，我亲爱的孩子，”她开始劝说她，“修道院里过的是什么样的生活呀！要知道，我亲爱的，会给你吃绿色的大麻油，给你穿很厚很厚的粗布衣裳，叫你在天寒地冻的时候出去，这一切你是受不了的，不是吗？莉佐奇卡。这都是阿加莎[①]在你身上留下的影响，这是她把你给弄糊涂了。可是要知道，她是过过了快活日子，无忧无虑地快活过了以后，才开始进修道院的，你也先过一阵快活日子吧。至少得让我安心去见上帝，等我死了以后，你爱怎么着，就怎么着。有谁见过，为了这么一个，为了一个山羊胡子，请上帝饶恕我，为了一个男人，就进修道院的？好吧，既然你心里这么难过，那就出去走走，向上帝的仆人祷告祷告，做一次祈祷吧，可千万别往自己头上戴修女的黑头巾，你呀，我的爷呀，我的妈呀……”

于是，玛尔法·季莫菲耶芙娜伤心地痛哭起来。

莉莎安慰她，擦掉她的眼泪，自己也在哭，可是意志仍然十分坚决。由于感到绝望，玛尔法·季莫菲耶芙娜试图采取威胁的办法——把一切都告诉她母亲……可是这也没有用。只是由于老太婆一再请求，莉莎答应把实现自己心愿的时间推迟半年。可是玛尔法·季莫菲耶芙娜也得许下诺言，如果六个月以后莉莎不改变自己的决定，她就要亲自帮助莉莎，设法获得玛丽娅·德米特里耶芙娜的同意。

① 即莉莎的保姆阿加菲娅。

最初的寒冷天气一到，瓦尔瓦拉·帕夫洛芙娜就不顾自己曾许下在偏僻乡村隐居的诺言，准备好足够的钱，搬到彼得堡去住了，在那里租了一所俭朴、然而舒适的住宅，那是在她之前离开O市的潘申给她物色到的。潘申待在O市的最后一段时间里，已经完全失去玛丽娅·德米特里耶芙娜的好感。他突然不再去拜访她，而且几乎没离开过拉夫里基。瓦尔瓦拉·帕夫洛芙娜征服了他。正是征服了他——别的词汇不能表达她对他那种无限的、无须回报、不可抗拒的权威。

拉夫烈茨基在莫斯科度过了一个冬天。第二年春天，他得到消息，说莉莎已经在俄罗斯最边远的一个地方B……修道院里出家做了修女。

尾　声

过了八年。又到了春天……不过，让我先说几句话，谈谈米哈列维奇、潘申、拉夫烈茨卡娅夫人的命运——然后就与他们告别吧。米哈列维奇经过长期漂泊之后，终于碰到一个真正的工作——他获得了一所公立学校的首席学监的位置。他对自己的命运十分满意，他的学生们都“崇拜”他，不过也会在背后滑稽地模仿他的动作。潘申官运亨通，步步高升，已经在谋取主任的职位了。他走路时已经有点儿弓腰驼背，大概是赏赐给他戴在脖子上的弗拉基米尔十字勋章[①]坠得他身子朝前弯了。在他身上，与

① 11世纪至15世纪，基辅、波洛茨克、谢尔普霍夫等几个公国的大公名字都叫弗拉基米尔。弗拉基米尔十字勋章就是以他们的名字命名的。

艺术家的气质相比，官僚的气质已经占了绝对优势。他那仍然显得年轻的脸已经发黄，头发开始稀疏了，他也已经不唱歌，也不画画了，不过暗地里在从事文学写作——他写了一部小喜剧，一部像“谚语”之类的东西，因为现在所有写作的人都一定要“描写”某一个人或某一件事，所以他也在这部小喜剧里描写了一个卖弄风情的女人，而且私下里把它念给两三个赏识他的女士听。然而他还没结婚，尽管在这方面他遇到过许多很好的机会——这全都要归咎于瓦尔瓦拉·帕夫洛芙娜。至于说到她，那么她仍然经常住在巴黎。费奥多尔·伊万内奇给了她一张期票，把她打发走了，以免她又会第二次突然到来。她见老了，也长胖了，不过仍然讨人喜欢，风度优雅。每个人都有自己的理想，瓦尔瓦拉·帕夫洛芙娜在小仲马先生的戏剧作品里找到了自己的理想。她对去剧院非常热心，那里的舞台上经常有害肺病的、多愁善感的茶花女们在演出，她觉得，做一个像多什夫人[1]那样的人，是人类幸福的最高境界。有一次她宣称，对于自己的女儿，她不希望她会有比这更好的命运。但命运会让mademoiselle Ada[2]摆脱类似的幸福，对此是应该抱有希望的。阿达已经从一个面色红润、体态丰满的孩子变成了一个肺部不健康、面色苍白的小姑娘，她的神经已经是病态的了。为瓦尔瓦拉·帕夫洛芙娜倾倒的人已经减少了，但是并未绝迹。大概，她会把其中的某几位一直保留到自己生命结束的时候。最近一段时间，他们当中对她最热心的是一个姓扎库达洛-斯库贝尔尼科夫的人，他是个退役的近卫军士官，约莫三十八岁，身体异常健壮。拉夫烈茨卡娅夫

---

① 多什夫人（1821—1900），法国女演员，茶花女的扮演者。

② 法语，意思是“阿达小姐”。

人沙龙里的法国客人们管他叫“le gros taureau de l’Ukraine”[①]。瓦尔瓦拉·帕夫洛芙娜从不邀请他参加自己时髦的晚会，可是他完全博得了她的好感。

那么……八年过去了。从空中又飘来了春意，把春之幸福的光辉洒满人间。春天又向大地、向人们微笑了。在春之神的爱抚下，一切又开始含芳吐蕊，开始钟情，歌唱。在这八年时间里，O市很少变化，可是玛丽娅·德米特里耶芙娜的房子却好像青春焕发了——不久前粉刷过的墙壁闪着白光，给人一种亲切的感觉，敞开的窗户上，玻璃在夕照中披上了玫瑰色的晚霞，光彩四射。年轻人响亮、轻松的欢声笑语从这些窗户里不断传送到街上，整幢房屋似乎生活沸腾，洋溢着欢乐的气氛。房屋的女主人本人早已进入坟墓。莉莎出家去做修女两年之后，玛丽娅·德米特里耶芙娜就去世了；玛尔法·季莫菲耶芙娜也没比自己的侄女多活多久，她们俩并排在城市的一处墓地里安息了。娜斯塔西娅·卡尔波芙娜也已不在人世。这些年里，这位忠诚的老太婆每星期都到自己女友的遗骸前去祈祷……轮到她的时候到了，她的遗骨也已经在潮湿的泥土里长眠。然而玛丽娅·德米特里耶芙娜的房子并没有落到别人手里，没有脱离她的家族，巢还没有毁掉。莲诺奇卡已经长成一个亭亭玉立、美貌出众的少女，她的未婚夫是一个淡黄色头发的骠骑兵军官。玛丽娅·德米特里耶芙娜的儿子刚在彼得堡结了婚，和自己年轻的妻子回O市来共度春光。他的妻妹——一个十六岁的贵族女子中学的学生，双颊红润，有一双明亮的眼睛。舒罗奇卡也长大了，而且比从前好看了——就是这样一群青年人使卡利京家的四壁响彻了欢声笑语。房屋里一切都变了样，一切都与新主人们协调一

① 法语，意思是“一头从乌克兰来的膘肥体壮的犍牛”。

致。没留胡子的家仆，爱开玩笑、爱逗乐的小伙子们取代了从前那些循规蹈矩的老仆人。长肥了的小狗罗斯卡曾经傲然踱步的地方，如今已经是两条猎狗在激烈地追逐玩耍，在沙发上跳来跳去。马厩里养了些身躯细长、筋肉强壮的小走马，剽悍的辕马，鬃毛编结起来、拉车很卖力气的拉梢马，用来乘骑的顿河良种马。早、中、晚三餐的时间全都打乱了，混淆起来了。照邻居们的说法，就是现在实行的这一套“从来也没见过”。

在我所说的那天晚上，卡利京家的年轻人（他们当中年纪最大的是莲诺奇卡的未婚夫，他也只有二十四岁）正在玩一种相当简单的游戏。不过，从他们友好的哈哈大笑声中可以听出，对于他们来说，这游戏是很有趣的，他们在各个房间里跑来跑去，互相追逐。那两条狗也在奔跑、吠叫，挂在各个窗前笼子里的几只金丝雀也争先恐后，竞展歌喉，用它们嘹亮、狂热的啁啾声来增强满屋子里的喧闹声。就在这震耳欲聋、吵吵闹闹、玩得最起劲的时候，一辆溅满泥污的四轮马车驶抵大门前，一个约莫四十五岁、穿一身旅行服装的人从马车上下来，十分惊讶地站住了。他一动不动地站了一会儿，用关切的目光把这幢房子打量了一番，然后从便门走进院子，慢慢地走上台阶。前厅里没有任何人迎接他，可是大厅的门很快敞开了——从里面跑出了满脸通红的舒罗奇卡，转瞬间，紧跟着她，又高声叫喊着跑出一群年轻人来。他们看到一个陌生人，都突然站住，不作声了。不过那些注视着他的亮晶晶的眼睛，目光仍然是亲切的，那些精力充沛的脸上，笑容也没有收敛。玛丽娅·德米特里耶芙娜的儿子走到客人面前，彬彬有礼地问他有什么事。

“我是拉夫烈茨基。”客人说。

回答他的是一阵友好的欢呼声——这倒不是因为这些年轻人对这位来自远方、几乎已被忘却的亲戚的到来感到非常高兴，而只不过是因为，一有合适的机会，他们随时都会高声叫喊，喜不自胜。拉夫烈茨基立刻被他们包围起来，莲诺奇卡作为一个早就认识他的熟人，首先说出了自己的名字。而且让他相信，只要再稍过一会儿，她准会认出他来，接着把其余的人一一介绍给他，对每一个人都是叫他的小名，就连自己的未婚夫也不例外。这一群人穿过餐厅，走进了客厅。这两间屋里的墙纸已经换了样，不过旧家具都保存了下来。拉夫烈茨基认出了那架钢琴，就连窗旁的绣花架也是当年的旧物，还摆在原来的位置上——而且架子上那幅尚未完成的刺绣，也几乎和八年前一样。请他坐在一把舒适的安乐椅上，大家都彬彬有礼地在他周围坐下。询问，叹息，叙述，争先恐后，接连不断。

“我们有很久没见到您了，”莲诺奇卡天真地说，“瓦尔瓦拉·帕夫洛芙娜也好久没见了。”

“那还用说！”她哥哥急忙接住话茬儿说，“我把你带到彼得堡去了，费奥多尔·伊万内奇却一直住在乡下。”

“是啊，从那时候起，妈妈也去世了。”

“还有玛尔法·季莫菲耶芙娜。”舒罗奇卡说。

“还有娜斯塔西娅·卡尔波芙娜，”莲诺奇卡说，“还有麦歇列姆……”

“怎么？列姆也死了吗？”拉夫烈茨基问。

“是的，”年轻的卡利京回答，“他从这儿到敖德萨去了。据说，有人把他骗到了那里，他就是在那里去世的。”

“您是不是知道，他去世后留下音乐作品没有？”

“不知道，未必有吧。”

大家都不说话了，互相对视了一下。愁云突然笼罩了所有年轻人的脸。

“水手倒还活着呢。”莲诺奇卡突然说。

“格杰昂诺夫斯基也还活着。”她哥哥补上一句。

一提起格杰昂诺夫斯基的名字，一下子爆发出一阵不约而同的哄笑。

“是啊，他活着，而且照样在说谎。”玛丽娅·德米特里耶芙娜的儿子接着说，“请您想象一下看，就是这个淘气鬼（他指指自己的小姨子，那个贵族女子中学的学生）昨天往他的鼻烟壶里撒了些辣椒粉。”

“他打喷嚏打得多厉害呀！”莲诺奇卡激动地高声说——抑制不住的笑声又响了起来。

“不久前我们得到了莉莎的一些消息，”年轻的卡利京说——大家又都静了下来，“她还好，现在她的健康状况已经在渐渐好转了。”

“她一直还是在那座修道院里吗？”拉夫烈茨基勉强控制着自己问。

“还是在那里。”

“她给你们写信吗？”

“不，从来也没有，消息是通过别人带来的。”

又是一阵突然的沉默，听不到一点儿声音——“一个温和的天使飞走了。”大家都在想。

“您不想到花园去走走吗？”卡利京对拉夫烈茨基说，“现在花园里很好，虽说我们让它有点儿荒芜了。”

拉夫烈茨基来到花园里，首先闯入他眼帘的是那条长凳子——在这条长凳子上，他曾和莉莎一同度过了绝无仅有的短暂时光；长凳子已经发黑，也弯曲了。可是他认出了它，于是他心中充满了这样一种感情，无论是就甜蜜，还是就痛苦来讲，没有任何别的感情能和它同日而语——这是怀念逝去的青春的沉痛哀思，是对他曾经有过的幸福的追忆。他和这些青年人在林荫道上走了一会儿。最近这八年里，椴树都老了些，长得更高大，树荫也更浓了。而灌木丛都已长高，悬钩子长得十分茂盛，榛树丛却是一派荒芜景象，到处都飘散着林中枯枝、树林、草丛和丁香的清新气味。

“瞧，这儿正是玩抢四角的好地方，”莲诺奇卡走进一块绿草如茵、四周有椴树环绕着的不大的空地，突然高声喊道，“我们刚好五个人。”

“你把费奥多尔·伊万内奇忘掉了吗？”她哥哥说，“还是没把你自己算上呢？”

莲诺奇卡微微脸红了。

“可难道费奥多尔·伊万内奇，在他这个年纪，还能……”她的话没有说完。

“请你们去玩吧，”拉夫烈茨基赶紧接住话茬儿说，“不要理会我。如果我知道，我不会让你们感到拘束的话，我自己也会觉得更愉快些。你们也用不着管我，像我这样的老头子，有我们自己的事情，这种事你们还没体验过，也是任何娱乐都不能代替的，这就是回忆。”

那些年轻人带着亲切而又稍有点儿嘲笑的恭敬神情听完了拉夫烈茨基的话——就像老师给他们上课一样——突然离开他四散跑开，跑进了那块林间草地。四个人各自站在一棵树旁，一个站在中央——开始玩起来了。

拉夫烈茨基却回到屋里，进了餐厅，走到钢琴前，按了按一个琴键——响起了微弱、然而纯正的琴声，这琴声在他心中暗暗颤动起来——很久以前，在那个幸福的夜晚，列姆，已故的列姆曾为他弹过一个热情洋溢的旋律，使他听得如醉如痴，兴奋不已，那旋律就是从这个音符开始的。随后，拉夫烈茨基又走进客厅，很长时间没有从那里出来。在这间他曾经常见到莉莎的屋里，她的容颜更加清晰地浮现在他的面前，他好像觉得，在他周围，处处都有她在这里的踪迹。然而怀念她的愁思令人感到压抑，而不是轻松。在他的愁思中，没有死亡带来的那种平静。莉莎还在某处，在某个偏僻、遥远的地方。他思念的她，是一个朝气蓬勃的人，而在那个已经穿上修女服装、周围香烟缭绕、苍白模糊的身影中，他已经认不出他曾经爱过的那个姑娘了。如果拉夫烈茨基能够像他在想象中看到莉莎那样，看一看自己，那么他就连自己也认不出来了。在这八年里，终于发生了他一生中的重大转折，这样的转折是许多人都没体验过的，然而没有这样的转折，就不可能始终如一、终生都是一个正派的人。他当真已经不再考虑个人的幸福，不再把追求个人利益作为自己的目的。他已经变得冷静了，而且——为什么要隐瞒真相呢？——不仅是面部和身体已经衰老，就连心灵也已经衰老了。像有些人说的那样，直到老年也让心灵保持青春的活力，不但困难，而且几乎是可笑的。一个人如果不失去对善的信心，不失去坚强的意志，不失去对实际工作的兴致，他就已经可以感到满意了。拉夫烈茨基有权利感到满意，他的确已经成为一个好主人，的确学会了耕地。而且他劳动不仅仅是为了自己，他尽可能让自己农民的日常生活得到保障，让他们已经得到的东西能够巩固下来。

拉夫烈茨基从屋里出来，走进花园，坐到他熟悉的那条长凳子上——在这极为珍贵的地方，面对着那幢房屋，而在那里，在那幢房屋前，他曾最后一次徒然地把自己的双手伸向珍藏在自己内心深处，欢乐的金色美酒在其中沸腾、闪烁的大杯——他，一个形单影只、孤零零行踪无定的人，就在耳畔传来的、已经接替了他的青年一代的阵阵欢呼声中，他回顾了自己的一生。他心中感到凄凉，然而并不是痛苦，也不是惋惜。他没有什么可以感到遗憾，也没有什么可以感到羞愧的。“你们玩吧，尽情欢乐吧，成长吧，精力充沛的年轻人！”他想，而在他的思想中并没有悲伤，“你们的生活前途无量，而且你们的生活一定会容易些——你们不必像我们这样不得不在黑暗中寻找自己的道路，斗争，跌倒了，再站起来。我们忙忙碌碌，所操心的是怎样保全自己——而我们当中有多少人没能安然无恙地保全下来啊！——你们却需要工作，干一番事业，我们这些老头子会为你们祝福。而我，在今天以后，经过这些感受，只能向你们致以最后的问候——而在展望人生旅途的终点，期待着去见上帝的时候，虽说感到黯然神伤，然而心中并没有妒忌，也没有任何阴暗的感情，只能说一声：'你好，孤独的晚年！熄灭了吧，无益的一生！'"

拉夫烈茨基轻轻地站起来，悄悄地走了；谁也没注意到他，谁也没有挽留他。花园里，高大的椴树构成一道密不通风的绿色围墙，从这绿色围墙后面传来一阵阵愉快的欢呼声，喊声比以前更响了。他坐上四轮马车，吩咐车夫驱车回家，而且不要赶着马拼命快跑。

"就结束了吗?"感到并不满足的读者或许会问，"后来拉夫烈茨基怎么样了？莉莎怎么样了?"可是，对于虽然还活着、然而已经退出尘世上生活舞台的人，又能说些什么呢？为什么还要再去谈论他们？据说，拉夫烈茨基曾经去过莉莎隐居的那座遥远的修道院——而且看到了她。她从一个唱诗班席位去另一个唱诗班席位的时候，曾经从他身边走过，迈着修女的那种均匀、急促而又恭顺的步伐走了过去——而且没有朝他望一眼，只是朝着他那一边的那只眼睛，睫毛微微颤动了一下，只是把自己瘦削的脸往下俯得更低了些——而且她那攥着的双手上、缠绕着念珠的手指也互相并拢，攥得更紧了。他们俩想过些什么，有什么感觉呢？谁知道？谁能说得出呢？人生中有这么一些短暂的瞬间，有这么一些感情……对这些，只能点到为止——就不要刨根问底了吧。